◇现代经济与管理类规划教材

经济管理中的计算机应用

陈朝荣　编著

清华大学出版社
北京交通大学出版社
·北京·

内 容 简 介

本书主要介绍两个常用的数据处理工具——数据库操作语言 SQL 和电子表格处理软件 Excel 的运用方法和技巧，并通过这两个工具在经济管理中一些应用例子的讲解，使读者认识到如何使用这两个工具去处理经济管理中涉及的数据处理问题，提高应用常用工具进行定量分析和数据处理的能力。全书共分 18 章，包括数据库的基本知识、数据的导入导出、数据的插入、修改、删除和查询、运算符、表达式与函数的应用、分组查询与多表间的数据操作、子查询子句的使用、Excel 的基础知识与 VBA 程序设计语言基础、Excel 与外部数据的交换等内容，书中同时介绍了工资管理、销售管理、数据分析与线性规划、调查问卷及简单库存管理系统设计等应用实例。

本书适用于经济管理类本专科学生的教材，也可作为各类涉及数据处理相关技术人员的参考书："还适合对 office 有一定了解的自学者较系统地掌握书中的内容。"

图书在版编目 (CIP) 数据

经济管理中的计算机应用/陈朝荣编著. —北京：清华大学出版社；北京交通大学出版社，2011.2

（现代经济与管理类规划教材）

ISBN 978 - 7 - 5121 - 0495 - 2

Ⅰ. ① 经…　Ⅱ. ① 陈…　Ⅲ. ① 计算机应用-经济管理-高等学校-教材　Ⅳ. ① F2 - 39

中国版本图书馆 CIP 数据核字（2011）第 015620 号

责任编辑：吴嫦娥

出版发行：清 华 大 学 出 版 社　　邮编：100084　　电话：010 - 62776969　　http：//www. tup. com. cn
　　　　　北京交通大学出版社　　邮编：100044　　电话：010 - 51686414　　http：//press. bjtu. edu. cn

印　刷　者：北京瑞达方舟印务有限公司

经　　　销：全国新华书店

开　　　本：185×230　　印张：18. 5　　字数：441 千字

版　　　次：2011 年 3 月第 1 版　　2011 年 3 月第 1 次印刷

书　　　号：ISBN 978 - 7 - 5121 - 0495 - 2/F · 792

印　　　数：1～4 000 册　　定价：29. 00 元

本书如有质量问题，请向北京交通大学出版社质监组反映。对您的意见和批评，我们表示欢迎和感谢。

投诉电话：010 - 51686043，51686008；传真：010 - 62225406；E-mail：press@bjtu. edu. cn。

前　言

随着社会信息化的飞速发展，无论是企业的生产决策、商品的销售还是经济管理问题的应用，都越来越需要在对数据的分析和处理后，才能得到实际有用的结果；同样，在经济管理的研究也需要处理大量的数据。使用计算机软件和技术来处理数据是必然的趋势，而使用通用计算机软件来处理数据的方式则更有实用价值和推广的基础。另外，由于数据库操作语言 SQL 在海量的数据处理中有很强的功能，而电子表格处理软件 Excel 除了具有数据处理功能外，还具有强大的电子图表功能，这两种工具的结合可以在经济管理中发挥很重要的作用。

目前各高校的经济管理专业也正在开设计算机在经济管理中应用的相关课程，各种相关的教材也不断出现。目前很多教材的主要内容是围绕如何使用数据库和 Excel 工具来处理经济管理中的应用问题，但其中在数据库方面的介绍主要是讲解使用可视化的图形界面来操作数据，这对需要经常处理不同数据库中数据的用户来说，一旦有新的版本出现或对不同的数据库系统界面，又必须重新去学习新界面的操作，使用的效率也不高，因为实际上的图形界面操作都由系统转换成相应的 SQL 语言后再去执行，因此直接学习 SQL 语言将会更有效。

编者是以 Access 2003、Excel 2003 为操作软件介绍全书内容的，因为考虑到目前还在使用的版本普及性和 Office 软件操作的兼容性，一旦在熟悉了较低版本的基础上，改转为更高版本的软件也不会很难。本书的内容有两部分，一部分介绍数据库系统基本知识与 SQL 语言的使用，这是考虑到 SQL 语言是目前所有关系数据库系统都支持的数据操作和管理的语言，一次学习可以"一劳永逸"，而且在介绍使用语句处理数据库表中的数据时也比较直观，容易理解。另一部分介绍 Excel 与 VBA 语言的应用方法，这是由于 Excel 具有数据处理和图表功能，还有它被用户使用的广泛性。通过这两部分内容来介绍它们的用法，并结合经济管理中的应用来进行数据的处理，使学生能够使用这两个通用软件工具解决在经济管理应用中的一些实际问题。

本书的教学内容适合非计算机专业的人员学习，适合需要数据分析与处理的学习者使用。课时安排上，总学时可以是 32～48 学时，其中 SQL 语言可以安排 14～22 学时，

Excel 工具和 VBA 安排 18～26 学时，当然，在教学中可以根据学时的长短对内容进行取舍。本教材在编写过程中注重通过实例的方式对内容进行较详细的介绍，包括应用这两种工具的基本知识，通过学习能够为后续的进一步研究和运用打下基础。书中例子用到的数据和答案可以从北京交通大学出版社网站（http：//press. bjtu. edu. cn）下载或发邮件至 cbswce@ jg. bjtu. edu. cn 索取。由于时间比较仓促，书中的内容难免存在不足，请广大读者给予指正。

编 者

2011 年 1 月

目 录

第 1 章

数据库概述

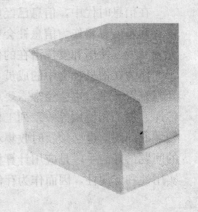

【本章概要】

　　本章主要介绍数据与信息的概念及数据库相关的基础知识，并讲解将信息抽象为数据库数据的整个过程涉及的内容，介绍数据模型及关系数据库的基本知识，为后续的学习打下基础。

【学习目标】

　　1. 掌握信息、数据和数据处理的基本知识及它们之间的关系；
　　2. 了解数据库的发展及各个阶段的特点；
　　3. 了解数据库系统的基本知识；
　　4. 了解信息转化成数据的过程及数据库组织和管理数据的方法；
　　5. 了解关系数据库的基本知识。

【基本概念】

　　信息、数据、数据库、数据库系统、数据模型、关系数据库、数据库表在信息时代中，信息已经成为在全球范围内与稀缺物质、能源等资源相提并论的同等地位，而且信息将作为信息社会中的主导性资源。信息化的实质就是应用信息技术使信息得以充分开发、使用和发挥潜在的价值。

作为在信息社会中的成员，不论是在科学研究或实际应用中，都会直接或间接地与信息处理有着关系，也会经常需要对大量的数据进行处理，这就必然会涉及信息的收集、存储、传递、加工和使用等一系列工作。同样在经济管理的研究和应用中，决策者要研究解决某个领域的问题，也必须及时收集和分析各种有关的信息，从而作出正确的选择。处理海量数据的问题最好的手段是应用计算机工具来实现，而利用计算机通用软件和技术来处理数据有其实用性和方便性，因而作为存储和管理数据的数据库得到广泛的应用。

1.1　信息、数据与数据处理

1.1.1　信息与数据

在数据处理中，我们最常用到的基本概念就是数据（Data）和信息（Information），它们有着不同的含义。信息是那些在特定背景下，对于特定对象具有特定含义的，将数据加工后的产品。对于旅游者而言，旅客班机时刻表和某个城市的地图就是信息，但某个零件的价格就不是信息，因为前者正好与旅游者即将作出的决定相关，并影响其行为，实现了信息的价值。信息通常是那些对相关数据进行某种方式加工而成，并以更具有意义的形式提供的内容。

由于目前在信息及其相应数据的概念上还没有统一的定义，这里对信息和数据给出下列的定义。

1. 信息

在信息时代中，信息是一种资源，它与能源、材料一起构成客观世界的三要素。信息是关于现实世界事物的存在方式或运动状态反映的综合。信息是客观事物属性的反映。通俗地讲，信息是经过加工处理并对人类客观行为产生影响的事物属性的表现形式。信息是客观存在的，人类有意识地对信息进行采集并加工、传递，从而形成了各种消息、情报、指令、数据及信号等。

信息具有如下的特征。

① 信息源于物质和能量。它不可能脱离物质而存在，信息的传递需要物质载体，信息的获取和传递要消耗能量。如信息可以通过报纸、电台、电视、计算机网络进行传递。

② 信息是可以感知的。人类对客观事物的感知，可以通过感觉器官，也可以通过各种仪器仪表和传感器等，不同的信息源有不同的感知形式。如报纸上刊登的信息通过视觉器官感知，电台中广播的信息通过听觉器官感知。

③ 信息是可存储、加工、传递和再生的。人们用大脑存储信息，叫作记忆。计算机存

储器、录音、录像等技术的发展，进一步扩大了信息存储的范围。借助计算机，还可对收集到的信息进行整理。

2. 数据

数据是客观世界中各种事物的特征和变化的真实记录。数据也是指那些未经加工的事实，是对某些特定现象的直接描述。例如，旅客班机时刻表、某个零件的价格，以及某个城市的地图，这些都属于数据。

数据是反映客观事物属性的记录，是信息的载体。对客观事物属性的记录是用一定的符号来表达的，因此说数据是信息的具体表现形式，它是由描述客观事物的数字、字母和符号（如 3、％、G 等）的集合构成的。

1.1.2 数据处理

1. 信息与数据的关系

数据是信息的符号表示或载体，信息则是数据的内涵，在对数据加工处理或赋予含义的解释后，则可以成为可利用的数据形式，成为信息。如身份证编号 440505197804180717 这一数据，在了解其含义的人那里会得到好多信息，如从编号中获得对应编号的人的身份是广东汕头人、1978 年出生的，生日是 4 月 18 日等信息，也就有了传递信息的功能。

2. 数据处理

数据处理是将数据转换成信息的过程，包括对数据的收集、存储、加工、检索和传输等一系列活动。其目的是从大量的原始数据中抽取和推导出有价值的信息，作为决策的依据。

可用下式简单地表示信息、数据与数据处理的关系，即：

$$信息 = 数据 + 数据处理$$

数据是原料，是输入，而信息是产出，是输出结果。数据处理就是为了产生信息而对数据进行加工处理。

1.2 数据库的发展

数据库（Database），简单地说就是数据的仓库，即数据存放的地方。我们周围有许多数据库的例子，如通讯录是一个小数据库，图书馆则是一个典型的大型数据库。小数据库尚可用手工来管理，而大型数据库必须由计算机进行管理才更方便。在计算机的应用领域中，数据处理所占比例约为 70％，因而在 20 世纪 60 年代末，数据库技术作为数据处理的最新技术应运而生了。

下面来回顾一下数据管理技术的发展历程。数据管理的发展经历了数据程序处理、数据文件处理、数据库管理三个阶段。其中，数据库管理是按照一定的机制有机存储数据的方式，它具有结构化、无冗余和一致性等特点。数据库的发展过程大致可划分为如下三个阶段：人工管理阶段；文件系统阶段；数据库系统阶段。

1.2.1　人工管理阶段

20 世纪 50 年代中期之前，计算机的软硬件均不完善。硬件存储设备只有磁带、卡片和纸带，软件方面还没有操作系统，当时的计算机主要用于科学计算。这个阶段由于还没有软件系统对数据进行管理，程序员在程序中不仅要规定数据的逻辑结构，还要设计其物理结构，包括存储结构、存取方法、输入输出方式等。当数据的物理组织或存储设备改变时，用户程序就必须重新编制。由于数据的组织面向应用，不同的计算程序之间不能共享数据，使得不同的应用之间存在大量的重复数据，很难维护应用程序之间数据的一致性，如图 1-1 所示。

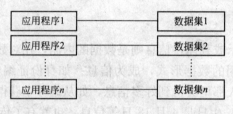

图 1-1　人工管理数据

这一阶段的主要特征可归纳为如下几点：

① 计算机中没有支持数据管理的软件；

② 数据组织面向应用，数据不能共享，数据重复；

③ 在程序中要规定数据的逻辑结构和物理结构，数据与程序不独立；

④ 数据处理方式——批处理。

1.2.2　文件系统阶段

到了 20 个世纪 50 年代至 60 年代中期，由于计算机大容量存储设备（如硬盘）的出现，推动了软件技术的发展，这一时期出现了专门管理所有数据的软件，即操作系统，它以文件的形式组织和管理数据，操作系统的出现标志着数据管理步入了一个新的阶段。在文件系统阶段，数据以文件为单位存储在外存，且由操作系统统一管理，操作系统为用户使用文件提供一个友好的界面。文件的逻辑结构与物理结构脱钩，程序和数据分离，使数据与程序有了一定的独立性。用户的程序与数据可分别存放在外存储器上，各个应用程序可以共享一组数据，实现了以文件为单位的数据共享。这一过程如图 1-2 所示。

但由于数据的组织仍然是面向程序的，所以存在大量的数据冗余。而且数据的逻辑结构不能方便地修改和扩充，数据逻辑结构的每一个微小的改变都会影响到应用程序。由于文件之间互相独立，因而它们不能反映现实世界中事物之间的联系，操作系统不负责维护文件之间的联系信息。如果文件之间有内容上的联系，那也只能由应用程序去处理。

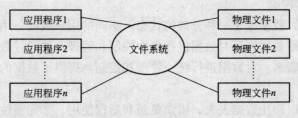

图 1-2　文件系统

1.2.3　数据库系统阶段

20 世纪 60 年代后期，随着计算机在数据管理领域的普遍应用，人们对数据管理技术提出了更高的要求：希望面向企业或部门，以数据为中心组织数据，减少数据的冗余，提供更高的数据共享能力，同时要求程序和数据具有较高的独立性，且在数据的逻辑结构需要改变时，不涉及数据的物理结构，也不影响应用程序，以降低应用程序开发与维护的费用。数据库技术正是在这样一个应用需求的基础上发展起来的。这一过程可以用图 1-3表示。

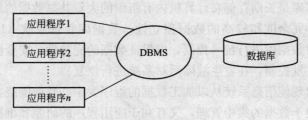

图 1-3　数据库系统

数据库技术有如下特点。

1. 实现数据共享

面向企业或部门，以数据为中心组织数据，形成综合性的数据库，为各应用所共享。数据共享包含所有用户可同时存取数据库中的数据，也包括用户可以用各种方式通过接口使用数据库中的数据，用户可方便地开发和使用数据库。

2. 减少数据的冗余度

同文件系统相比，由于数据库实现了数据共享，从而避免了用户各自建立应用文件。减少了大量重复数据，减少了数据冗余，维护了数据的一致性。数据冗余小，易修改、易扩充。不同的应用程序根据处理的需要，从数据库中获取相应的数据，这样就减少了数据的重复存储，也便于增加新的数据结构，利于维护数据的一致性。

3. 数据的独立性

数据的独立性包括数据库的逻辑结构和应用程序相互独立，也包括数据的物理结构的变化不影响数据的逻辑结构，程序和数据有较高的独立性。

4. 数据实现集中控制

文件管理方式中，数据处于一种分散的状态，不同的用户或同一用户在不同处理中其文件之间毫无关系。利用数据库可对数据进行集中控制和管理，并通过数据模型表示各种数据的组织以及数据间的联系。对数据进行统一管理和控制，提供了数据的安全性、完整性、并发性的控制。

①安全性控制：以防止数据丢失、错误更新和越权使用。②完整性控制：保证数据的正确性（指数据的合法性，如年龄属于数值型数据，只能含 0，1，…，9，不能含字母或特殊符号）、有效性（指数据是否在其定义的有效范围，如月份只能用 1~12 的正整数表示）、相容性（指表示同一事实的两个数据应相同，否则就不相容，如一个人不能有两个性别）。③并发控制：使在同一时间周期内，允许对数据实现多路存取，又能防止用户之间的不正常交互作用。数据库管理系统提供一套故障的发现和恢复方法，可及时发现故障和修复故障，从而防止数据被破坏。

5. 故障恢复

发现故障时，数据库系统能尽快恢复数据库系统运行时出现的问题，可以是物理上的或逻辑上的错误。例如，对系统的误操作造成的数据错误等。

综上所述，数据库是长期存储在计算机内有组织的大量共享数据的集合。它可以供各种用户共享，具有最小冗余度和较高的数据独立性。数据库管理系统（DBMS）在数据库建立、运用和维护时对数据库进行统一控制，以保证数据的完整性、安全性，并在多用户同时使用数据库时进行并发控制，在发生故障后对系统进行恢复。

数据库系统的出现使信息系统从以加工数据的程序为中心转向围绕共享的数据库为中心的新阶段。这样既便于数据的集中管理，又有利于应用程序的研制和维护，提高了数据的利用率和相容性，提高了决策的可靠性。在文件系统阶段，人们在信息处理中关注的中心问题是系统功能的设计，因此程序设计占主导地位；而在数据库方式下，数据开始占据了中心位置，数据结构的设计成为信息系统首先关心的问题，而应用程序则以确定的数据结构为基础进行设计。

1.3　数据库系统概述

1.3.1　数据库系统的组成

数据库系统是指在计算机系统中引入数据库后的系统构成。整个数据库系统主要由数据库、数据库用户、计算机硬件系统、计算机软件系统等几部分构成。

1. 数据库

数据库是存储在计算机内有组织的大量共享数据的集合，可以供需要的用户共享其中的数据，并具有尽可能小的冗余度和较高的数据独立性，使得数据存储最优化，存取操作更方便，具有完善的自我保护能力和数据的恢复能力。

数据库有如下特点。

（1）集成性

将应用环境中的各种应用相关的数据及其数据之间的联系全部集中，并按照一定的结构形式进行存储；或者说，把数据库看成为若干个性质不同的数据文件的联合和统一的数据整体。

（2）共享性

数据库中的数据可为多个不同的用户所共享，即多个不同的用户可使用多种不同的语言，为了不同的应用目的，而同时存取数据库，甚至同时存取同一个数据。

2. 数据库用户

用户是指使用数据库的人员，他们可对数据库进行存储、维护和检索等操作。用户分为三类。①终端用户。主要是使用数据库的各级管理人员、工程技术人员、科技人员，一般为非计算机专业人员。②应用程序员。为终端用户设计和编制应用程序，便于终端用户对数据库的存取操作。③数据库管理人员。进行数据库的建立、维护等工作，参与数据库的设计，决定整个数据库的结构和信息内容；帮助终端用户使用数据库系统；定义数据的安全性和完整性，负责分配用户对数据库的使用权限和口令管理等数据库访问策略；监督控制数据库的使用和运行。

3. 软件（Software）系统

主要包括数据库管理系统（DBMS）及其开发工具、操作系统（OS）和应用系统等部分。在计算机硬件层之上，由操作系统统一管理计算机资源，而 DBMS 借助操作系统完成对硬件的访问，并能对数据库中的数据进行存取、维护和管理。数据库系统的用户、应用程序等对数据库进行的各种操作请求，都是由 DBMS 来完成的。

4. 硬件（Hardware）系统

硬件系统指存储和运行数据库的硬件设备。包括 CPU、内存、大容量的存储设备、外部设备等。

1.3.2　数据库管理系统

数据库管理系统（DBMS）是一种软件，是在文件系统的基础上发展起来的一种理想的数据库管理技术，它克服了文件系统的不足，具有数据共享、数据独立性高（数据结构和应用程序相互独立）、数据结构化、数据冗余度（重复性）小、处理效率高、数据安全性和完整性等特点。

数据库管理系统是数据库系统的核心组成，用户在数据库系统中的一切操作，包括数据定义、查询、更新及各种控制，都是通过 DBMS 进行的。DBMS 就是实现把用户意义下的抽象逻辑数据处理转换成计算机中具体的物理数据处理的软件，这给用户带来很大的方便。

DBMS 的主要功能有：

① 数据定义；

② 数据操纵；

③ 数据库运行管理；

④ 数据库的建立和维护功能；

⑤ 数据通信接口。

1.4 客观世界的抽象表示

1.4.1 现实世界的数据表示

由于计算机不能直接处理现实世界中的具体事物，所以人们必须将具体事物转换成计算机能够处理的数据。在数据库中，使用数据模型就可以抽象、表示和处理现实世界中的事物。数据库即是模拟现实世界中某个应用环境（一个企业、单位或部门）所涉及的数据的集合，它不仅能反映数据本身的内容，而且也能反映数据之间的联系，而这种模拟是通过数据模型来实现的。

为了把现实世界中的具体事物抽象、组织为某一 DBMS 支持的数据模型。在实际的数据处理过程中，首先将现实世界的事物及联系抽象成概念世界的信息模型，然后再抽象成计算机世界的数据模型。其中，信息模型并不依赖于某一具体的计算机系统，也不是某一个 DBMS 所支持的数据模型，它是计算机内部数据的抽象表示，是概念模型；概念模型再经过抽象，转换成计算机上某一 DBMS 支持的数据模型。所以说，数据模型是现实世界的两级抽象的结果。在数据处理过程中，数据加工经历了从现实世界、概念世界和计算机世界三个不同阶段的抽象和转换，其过程如图 1-4 所示。

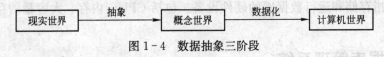

图 1-4 数据抽象三阶段

1. 现实世界

现实世界里的客观事物是管理的对象，这些对象之间既有区别，也有联系。这种区别和联系取决于事物本身的特性。

2. 概念世界

概念世界是现实世界在人脑中的反映，是对客观事物及其联系的抽象。概念世界有如下的一些主要概念。

1）实体（Entity）

客观存在并且可相互区别的事或物称为实体。实体可以是可触及的对象，如一个学生、一本书、一辆汽车；也可以是抽象的事件，如一堂课、一次比赛、一次选择的结果等。

2）属性（Attributes）

实体的某一特性称为属性。如学生实体可由若干属性（学号、姓名、出生日期等）描述。属性有"型"和"值"之分。"型"即是属性名，如姓名、年龄、性别都是属性的型；"值"即为属性的具体内容，如（990001，张立，20，男，计算机）。这些属性值的集合描述了一个学生实体的特性。

3）实体型（Entity Type）

具有相同属性的实体必然具有共同的特征，所以若干个属性的型所组成的集合可以表征一个实体的类型，简称实体型。实体型通常用实体名和属性名集合来表示，如学生（学号，姓名，年龄，性别，系）就是一个实体型。

4）实体集（Entity Set）

同型实体的集合称为实体集。如所有的学生、所有的课程等。

5）键（Key）

在实体型中，能唯一标识一个实体的属性或属性集称为实体的键。如学生的学号就是学生实体的键，而学生实体的姓名属性可能有重名，不能作为学生实体的键。

6）域（Domain）

属性值的取值范围称为该属性的域。如学号的域为 6 位整数，姓名的域为字符串集合，学生年龄的域为小于 40 的正整数，性别的域为（男，女）等。

7）联系（Relationship）

在现实世界中，事物内部以及事物之间是有联系的，这些联系同样也要抽象和反映到信息世界（概念世界）中来，在信息世界中将被抽象成为实体型内部的联系和实体型之间的联系。实体内部的联系通常是指组成实体的各属性之间的联系；实体之间的联系通常是指不同实体集之间的联系。反映实体型及其联系的结构形式称为实体模型，也称作信息模型，它是现实世界及其联系的抽象表示。

两个实体型之间的联系有如下三种类型。

（1）一对一联系（1 : 1）

实体集 A 中的一个实体至多与实体集 B 中的一个实体相对应；反之，实体集 B 中的一个实体至多与实体集 A 中的一个实体相对应，则称为实体集 A 与实体集 B 为一对一的联系。记作 1 : 1。例如，班级与班长，观众与座位，病人与床位等。

（2）一对多联系（1 : n）

实体集 A 中的一个实体与实体集 B 中的 n（n≥0）个实体相对应；反之，实体集 B 中的一个实体至多与实体集 A 中的一个实体相对应。记作 1 : n。例如，教师与学生、公司与职员、省与市等。

（3）多对多（m : n）

实体集 A 中的一个实体与实体集 B 中的 n（n≥0）个实体相对应；反之，实体集 B 中的一个实体与实体集 A 中的 m ($m \geqslant 0$) 个实体相对应。记作 $m:n$。例如，教师与学生、学生与课程、工厂与产品等。

实际上，一对一联系是一对多联系的特例，而一对多是多对多联系的特例。

可以用图形来表示两个实体型之间的这三类联系，如图 1-5 所示。

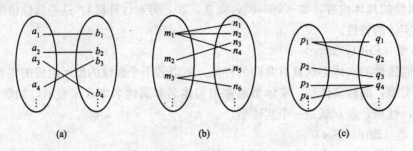

图 1-5   不同实体集之间的联系

3. 计算机世界

计算机世界是概念世界进一步数据化的结果，即基本实体抽象为计算机世界中的数据后存储到计算机中。计算机世界的主要概念如下。

（1）字段（Field）

字段又称数据项，是数据库中数据的最小逻辑单位，用来描述实体的属性。字段的命名往往和属性名相同。如学生有学号、姓名、年龄、性别、系等字段。

（2）记录（Record）

记录是数据项的集合，即一个记录是由若干个字段组成，用来描述实体。如若干数据项（990001，张立，20，男，计算机）组成一个学生的记录。

（3）文件（File）

对应于实体集的数据称为文件。如所有的学生的记录组成了一个学生文件。

在计算机世界里，信息模型被抽象为数据模型，实体型内部的联系抽象为同一记录内部各字段间的联系。

现实世界是信息之源，是设计数据库的出发点，实体模型和数据模型是现实事物及其联系的两级抽象。而数据模型是实现数据库系统的根据。通过以上的介绍，可总结出三个世界中各术语的对应关系如图 1-6 所示。

图 1-6   三种世界中各术语的对应关系

1.4.2　数据模型概述

数据模型是对现实世界数据特征进行抽象的工具，用来描述和处理现实世界中的数据和信息。数据模型要能较真实地模拟现实世界，既要便于人们理解，又要便于在计算机上实现。数据模型是数据库中数据组织的结构和形式，它反映了客观世界中各种事物之间的联系，是这些联系的抽象和归纳。数据模型的好坏，直接影响数据库的性能。数据模型的选择，是设计数据库的一项首要任务。

数据模型是数据库系统中用以描述数据、数据之间关系、数据语义和数据约束的工具，是用户和数据库之间相互交流的工具。数据模型主要由数据结构、数据操作、数据完整性规则三个部分组成。数据结构描述了组成数据库的基本成分；数据操作描述了对数据结构允许执行的操作集合；数据完整性规则描述了对数据结构所具有的约束和存储规则。因此用户在进行数据库操作时，只要按照数据库所提供的数据模型，使用相关的数据描述和操作语言就可以把数据存入数据库，而无须了解计算机是如何管理这些数据的细节。

由于客观事物的复杂性，开发数据库应用系统时分两个层次建立数据模型，一个是面向事务用户的概念数据模型，即概念模型；另一个是面向计算机的逻辑模型。

1. 概念模型

概念模型是按用户的观点对客观事物及其联系的数据描述。概念模型实现了事物从现实世界到概念世界的表示转换。概念模型应该能够准确、方便地表示概念世界。描述概念模型的工具很多，而以 E-R 图（实体联系图）最为基本。图 1-7 描述了学生实体集和课程实体集的 E-R 图。

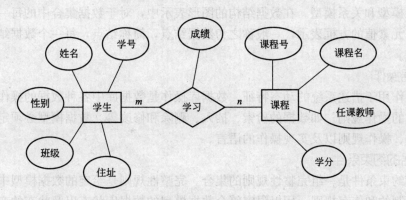

图 1-7　学生与课程的 E-R 图

概念模型是指从用户的观点出发，将管理对象的客观事物及它们之间的联系，用容易为人所理解的语言或形式表述出来，然后再用文档的形式进行描述。由于目前的数据库系统还不能直接处理概念模型，因此需要把概念数据模型转换成计算机所支持的数据模型，即把概念模型中的实体及实体之间的联系以计算机规定的方式表示，标识出需要在数据库中存储的内容，并定义这些数据的结构关系，也就是建立逻辑模型。

在实际工作中，数据建模是开发数据库应用系统最重要的任务和基础工作，是决定开发出的数据库系统使用方便、完整、高效的关键工作之一。

2. 逻辑模型

逻辑模型是对要管理的现实世界，用人们构造的标记系统进行描述，也就是用计算机能处理的方式描述出来。逻辑模型必须在计算机上容易实现，它主要包括网状模型、层次模型、关系模型等。

1.5 数据模型的分类

1.5.1 数据模型的组成要素

数据模型是现实世界数据特征的抽象，数据模型通常由数据结构、数据操作和数据的约束条件三个要素组成。

1. 数据结构

数据结构用于描述系统的静态特征性。数据结构是所研究的对象类型及其逻辑关系的集合，这些对象就是数据库的组成部分。数据结构用于描述这些部分的逻辑组成以及它们之间的逻辑关系。在数据库系统中，人们通常按照其数据结构的类型来命名数据模型。数据结构有层次结构、网状结构和关系结构三种类型，按照这三种结构命名的数据模型分别称为层次模型、网状模型和关系模型。在数据结构的图形表示中，对于数据集合中的每一个数据元素用中间标有元素值的方框表示，一般称之为数据结点，简称结点，每一个数据结点对应于一个储存单元。

2. 数据操作

数据操作用于描述系统的动态特征。数据库操作是数据库中各种数据的操作集合，包括操作及相应的操作规则。如数据的检索、插入、删除和修改等。数据模型必须定义这些操作的确切含义、操作规则以及实现操作的语言。

3. 数据的约束条件

数据的约束条件是一组完整性规则的集合。完整性规则是给定的数据模型中数据及其联系所具有的制约和依存规则，用以限定符合数据模型的数据库状态以及状态的变化，以保证数据的正确、有效、相容。

数据模型还应该提供定义完整性约束条件的机制，以反映具体应用所涉及的数据必须遵守的特定的语义约束条件。如在学生数据库中，可以定义学生的年龄不得超过40岁的约束条件。

1.5.2　三种数据模型的特点

层次模型用树结构来表示数据之间的联系；网状模型是用图结构来表示数据之间的联系；关系模型是用二维表来表示数据之间的联系。

1. 层次数据模型

层次数据模型亦称树型，很像一棵倒挂的树，用来描述有层次联系的事物，它用一棵有向树的数据结构来表示各类实体以及实体间的联系。层次数据模型反映了客观事物之间一对多（1:n）的联系，如一个学校的组织机构就属于层次数据模型，校部管辖着教务处、科研处、研究生处和各学院，而教务处下面有教务科、学务科等各部门。如图 1-8 所示。

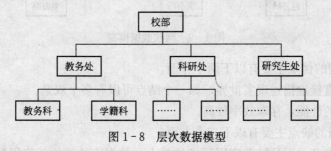

图 1-8　层次数据模型

层次模型的优点主要有以下 6 个方面。

① 层次数据模型本身比较简单，层次分明，便于在计算机内实现。

② 在层次数据结构中，从根结点到树中任一结点均存在一条唯一的层次路径，为有效地进行数据操作提供条件。

③ 由于层次结构规定除根结点外所有结点有且仅有一个双亲，故实体集之间的联系可用双亲结点唯一地表示，并且层次模型中的基本层次联系总是从双亲记录指向子女记录，所以记录类型之间的联系名可省略。由于实体集间的联系固定，所以层次模型 DBMS 对层次结构的数据有较高的处理效率。

④ 层次数据模型提供了良好的完整性支持。

⑤ 实体间联系是固定的，且预先定义好的应用系统采用层次模型来实现，其性能优于关系模型，不低于网状模型。

⑥ 用层次模型对具有一对多的层次关系的部门描述非常自然、直观，容易理解。这是层次数据库的突出优点。

层次模型的缺点主要有以下 4 个方面。

① 现实世界中很多联系是非层次性的，如多对多联系、一个结点具有多个双亲等，层次模型表示这类联系的方法很笨拙，只能通过引入冗余数据（易产生不一致性）或创建非自然的数据组织（引入虚拟结点）来解决。

② 对插入和删除操作的限制比较多。

③ 查询子女结点必须通过双亲结点。

④ 由于结构严密，层次命令趋于程序化。

2．网状数据模型

网状数据模型用来描述事物间的网状联系，反映了客观事物之间的多对多（$m:n$）的联系。如课程和学生的联系，一门课程有多个学生学习，一名学生可以学习多门课程，因此课程和学习的学生是多对多的联系。如图 1-9 所示。

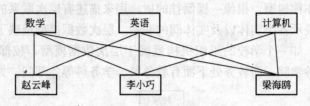

图 1-9　网状数据模型

网状数据模型的优点主要有以下两个方面。

① 能够更为直接地描述现实世界，如一个结点可以有多个双亲。

② 具有良好的性能，存取效率较高。

网状数据模型的缺点主要有以下三个方面。

① 结构比较复杂，而且随着应用环境的扩大，数据库的结构就变得越来越复杂，不利于最终用户掌握。

② 其数据定义语言（DDL）、数据操作语言（DML）复杂，用户不容易使用。

③ 数据独立性较差。由于记录之间联系是通过存取路径实现的，应用程序在访问数据时必须选择适当的存取路径，因此，用户必须了解系统结构的细节，加重了编写应用程序的负担，也影响了数据独立性。

3．关系数据模型

1970 年美国 IBM 公司的研究员 E. ECodd 首次提出了数据库系统的关系模型，发表了题为《大型共享数据银行数据的关系模型》（*A Relation Model of Data for Large Shared Data Banks*）的论文。在文中解释了关系模型，定义了某些关系代数运算，研究了数据的函数相关性，并定义了关系的第三范式，从而开创了数据库的关系方法和数据规范化理论的研究。此后许多研究人员把研究方向转到关系的方法上，其后不断出现了关系数据库系统。1977 年 IBM 公司研制的关系数据库的代表 SystemR 开始运行，经过不断的改进和扩充，出现了基于 SystemR 的数据库系统 SQL/DB（结构化查询语言/数据库）。

20 世纪 80 年代以来，计算机厂家新推出的数据库管理系统几乎都支持关系模型，数据库领域的研究工作也都是以关系方法为基础，出现了被广泛使用的数据库系统如 FoxPro、Access、Oracle、SQL Server、Informix、Sybase、DB2 等。

关系数据模型把事物间的联系及事物内部的联系都用一张张的二维表来表示，即用二维表来表示实体及实体间的联系。关系模型的数据结构是一个二维表框架构成的集合，每个二维表又称为一个关系，所以关系模型是关系框架的集合。

1）关系模型的基本概念

关系模型与层次模型、网状模型不同，它是建立在严格的数学概念之上的。图 1 - 10 给出了教学数据库的关系模型的实例。

T（教师关系）

TNO 教师号	TN 姓名	SEX AME 性别	AGE 年龄	PROF 职称	SAL 工资	COMM 岗位津贴	DEPT 系别
T1	李力	男	47	教授	1 500	3 000	计算机
T2	王平	女	28	讲师	800	1 200	信息系
T3	刘伟	男	30	讲师	900	1 200	计算机
T4	张雪	女	51	教授	1 600	3 000	自动化
T5	张兰	女	39	副教授	1 300	2 000	信息系

S（学生关系）

SNO 学号	SN AME 姓名	SEX 性别	AGE 年龄	DEPT 系别
S1	赵亦	女	17	计算机
S2	钱尔	男	18	信息系
S3	孙珊	女	20	信息系
S4	李思	男	21	自动化
S5	周武	男	19	计算机
S6	吴丽	女	20	自动化

Sc（选课关系）

SNO 学号	CNO 课程号	SCORE 成绩
S1	C1	90
S1	C2	85
S2	C5	57
S2	C6	80
S2	C7	60
S2	C5	70
S3	C1	75
S3	C2	70
S4	C3	83
S5	C2	89

Tc（授课关系）

TNO 教师号	CNO 课程号
T1	C1
T1	C4
T2	C5
T3	C1
T3	C5
T4	C2
T4	C3
T5	C5
T5	C7

图 1 - 10　教学数据库的关系

关系模型中的一些基本概念如下。

（1）关系（Relation）

一个关系就是一张二维表，每个关系有一个关系名。在计算机里，一个关系可以存储为一个文件。

（2）元组（Tuple）

二维表格中的每一行称为一个元组，对应存储文件中的一个记录值。如 S 表中的一个学生记录即为一个元组。

（3）属性（Attribute）

表中的一列称为属性，每一列有一个属性名。属性值就是记录中的数据项或者字段值。二维表中的一列，相当于记录中的一个字段。如 S 表中有 5 个属性（学号，姓名，性别，年龄，系别）。

（4）关键字（Key）

可唯一标识元组的属性或属性集，也称为关系键或主码。如 S 表中学号可以唯一确定一个学生，为学生关系的主码。

在一个关系中可能有多个候选关键字，从中选择一个作为主关键字（或主码）。主关键字在关系中用来作为插入、删除、检索元组的区分标志。

如果一个关系中的属性或属性组并非该关系的关键字，但它们是另外一个关系的关键字，则称其为该关系的外部关键字。

（5）域（Domain）

属性的取值范围，即不同元组对同一个属性的值所限定的范围。如年龄的域是（14～40），性别的域是（男，女）。

（6）分量

每一行对应的列的属性值，即元组中的一个属性值，如学号、姓名和年龄等均是一个分量。

（7）关系模式

关系模式是对关系的描述，一般表示为：关系名（属性 1，属性 2，……，属性 n），一个关系模式对应一个关系文件的结构，如 Student(sno, sname, sex, birthday, class)。

在关系模型中，实体是用关系来表示的，如：

学生（学号，姓名，性别，年龄，系别）

课程（课程号，课程名，课时）

实体间的联系也是用关系来表示的，如学生和课程之间的联系可表示为：

选课关系（学号，课程号，成绩）

一般来说，属性值构成记录，记录构成关系。一个关系是描述现实世界的对象集。关系中的一个记录描述现实世界中的一个具体对象，它的属性值则描述了这个对象的特征。一个记录由该行全体属性值组成，记录的全体组成了一个关系。

2）关系模型的数据操作与完整性约束

数据操作主要包括查询、插入、删除和修改数据，这些操作必须满足关系的完整性约束条件，即满足实体完整性、参照完整性和用户定义的完整性。

在非关系模型中，操作对象是单个记录，而关系模型中的数据操作是集合操作，操作对象和操作结果都是关系，即若干元组的集合；另外关系模型把对数据的存取路径隐蔽起来，用户只需要指出想"干什么"即可，从而大大地提高了数据的独立性。

3）关系模型的优缺点

关系模型的优点有如下三个方面。

① 关系模型与非关系模型不同，它有较强的数学理论根据。

② 数据结构简单、清晰，用户易懂易用，不仅用关系描述实体，而且用关系描述实体间的联系。

③ 关系模型的存取路径对用户透明，从而具有更高的数据独立性、更好的安全保密性，也简化了程序员的工作和数据库建立、开发的工作。

关系模型的缺点是查询效率不如非关系模型。因此，为了提高性能，必须对用户的查询进行优化，增加了开发数据库管理系统的负担。

1.6　关系数据库

1.6.1　数据库的分类

根据数据库所使用的数据模型，数据库也相应地分为层次型数据库、网状型数据库和关系型数据库。目前，还出现了不少新的数据库系统，如面向对象数据库系统、分布式数据库系统、多媒体数据库系统等。

由于关系型数据库有严格的数学理论基础，简单灵活，数据独立性高，与其他数据库相比有突出的优点。数据库技术发展至今，目前使用的数据库大多数为关系型的数据库。

1.6.2　关系数据库

在关系模型中，实体以及实体间的联系都是用关系来表示的。在一个给定的应用领域中，所有实体及实体之间联系的关系的集合构成一个关系数据库。关系数据库有型和值之分。关系数据库的型也称为关系数据库模式，是对关系数据库的描述，它包括若干域的定义以及在这些域上定义的若干关系模式。关系数据库的值是这些关系模式在某一时刻对应的关系的集合，通常就称为关系数据库。

在关系数据库中，数据是以二维表的形式来存储和管理的一种数据库模式。二维表简称数据库表或表，一个表就是一组相关的数据分类后按行排列构成的。

每一张表由表的结构来确定,二维表的列称为字段,表示事物的某个属性的取值。每一个字段都有相应的描述信息,如字段名称、数据所占的空间大小等。二维表的行称为记录,表示一个对象的各个属性的取值,即对象的完整数据。所有记录表示了事物全体的各个属性或各事物之间的联系。每张二维表的第一行是各字段的名称,简称字段名。

一个二维表就可以构成一个简单的关系数据库。一般地,一个关系数据库由若干个表组成。每个二维表有如下基本特性。

① 一个二维表中,所有的记录格式相同,长度相同。

② 在同一个二维表中,字段名不能相同。

③ 同一字段的数据类型相同,它们均为同一属性的值。

④ 行和列的排列顺序并不重要。

练习题

1. 如何理解信息、数据和它们之间的关系?信息具有什么特征?

2. 举例说明什么是信息、数据和数据处理。

3. 简述数据管理技术发展的三个阶段,每个阶段都有什么特点?

4. 数据模型是什么?它由哪些部分构成?

5. 数据库数据的独立性是指什么?它包含哪些内容?

6. 数据库的并发控制起什么作用?并发操作会产生什么结果?

7. 概念模型是什么?它在数据库的设计过程中起什么作用?

8. 描述一下现实世界中的具体事物如何抽象为计算机世界的数据表示的这一过程。

9. 关系模型是什么?它有什么优缺点?

10. 什么是关系数据库?它是如何组织和管理描述现实世界事物的数据的?

11. 简述数据库系统的组成部分,它与数据库管理系统的区别是什么?

12. 数据安全性是什么?试述 DBMS 提供的安全性控制功能包括哪些内容?

第 2 章
数据库创建与数据
的导入导出

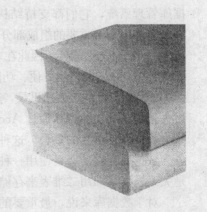

【本章概要】

　　本章主要介绍数据库与数据库表创建涉及的基本知识，包括表与字段创建的方法与数据类型的概念，并介绍在 Access 中导入、导出数据的方法，重点讲解导入、导出文本文件数据和 Excel 中数据的方法。

【学习目标】

　　1. 掌握数据库与表的创建方法；
　　2. 掌握数据库中的数据类型的概念和设置字段数据类型的方法；
　　3. 能够熟练掌握在 Access 中导入、导出文本文件数据和 Excel 中数据的方法。

【基本概念】

　　数据类型

由于数据库管理系统的产品很多，各种产品都有其各自的特点，但多数产品都是关系数据库管理系统，它们都支持结构查询化语言 SQL。其中，Access 数据库管理系统是 Office 办公套件中一个重要的组成部分，它也支持 SQL 语言。考虑到目前大多数的计算机都安装有微软的 Office 办公软件，因此在本书的数据库操作中，都是以 Access 为数据库来介绍数据的操作的。Access 因其使用方便、功能强大，而在实际中被广泛应用，不管是处理公司的客户订单数据、管理自己的个人通讯录，还是大量经济管理数据的记录和处理，都可以利用它来实现，过去很烦琐的工作现在通过 Access 只需几个很简单的步骤就可以高质量地完成了。

数据库是信息的集合，这种集合与特定的主题和目标相联系。信息在数据库中是经过抽象为数据后存储的，且使用一种数据模型来进行管理的。在 Access 中，所采用的数据模型是关系模型，即用二维表来存储所有数据和它们之间的关系。

对于数据库来说，最重要的功能就是存取和加工数据库中的数据，这些数据可以是手工录入的，也可以是通过导入方式输入的。大多数数据库管理系统都提供了导入数据和导出数据的功能供用户使用，同样 Access 也提供了这项功能。通过导入、导出数据，数据库可以获取不同来源的各种有用数据。

2.1　数据库的创建

2.1.1　Access 的启动和退出

1. 启动 Access

启动 Access 有多种方法：在桌面上双击快捷图标、通过系统菜单选择运行 Access 等。通过系统菜单选择运行的步骤如下。

① 在 Windows 的桌面上单击【开始】按钮，弹出【开始】菜单。

② 单击【程序】|【Microsoft Office】|【Microsoft Office Access】命令即可。

通常 Access 的窗口分成 5 个大的部分："标题栏"、"菜单栏"、"工具栏"、"状态栏"和"数据库窗口"。启动后界面如图 2-1 所示。

其中，"标题栏"在屏幕的最上方，用于指明现在是 Access 的窗口。标题栏靠右的位置上有窗口控制按钮，利用这些按钮可以很方便地对整个窗口进行放大（恢复）、缩小和关闭操作。"菜单栏"在"标题栏"的下面，单击任意一个菜单项，就可打开相应的菜单，选择相应的数据库操作命令，就能够实现 Access 提供的某个功能。"菜单栏"的下面是"工具栏"，工具栏中有很多工具按钮，这些工具按钮是常用菜单选项的快捷运行方式，通过使用工具栏上的按钮，可以提高工作效率。"状态栏"在屏幕的最下方，用于显示正在进行的操作信息。"数据库窗口"是 Access 中非常重要的部分，通过它可以方便、快捷地对数据库进行各种操作。

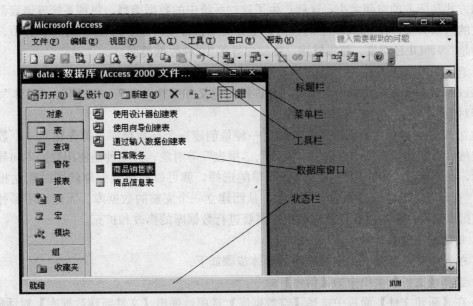

图 2-1 Access 启动后界面

2. 退出 Access

退出 Access 的常用方法是：在 Microsoft Access 的应用文件窗口中，单击【菜单栏】|
【文件】|【退出】命令即可。

如果已经改变了数据库的内容而没有保存过，Access 将询问是否保存文件，可以根据
需要进行选择。

或者直接关闭 Access 窗口也可以退出。

2.1.2 数据库与表的创建

1. 基本概念

Access 数据库是一个默认扩展名为 .mdb 的文件，该文件由若干个对象构成。包括用来
存储数据的"表"，用于查找数据的"查询"，提供友好用户界面的"窗体"、"报表"、"数据
访问页"，以及用于开发系统的"宏"、"模块"等。

（1）数据库与表

数据库由多个表构成，每个表是由应用中具有相同属性实体的属性值组成的二维表。表
中的每行为一条记录，反映了某一事物的全部信息；每一列为一个字段，反映了某一事物的
某一属性。能够唯一标识各个记录的字段或字段集称为主关键字。一般地，将同一应用涉及
的数据存放在同一个数据库中。

（2）数据类型

由于数据在计算机中的存储占有一定的空间，因此在软件系统中事先都定义了各种数据

的存储方式和所占的空间大小，这就产生了软件系统中的数据类型。每种系统或语言都有各自定义的数据类型。在 Access 中的数据类型有文本、备注、数字、日期/时间、货币、自动编号、是/否、OLE 对象、超级链接、查阅向导等 10 种数据类型。

2. 创建一个数据库

Access 数据库系统是基于对象的，允许用户定义并操作"表"、"查询"、"窗体"、"报表"等对象。

建立 Access 数据库有两种基本方法：一种是创建一个空数据库，即先建立一个数据库框架，然后再添加"表"、"查询"、"窗体"、"报表"等对象；另一种是使用数据库向导创建数据库，在创建过程中，用户只需进行简单的选择，就可以在建立框架的同时建立相应的"表"、"查询"、"窗体"、"报表"等对象，从而建立一个完整的数据库。无论采用哪种方法创建数据库之后，都可以在任意时刻根据需要进行数据库的修改和扩充。

1）创建一个空数据库

在 Access 中，新建一个空数据库的具体步骤如下。

① 选择【文件】菜单中的【新建】命令。

② 在【新建文件】面板中选择【空数据库】选项，弹出【文件新建数据库】对话框。

③ 在【文件新建数据库】对话框中，选择保存数据库的位置，指定数据库文件名，如"销售产品信息库"，单击【创建】按钮，如图 2-2 所示。

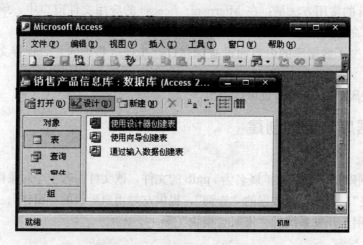

图 2-2　一个创建好的空数据库

创建好数据库后，可以在需要时添加应用所需的"表"、"查询"、"窗体"、"报表"等数据库对象。

2）通过向导建立数据库

数据库向导是 Access 为了方便建立数据库而设计的向导程序，通过向导，只要回答几个问题就可以轻松地创建一个数据库，从而提高创建的效率。

通过数据库向导建立数据库的步骤如下。

① 选择【文件】菜单中的【新建】命令。

② 在【新建文件】面板中选择【本机上的模板】选项。系统弹出模板对话框，在【常用】和【数据库】两个选项卡中选择【数据库】选项，如图 2-3 所示。

图 2-3 【模板】对话框

数据库选项卡里有很多图标，这些图标代表不同的数据库向导。如果需要建立一个关于公司客户、订单等情况的数据库。可以通过双击【订单】图标来完成。

③ 系统弹出【文件新建数据库】对话框。在【文件新建数据库】对话框中，选择保存新建数据库的位置并输入文件名，如"产品订单"，单击【创建】按钮，出现如图 2-4 所示对话框，单击【下一步】按钮。

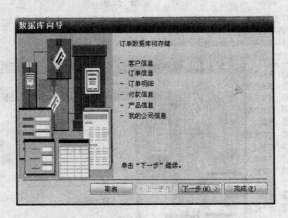

图 2-4 【数据库向导】对话框

④ 在如图 2-5 所示的对话框中，选择数据库中的表和表中的字段。

在选中的表中字段框前面有一个复选框，若选中则该字段将会出现在数据库表中，可以通过单击复选框来决定数据库表中是否要包含该项字段，然后单击【下一步】按钮。

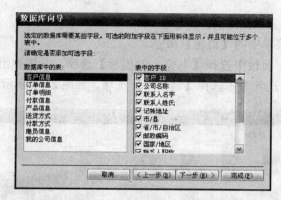

图 2-5 【数据库向导】对话框

⑤ 设置屏幕的显示方式。如果没有别的要求，单击【下一步】按钮。可以根据需要选择屏幕的显示方式。也就是选择将要建立的数据库中窗口的背景、窗口上的默认字体大小和颜色。例如，选择"标准"方式。

⑥ 单击【下一步】按钮。选择在打印时所用的格式。如选择"紧凑"样式。

⑦ 为数据库指定标题。在选定报表的打印样式以后单击【下一步】按钮，给新建的数据库指定一个标题，如"产品订单"。

⑧ 启动数据库。单击【下一步】按钮或【完成】按钮，数据库建立成功。屏幕上出现【主切换面板】对话框，如图 2-6 所示。显示的就是新建的数据库"产品订单"的主窗体。

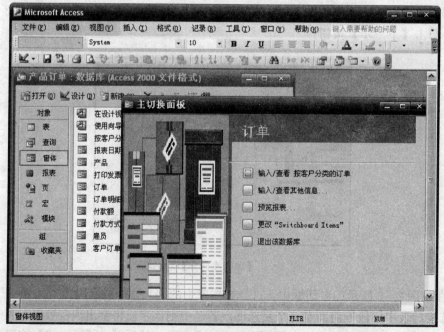

图 2-6 　数据库窗口

新建的数据库中什么数据都没有，向导的作用主要在于为数据库的数据管理建好数据库框架，而数据需要自己输入。

3. 创建表

表是数据库的对象之一，在创建了数据库以后，就可以创建表了。创建表就是创建存放数据的表结构，其实在上面使用向导创建数据库的时候也创建了表。下面主要来看两种常见的创建表的方法：使用向导创建表；使用设计器创建表。

1）使用表向导

如果创建的是一个空数据库，则可以按下面的步骤来创建表。

① 在打开的数据库系统窗口中，单击菜单栏中的【文件】|【打开】命令，打开"产品订单"数据库。

② 在【数据库】窗口中，单击对象栏中的【表】按钮，然后双击【使用向导创建表】菜单项，启动【表向导】对话框，结果如图 2-7 所示。

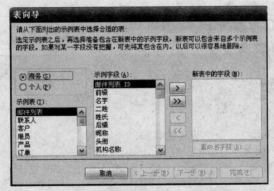

图 2-7　【表向导】对话框

③ 在【表向导】对话框中选择新表中的字段。

在【表向导】对话框中，在"示例表"列表中选择表名，在表的"示例字段"中选择相应的字段，最后可以将选中的字段组成一个新的表，形成该表的表结构。

如定义"客户表"，用来记录一个公司的客户信息。首先，选择表的类型（若该表用于商务，则单击"商务"选项）；然后，在"示例表"列表框选择"客户"。

通过单击【＞】按钮将所需的"示例字段"加入新表。选择结果如图 2-8 所示。

④ 在表向导中修改字段名。

如果认为示例字段的名字不合要求，通过【重命名字段……】按钮修改字段名。字段名修改完成后，单击【下一步】，出现【表命名】对话框，给表命名为"客户信息"，并选择"是，设置一个主键"（主键是记录之间的唯一性区分标志）。

⑤ 单击【下一步】按钮。弹出【相关性选择】对话框，单击【下一步】按钮，出现【请选择表创建完之后的动作】对话框。如果要立即输入数据，选择"直接向表中输入数据"，然后单击【完成】按钮。出现数据录入窗口。如图 2-9 所示。

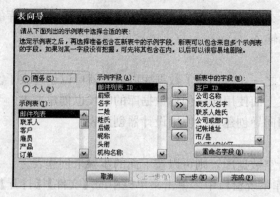

图 2-8　添加表结构的字段

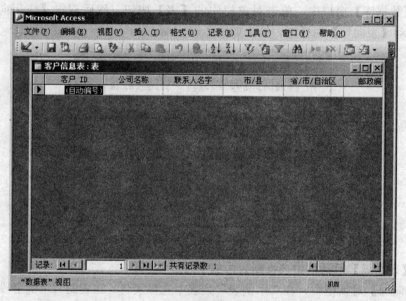

图 2-9　数据录入窗口

现在出现的就是利用表向导创建的"客户信息表"，在这个表窗口中，就可以输入所要保存的数据。

⑥ 数据输入。在进行输入时，可以通过窗口左下角的按钮及其中间的文本框来控制表中操作的记录。按钮功能如表 2-1 所示。

表 2-1　按钮功能表

按钮	功能	按钮	功能
＞	移动到下一条记录	|＜	跳到第一条记录
＜	移动到上一条记录	＞*	在表中插入新记录
＞|	跳到最后一条记录		

文本框则用于指明当前记录在表中的行数，可以通过修改框里数字而改变当前记录。

2) 使用设计器创建表

利用表向导建立表时，系统会自动定义各种字段数据的属性。而通过"使用设计器创建表"进行表设计时，则要对表中的每一字段数据的属性进行设置，如将表中的某个字段定义为数字类型而不是文本类型，那么在使用时这个字段就只能输入数字，而不能输入其他类型的数据。所以，在设计器中可以方便而直观地进行表结构的设计。

在使用表设计器之前，需要先了解字段数据的属性：字段名和字段数据类型。

(1) 字段名

表中某一列的名称，用来标识字段，由英文、中文、数字构成。

命名规则如下：

① 字段名长度 1～64 个字符；

② 不能以空格开头；

③ 字段名不能含有 "."、"!"、"["、"]" 等字符。

字段数据类型：记录对应字段值的类型。

(2) 文本

最大允许 255 个字符或数字，默认大小是 50 个字符，而且系统只保存输入到字段中的字符，而不保存文本字段中未用位置上的空字符。设置 "字段大小" 属性可控制输入的最大字符长度。

(3) 备注

保存长度较长的文本及数字，允许字段能够存储长达 65 535 个字符的内容。Access 虽能在备注字段中可以搜索文本，但不能对备注字段进行排序或索引。

(4) 数字

用来存储进行数值计算的数字数据，设置 "字段大小" 属性可以定义一个特定的数字类型（设置成 "字节"、"整数"、"长整数"、"单精度数"、"双精度数"、"同步复制 ID"、"小数" 五种类型）。在 Access 中通常默认为 "双精度数"。

(5) 日期/时间

用来存储日期、时间或日期时间一起的，可以存放从 100 到 9 999 年的日期与时间值。每个日期/时间字段需要 8 个字节的存储空间。

(6) 货币

是数字数据类型的特殊类型，等价于具有双精度属性的数字字段类型，占 8 个字节。向货币字段输入数据时，不必键入人民币符号和千位处的逗号，Access 会自动显示人民币符号和逗号，并添加两位小数到货币字段。当小数部分多于两位时，Access 会对数据进行四舍五入。精确度为小数点左方 15 位数和右方 4 位数。

(7) 自动编号

每次向表格添加新记录时，Access 会自动插入唯一顺序或者随机编号。自动编号一旦被指定，就会永久地与记录连接。如果删除了表格中含有自动编号字段的一个记录后，Access并不会为表格自动编号字段重新编号。当添加某一记录时，Access不再使用已被删除的自动编号字段的数值，而是重新按递增的规律重新赋值。

（8）是/否

这是针对于某一字段中只包含两个不同的可选值而设立的字段。通过是/否数据类型的格式特性，用户可以对是/否字段进行选择。

（9）OLE对象

字段允许单独地"链接"或"嵌入"OLE对象。添加数据到OLE对象字段时，可以链接或嵌入如Word文档、Excel电子表格、图像、声音或其他二进制数据，最大可为1 GB。

（10）超级链接

主要是用来保存超级链接。当单击一个超级链接时，Web浏览器或Access将根据超级链接地址到达指定的目标。在这个字段中插入超级链接地址最简单的方法就是在【插入】菜单中单击【超级链接】命令。

（11）查阅向导

这个字段类型为用户提供了一个字段允许取值的列表，在输入字段值时，可以直接从这个列表中选择字段值。

现以创建一个学生表为例，通过"使用设计器创建表"的操作步骤如下。

① 打开或建立一个名称为"学生成绩管理"的数据库，在出现的数据库窗口中选择"使用设计器创建表"，出现如图2-10所示的对话框。

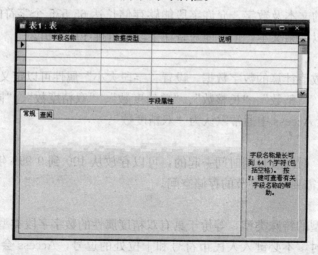

图2-10　设计器对话框

设计器对话框分为上、下两个部分。上半部分是表设计器，包含"字段名称"、"数据类型"和"说明"三列，用来定义字段名称和类型；下半部分用来定义表中字段的属性。建立一个表的时候，只要在设计器"字段名称"列中输入字段名称，并在"数据类型"列定义字段的"数据类型"就可以了。"说明"列中主要包括字段的说明信息，主要目的在于以后修改表结构时能知道当时设计该字段的原因。

② 定义字段名和类型。

定义学生表的表结构：学号（类型：文本），姓名（类型：文本），性别（类型：文本），出生年月（类型：日期/时间），系别（类型：文本），简历（类型：备注）。在表设计器的"字段名称"列中按顺序输入这些字段的名称，在"数据类型"列选择相应的类型，表的结构即建立完成了。结果如图 2-11 所示。

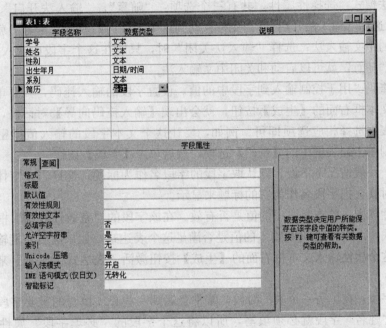

图 2-11　学生表设计结果

③ 设置主键。

主键：唯一标识表中每条记录。主键不允许为 NULL，并且必须始终具有唯一索引值的字段。

在表中设置主键的过程非常简单。比如要将"学号"字段作为表的"主键"，只要单击"学号"这一行中的任何位置，将该行设置为当前行，然后单击工具栏上的【主键】按钮，在"学号"一行最左面的方格中出现"钥匙"符号，主键设置完成。

如果想取消主键，先选中字段，然后单击工具栏上的【主键】按钮即可。

④ 设置字段属性。

表设计器的下半部分是用来设置表中字段的"字段属性"。字段属性一般包括："字段大小"、"格式"、"输入法模式"等，对它们进行的设置不同，会对表中的数值产生不同的影响。

设置"学号"字段的"字段大小"属性。默认的"字段大小"为"50",表示这个字段中最多可以输入 50 个字符。而学号一般不超过十个字符,所以可将字段大小定为"10"。只要选中字段大小文本框,然后修改里面的数值就可以了。

常见字段属性如下。

- 格式:用于改变数据显示或打印的格式,对数据的实际存储方式没有影响。在 Access中提供了多个文本格式符号,使用这些符号可以将表中的数据按照一定的格式进行处理。"一"表示右对齐,"!"表示左对齐。

- 输入法模式:选择性属性,共有三个选项:"随意"、"输入法开启"、"输入法关闭"。选中"输入法开启",当光标移动到这个字段内的时候,屏幕上就会自动弹出首选的中文输入法;选择"输入法关闭"时,只能在这个字段内输入英文和数字;选择"随意"就可以启动和关闭中文输入法。

- 输入掩码:用于控制输入到字段中的值。设置字段的输入掩码,只要单击【输入掩码】文本框右面的【生成】按钮,就会出现【输入掩码向导】对话框,在对话框上的列表框选择相应选项即可。例如,要让这个文本字段的输入值以密码的方式输入,则单击列表框中的【密码】选项,然后单击【完成】按钮。

- 标题:一般情况下不设。默认取字段的字段名作为标题,这样当在窗体上用到这个字段时就会把字段名作为它的标题来显示。

- 有效性规则:检查字段中的值是否有效。在该字段的"有效性规则"框中输入一个表达式,Access 会判断输入的值是否满足这个表达式,如果满足才能输入。也可以单击这个属性输入文本框右面的【生成】按钮激活"表达式生成器"来生成这些表达式。

- 必填字段:在填写一个表的时候,常常会遇到一些必须填写的重要字段,像这个表中的"姓名"字段就必须填写,所以将这个字段的"必填字段"属性设为"是";而对于那些要求得不那么严格的数据就可以设定对应字段的属性为"否"。

- 允许空字符串:是否让这个字段里存在"零长度字符串",通常将它设置为"否"。

- 索引:"索引"字段决定是否将这个字段定义为表中的索引字段。"无"表示不把这个字段作为索引;"有(有重复)"表示建立索引并允许在表的这个字段中存在同样的值;"有(无重复)"表示建立索引而且在该字段中绝对禁止相同的值。

Unicode 压缩:"Unicode"是微软公司为了使一个产品在不同的国家各种语言情况下都能正常运行而编写的一种文字代码。对字段的这个属性一般都选择"有"。

⑤ 在文件菜单中选择【另存为】,保存新建的表。

为了完整地进行学生的成绩管理,现在建立成绩表、课程表。

其中,成绩表的结构为(学号、课程代码、分数)。课程表的结构为(课程代码、课程名、任课教师、学分)。具体结果如图 2-12、图 2-13 所示。

学生表、成绩表、课程表建立后,【学生成绩管理】数据库窗口如图 2-14 所示。

3) 修改表的结构

打开【学生成绩管理】数据库。在数据库窗口中单击【表】选项，双击需要修改结构的表。其结果如图 2-15 所示。

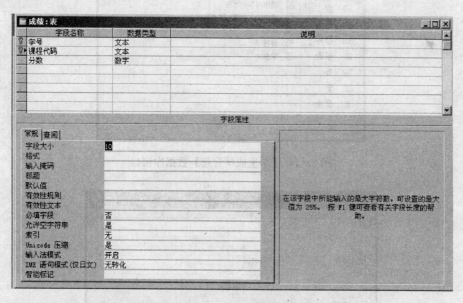

图 2-12　成绩表

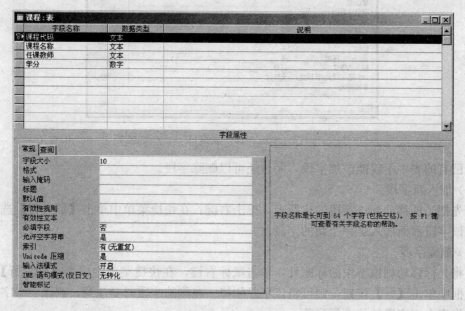

图 2-13　课程表

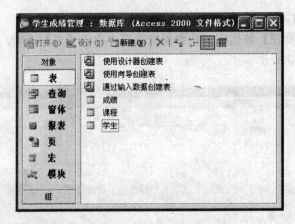

图 2-14 【学生成绩管理】数据库窗口

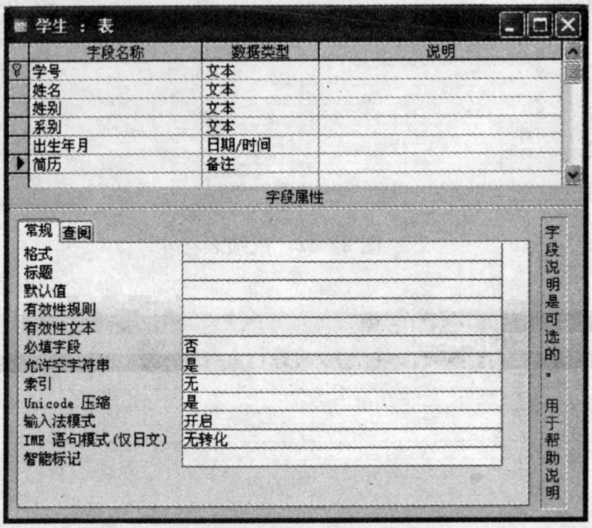

图 2-15 表窗口

在已有的表中不仅能添加字段，而且还可以删除字段。

（1）加入新字段

首先把光标移动到该字段的标题上，单击右键，在快捷菜单中单击【插入行】选项。这样就在该字段前面插入了一个新的字段。

（2）删除字段

先将光标移动到该字段的标题处，单击鼠标右键，在快捷菜单中单击【删除行】选项，在对话框中单击【是】按钮，则可将该字段删掉。在删除字段时要注意，删除一个字段的同时也会将表中该字段的值全部删除。

（3）调整字段位置

首先将光标移动到该字段的标题处，单击鼠标右键选中这个字段，等整行都变成黑色后，按住鼠标左键拖动字段到指定位置便可。

2.2　数据的导入与导出

Access 的基本功能之一就是其导入文件的能力，即把现有的数据库表、电子数据表和由其他系统创建的文本文件数据转换为 Access 的 .mdb 格式中的二维表数据，实现在不同的应用程序间相互交换数据。在 Access 中，用户可以很方便地从外部数据源获取数据，这些外部数据源包括文本文件、Excel、dBase、Sybase、Oracle、FoxPro 等；Access 也能够以它可以导入的任何格式导出表文件中的数据。同时，Access 还可以向当前的 Access 数据库链接一个由 Access 或者另一个关系数据库管理系统 RDBMS 创建的表文件。因为 Access 具有链接能力，所以它可以以其自身的格式使用由另一个 RDBMS 创建的文件。

2.2.1　数据的导入

Access 数据库表中的数据可以直接输入，也可以通过导入功能从其他数据源中获取。在实际应用中，通过导入获得所需的数据是很经常的事。下面来看如何导入数据。

1. 导入和链接的区别

在数据库管理系统中的【文件】菜单的【获取外部数据】的子菜单中，有"导入"和"链接表"两个选项。两者中的任一选项均可以实现导入或链接一个外部的数据库。虽然两者功能相近，但用法有别。

"导入"将创建一个新表来保存外部数据，优点是操作数据时执行速度快；不与其他数据库应用程序的用户共享数据；导入的目的在于获取数据，而不需以前的数据格式。

"链接表"将在数据源和目标之间建立一个同步映像。外部数据源的修改将自动地反映到目标数据中。同时在 Access 中对链接的修改也会同步地反映到数据源中。缺点是使用链接会使工作变得较慢；文件经常被其他数据库应用程序的用户更改；与其他数据库应用程序的用户共享文件。

2. 获取外部数据

下面以获取记事本中的数据和 Excel 表中的数据为例介绍导入数据的方法。首先，启动 Access，新建一数据库文件，并将其打开。

1) 导入记事本中的数据

要导入的数据有时是不规则的，那么首先需要对导入数据的数据进行整理，然后才能导入。如图 2-16 中的数据列的分隔为空格，但有些列是一个空格，有些列是多个空格作为分隔，可以使用记事本中的【编辑】|【替换】菜单将每两个空格替换为一个空格，多次重复后即可将所有的列分隔置为一个空格；也可以将其置换为英文的逗号。如有少量的数据不能对

齐的话，则需要手工加以修改。

置换后的数据文件如图 2-17 所示。每列数据都以一个空格为分隔。

文件(F) 编辑(E) 格式(O) 查看(V) 帮助(H)
销售员姓名 总销售量 总销售金额 排名 提成率 提成额
刘　惠　29.00　18232.00　1.00　0.15　2734.80
甘倩琦　14.00　5752.00　6.00　0.05　287.60
许　丹　24.00　11352.00　3.00　0.10　1135.20
李成蹊　7.00　4416.00　7.00　0.02　110.40
吴　仕　27.00　12116.00　2.00　0.10　1211.60
孙国成　15.00　6920.00　4.00　0.05　346.00
赵　荣　12.00　6436.00　5.00　0.05　321.80
王　勇　2.00　3976.00　8.00　0.02　99.40
吴小平　8.00　3424.00　9.00　0.02　85.60

图 2-16　数据文件　　　　　　　　图 2-17　置换后的数据文件

由于数据文件中的姓名包含空格，因此在导入数据时就无法使用空格作为区分列值的分隔符，只能用别的字符来区分；这时可以再做处理，如用英文的逗号执行替换一个空格的操作，得到如图 2-18 所示的结果。

再执行用两个逗号替换为一个空格的操作，得图 2-19 所示的结果，这样就可以在导入数据时以逗号作为数据的分隔符来区分不同的列值。

文件(F) 编辑(E) 格式(O) 查看(V) 帮助(H)
销售员姓名,总销售量,总销售金额,排名,提成率,提成额
刘　惠,29.00,18232.00,1.00,0.15,2734.80
甘倩琦,14.00,5752.00,6.00,0.05,287.60
许　丹,24.00,11352.00,3.00,0.10,1135.20
李成蹊,7.00,4416.00,7.00,0.02,110.40
吴　仕,27.00,12116.00,2.00,0.10,1211.60
孙国成,15.00,6920.00,4.00,0.05,346.00
赵　荣,12.00,6436.00,5.00,0.05,321.80
王　勇,2.00,3976.00,8.00,0.02,99.40
吴小平,8.00,3424.00,9.00,0.02,85.60

图 2-18　用英文的逗号执行替换一个空格后的结果　　　图 2-19　用两个逗号替换为一个空格后的结果

导入数据的步骤如下。

①在【文件】菜单的【获取外部数据】的子菜单中，单击【导入】，如图 2-20 所示。选择文件类型为"文本文件（*.txt；*.csv；*.tab；*.asc)"，并选择需要导入的文本文件，如"员工销售业绩.txt"，单击【导入】。

②在出现的【导入文本向导】对话框中选择"带分隔符"选项，然后单击【下一步】，结果如图 2-21 所示。

由于数据源文件中的第一行数据表示数据列的名称，所以选择【导入文本向导】对话框中的"第一行包含字段名称"的选项；如果需要设置导入到数据库表中的字段数据类型和修改列名，则单击按钮【高级】进行设置；返回后继续单击【下一步】。

③在弹出如图 2-22 所示的对话框中选择"新表中"，单击【下一步】。

④在弹出如图 2-23 所示的界面中还可以对每一列的名称和数据类型进行修改。方法是单击每一列后，在【字段名】和【数据类型】输入框中修改，确认后单击【下一步】。

图 2-20　导入文本数据文件

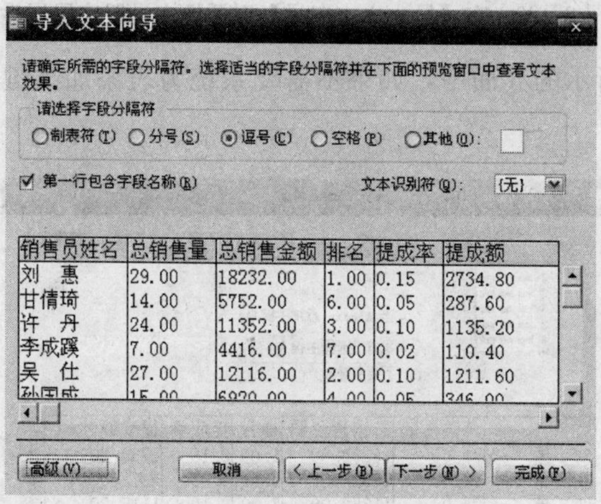

图 2-21　【导入文本向导】对话框

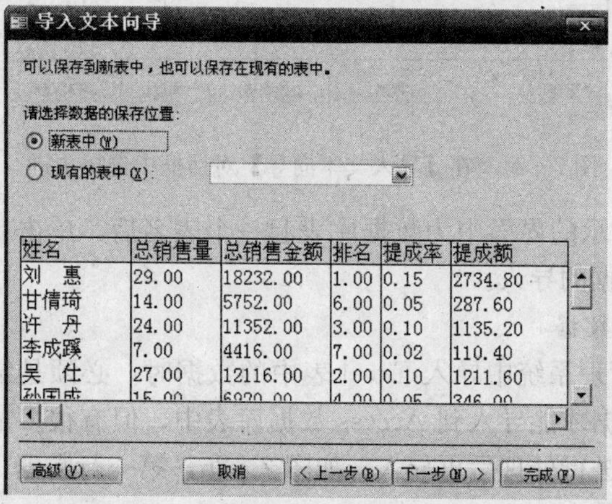

图 2-22　在【导入文本向导】对话框中选择表

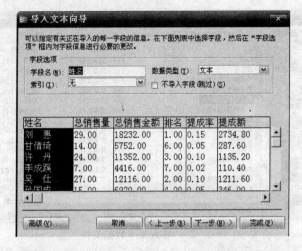

图 2-23　在【导入文本向导】对话框中设置字段属性

　　⑤ 在如图 2-24 所示的界面中，如果不需要系统为表添加主键，则选择"不要主键"选项，单按【下一步】。

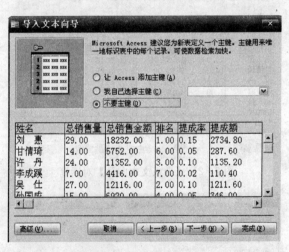

图 2-24　在【导入文本向导】对话框中选择主键

　　⑥ 在如图 2-25 所示的界面中为数据库表起一个表名后，单击【完成】按钮则结束数据的导入过程，完成数据的导入。

　　2) 导入 Excel 中的数据

　　在 Access 数据库管理系统中导入 Excel 表中的数据时，必须是结构化的数据，即具有相同的行数和列数的数据才能导入到 Access 数据库表中，但有很多情况下需要导入的数据非结构化，这时就必须进行处理后再导入。如图 2-26，第一行数据"商品基本信息"必须去除，剩下的数据才能导入。

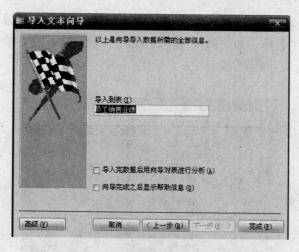

图 2-25　为数据库表起一个名称

	A	B	C	D	E
1	商 品 基 本 信 息				
2	品码	品名	数量单位	入库单价	出库单价
3	001	100ml百年	瓶	12.2	20
4	002	125ml五年	瓶	13	24
5	003	200ml百年	瓶	15.2	30
6	004	620雪花啤酒	瓶	2.9	5
7	005	江苏红赤霞珠	瓶	26	48
8	006	江苏红解百纳	瓶	40	68
9	007	老百年	瓶	52	73
10	008	妙酸乳	瓶	5.8	8.5
11	009	100%牵手	瓶	7.9	12
12	010	三星迎驾	瓶	20	38

图 2-26　需要导入的数据表格

导入数据的操作步骤如下。

① 可以在 Excel 的表中将需要导入的数据定义为一个命名区域。方法是选取表中将要被导入的数据，如图 2-27 所示。

A2	▼	fx	品码		
名称框	B	C	D	E	
1	商 品 基 本 信 息				
2	品码	品名	数量单位	入库单价	出库单价
3	001	100ml百年	瓶	12.2	20
4	002	125ml五年	瓶	13	24
5	003	200ml百年	瓶	15.2	30
6	004	620雪花啤酒	瓶	2.9	5
7	005	江苏红赤霞珠	瓶	26	48
8	006	江苏红解百纳	瓶	40	68
9	007	老百年	瓶	52	73
10	008	妙酸乳	瓶	5.8	8.5
11	009	100%牵手	瓶	7.9	12
12	010	三星迎驾	瓶	20	38

图 2-27　选中需要导入的数据

② 被选中的即是表中的第 2 行至第 12 行与 A 列至 E 列的这一区域；然后在名称框中为这一选中的区域起一个名称，如"aa"，输入后必须按回车键，然后单击保存。如图 2-28 所示。

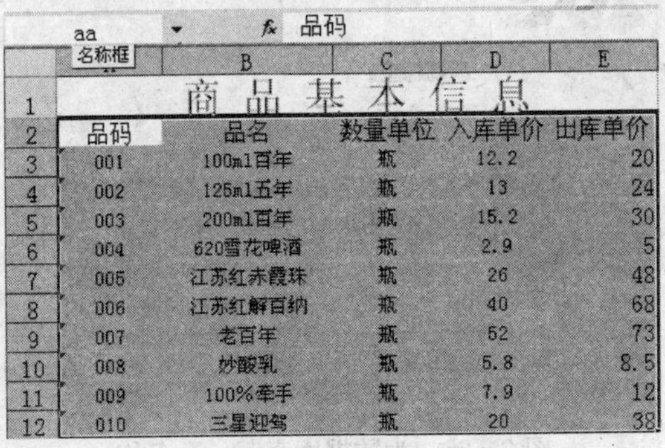

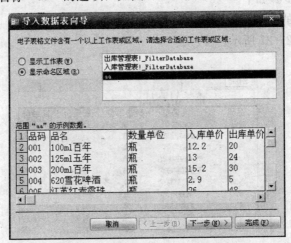

图 2-28　在名称框中为这一选中的区域起一个名称"aa"

注意：如果 Excel 表中的要导入的数据具有相同的行数和列数时，则可以直接导入而不需定义一个命名区域。

在完成了上面的设置后就可以将 Excel 表中的数据导入到 Access 中了。其方法如下。

① 首先启动 Access，打开需要导入数据的数据库；选择【表】对象的选项，执行【文件】|【获取外部数据】|【导入】命令，打开【导入】对话框。

② 在【文件类型】右侧的下拉按钮，选中"Microsoft Excel"选项，再定位到需要导入的工作簿文件所在的文件夹，选中相应的工作簿，单击【导入】按钮，进入【导入数据表向导】对话框，如果将要导入的数据是一命名区域中的数据，则选择对话框中的"显示命名区域"选项，并选择名称"aa"的选项，如图 2-29 所示，然后单击【下一步】。

图 2-29　【导入数据表向导】对话框

③ 后面的操作与前面文本文件的导入相似，多次单击【下一步】按钮作进一步的设置，主要是设置导入的数据第一行是否包括列名，导入的数据是否保存在新表，每个字段的名称和数据类型，是否需要主键、表的名称等，然后单击【完成】按钮即可完成数据的导入。

注意：如果没有特别要求，在单击【下一步】的操作后直接单击【完成】按钮也可。

至此，数据就从 Excel 中导入到 Access 中。

2.2.2　数据的导出

数据不仅需要导入，有时也需要将 Access 数据库中的数据导出，成为其他类型数据库文件中的数据，所以 Access 也提供了导出功能。它和导入功能正好相反。凡是能导入的文件格式，也可导出成该格式。

下面以"商品库存表"中的数据为例，将其导出为 Excel 文件的操作步骤如下。

① 打开包括"商品库存表"的数据库，选择所要导出数据的表，然后单击【文件】菜单上的【导出】项，弹出【导出】对话框。

② 在导出的【保存类型】下拉框中选中"Microsoft Excel 97 - 2003"，然后输入保存数据的文件名，最后单击【导出】按钮。

现在已经生成一个独立的 Excel 文件，可以随时使用 Excel 对该文件进行操作。

练习题

1. 简述 Access 数据库表中的数据类型是什么？它有哪些数据类型？

2. 创建数据库表的实质是进行哪些设置？以什么原则来确定字段的数据类型？

3. 试创建一个包含是/否、超级链接、查阅向导等数据类型的数据库表，看看其字段中的数据是如何输入的？

4. 找一文本文件，将其中的数据处理后再导入到 Access 数据库中。

5. 命名区域是什么？为什么在导入 Excel 文件中的数据时，需要定义一个命名区域？在什么情况下可以直接导入 Excel 文件中的数据？

6. 试将一 Excel 文件的工作表中的数据导入到 Access 数据库中。

7. 分别将一个 Access 数据库表的数据导出为文本文件和 Excel 文件的数据。

第 3 章

数据的插入、修改、
删除、查询

【本章概要】

本章主要介绍 SQL 语言的发展和语言包括的主要语句部分，并通过实例的方式介绍 SQL 语言中的插入、修改、删除、查询语句在 Access 中的简单用法。

【学习目标】

1. 了解 SQL 语言的发展；

2. 熟练掌握 SQL 语言中的插入、修改、删除、查询语句的简单用法。

【基本概念】

SQL 语言

SQL 是英文 Structured Query Language 的缩写，意思为结构化查询语言。SQL 语言的主要功能是用户与各种数据库管理系统建立联系、进行沟通的语言。按照 ANSI（美国国家标准协会）的规定，SQL 被作为关系型数据库管理系统的标准语言。

SQL 语句可以用来执行各种各样的操作，如更新表中的数据，从表中提取数据等。目前，绝大多数流行的关系型数据库管理系统，如 Oracle、Sybase、Microsoft SQL Server、Access 等都采用了 SQL 语言标准。虽然很多数据库都对 SQL 语句进行了再开发和扩展，但是包括 Select、Insert、Update、Delete、Create 及 Drop 在内的标准的 SQL 命令仍然可以被用来完成几乎所有的数据库操作。

SQL 语言之所以能够为用户所接受而成为国际标准，其主要原因在于它是一个综合的、通用的、功能强大且简单易学的语言。SQL 语言集数据查询、数据操纵、数据定义和数据控制功能于一体，充分体现了关系数据库语言的优点，具有一体化、高度非过程化、语言简洁、支持多种使用方式的特点。

3.1 SQL 语言简介

SQL 语言功能强大、语言简洁。完成数据定义、数据操纵、数据控制的核心功能只用了 9 个动词，即 Create, Drop, Alter, Select, Insert, Update, Delete, Grant, Revoke；而且 SQL 语言的语法简单，接近英语口语，容易学习，容易使用。

3.1.1 SQL 语言的发展

1. SQL 语言发展史

SQL 语言是当前最成功、应用最为广泛的关系数据库语言，其发展主要经历了以下几个阶段。

① 1974 年由 Chamberlin 和 Boyce 提出，当时称为 SEQUEL（Structured English Query Language）。

② IBM 公司对 SEQUEL 进行了修改，并将其用于公司的 SYSTEM R 关系数据库系统中。

③ 1981 年 IBM 推出了商用关系数据库 SQL/DS，并将其名字改为 SQL，由于 SQL 语言功能强大，简洁易用，因此得到了广泛的使用。

④ 今天 SQL 语言广泛应用于各种大型数据库，如 Sybase、Informix、SQL Server、DB2、Oracle、INGRES 等，也用于各种小型数据库，如 FoxPro 与 Access 等。

2. SQL 语言标准化

随着关系数据库系统和 SQL 语言应用的日益广泛，SQL 语言的标准化工作也在紧张地进行着，十多年来已制定了多个 SQL 标准。

① 1982 年，美国国家标准化局（American National Standard Institute，ANSI）开始制定 SQL 标准。

② 1986 年，美国国家标准化协会公布了 SQL 语言的第一个标准 SQL - 86。

③ 1987 年，国际标准化组织（ISO）通过了 DQL - 86 标准。

④ 1989 年，国际标准化组织对 SQL - 86 进行了补充，推出了 SQL - 89 标准。

⑤ 1992 年，ISO 又推出了 SQL - 92 标准，也称为 SQL2。

⑥ 1999 年，ANSI 发布了 SQL99 标准（也称 SQL3），它增加了面向对象的功能，但迄今主流数据库还未完全实现该标准。

3.1.2　SQL 语言的分类

可执行的 SQL 语句的种类很多，大体分为数据定义语言（DDL）、数据操纵语言（DML）、数据查询语言（DQL）、数据控制语言（DCL）、数据管理命令和事务性控制命令等。使用 SQL 可执行任何功能，从一个简单的表查询到创建表、设定用户权限等。在本书中，将重点讲述如何从数据库中检索、更新和统计数据，也是基于这个目的，我们应该了解的最重要的 SQL 语句是：

① Creat；

② Drop；

③ Select；

④ Insert；

⑤ Update；

⑥ Delete。

其中，后面的 4 个语句是讨论的重点。下面将用实例来说明这些语句的应用，了解其功能。

3.1.3　在 Access 中使用 SQL 语言

SQL 是关系数据库的应用程序语言，而不是编程语言，即 SQL 是针对应用的需要来设计的语言，它不具有编程语言中的一些功能语句，如判断、循环等语句。SQL 是面向集合的，每个命令的操作对象是一个或多个关系（表）。每次在 Access 的"查询设计"窗口中设计查询时，不仅可以通过打开 SQL 窗口，阅读查询相应的 SQL 语句，而且可以通过在"查询设计"模式下输入 SQL 语句。

1. 打开 SQL 语句输入窗口

创建简单的 Access 查询，打开 SQL 语句的输入窗口，操作步骤如下。

首先在数据库管理界面上选择【查询】对象，单击【新建】菜单项，在弹出的界面中选择【设计视图】，单击"关闭"按钮，再右击，将界面转为 SQL 视图，如图 3 - 1 所示。

Access 的 SQL 语句输入窗口中，每次只能运行一条 SQL 语句，在输入语句时，可以不用区分语句中字母的大小写。语句输入完成后，单击菜单栏中的【查询】、【运行】即可执行

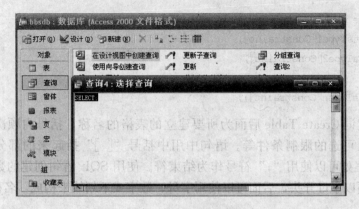

图 3-1　SQL 语句的输入窗口

语句，并将结果在窗口中显示出来；右击窗口的控制栏，从弹出的菜单中选择【SQL 视图】可以返回到语句输入窗口进行语句的修改或输入下一条语句。

2. 修改与保存

若将 SQL 语句输入窗口中的语句保存下来，只需要单击管理界面上的【文件】|【保存】，为其起一个文件名即可。

修改其中保存的语句时，选择【查询】对象，选择要修改的查询对象，单击【设计】即可打开修改窗口进行修改。

由于 SQL 语言的操作对象主要是对表中的数据进行的，为了后面讨论方便，用表名（字段 1：数据类型 1，字段 2：数据类型 2，…，字段 n：数据类型 n，）来描述数据库表的结构。如：

学生（学号：文本，姓名：文本，性别：文本，出生日期：日期，班级：文本，年龄：数字）

即表名为"学生"，有 6 个字段，除一个年龄字段的数据类型为数字型和一个出生日期为日期型以外，其他 4 个字段的数据类型均为文本类型。

3.2　SQL 语句的使用举例

在使用 SQL 的语句时，必须遵照其语法结构，然后根据需要进行的数据处理，写出相应的语句成分。

3.2.1　数据定义语言

1. 创建数据库表的语句 Create

SQL 语言中的 Create Table 语句被用来建立新的数据库表。语句的使用格式如下：

```
Create Table tablename
(column1 DataType1[Constraint],
column2 DataType2[Constraint],
...
columnn DataTypen[Constraint]);
```

其中，关键词 Create Table 后面为所要建立的表格的名称，括号内顺次为各字段的名称、数据类型及可选的限制条件等。语句中用中括号"[ ]"括起来的部分是可选的。在 SQL 语句的结尾处可以使用";"符号作为结束符。使用 SQL 语句创建的数据库表和表中字段的名称必须以字母开头，后面可以使用字母、数字或下划线来构成，名称的长度不要超过 30 个字符。

注意，用户在确定表的名称时不要使用 SQL 语言中的保留关键词，如 Select、Create、Insert 等作为表名或列的名称。

如果用户希望在建立新表格时规定对字段的限制条件，可以使用可选的条件选项：如下例：

```
Create Table employee
(num Char(20) Unique,
firstname Varchar(15) Not Null,
lastname Varchar(20),
age Number(3),
address Varchar(30),
city Varchar(20));
```

数据类型用来设定某一个具体列中数据的类型。在姓名列中只能采用 Varchar 或 Char 的数据类型，而不能使用 Number 的数据类型。

SQL 语言中较为常用的数据类型如下。

① Char（size）：固定长度字符串，其中括号中的 size 用来设定字符串的最大长度。Char 类型的最大长度为 255 个字节。

② Varchar（size）：可变长度字符串，最大长度由 size 设定。

③ Date：日期类型。

④ Number（size，d）：数字类型，size 决定该数字总的最大位数，而 d 则用于设定该数字在小数点后的位数。

对于 Access 数据库来说，Char 和 Varchar 均对应为文本的数据类型；Number、Float 和 Double 等数据类型全部对应为数字型中的双精度数据类型，并且不需要括号中的参数。

最后，在创建新表格时需要注意的一点就是表格中列的限制条件。所谓限制条件，是指当向特定列输入数据时所必须遵守的规则。例如，Unique 这一限制条件要求某一列中不能存在两个值相同的记录，所有记录对应该字段的值都必须是唯一的。除 Unique 之外，较为常用的列的限制条件还包括 Not Null 和 Primary Key 等。Not Null 用来规定表格中某一列的值不能为空，Primary Key 则为表格中的所有记录规定了该字段为主键字段。

另外，在创建数据库表的结构时，不要使用系统的保留字作为字段的名称，如在 Access 中，不要用 No、Name、Note、Date 等作为字段名。

2. 删除数据库表的语句 Drop Table

在 SQL 语言中使用 Drop Table 命令删除某个表以及该表中的所有记录。语句格式为：

```
Drop Table tablename
```

例如，语句：

```
Drop Table student
```

结果删除当前数据库中的表 student。

3.2.2　数据操纵语言

1. 插入语句 Insert

SQL 语言使用 Insert 语句向表中插入或添加新的数据行。Insert 的语法格式为：

```
Insert Into table_name([column_list]) Values(data_values_list)
```

其中，table_name 是要插入数据的表名，column_list 是要插入数据的表中字段名列表，数据将输入到列表中对应的字段内；data_values_list 是具体要插入的一组数据。这里要注意的是，插入的数据个数与前面相应的列数应相等，且对应的数据类型必须与字段的数据类型兼容。在 SQL 语句中的文本、日期型数据必须加单引号，数值型的数据就不需加单引号，后面的语句同样。

如：

```
Insert Into teacher(no1,name1,age,dept) Values('050010201','李明',19,'计算机系')
```

在使用时，column_list 中字段的顺序可以不与数据库表结构中字段的顺序一致，即只需要将输入的数据与其字段相对应就可以了。如：

```
Insert Into 学生情况表(sex,no1,name1) Values('男','2101111','李明')
```

2. 删除语句 Delete

SQL 语言使用 Delete 语句删除数据库表中的行或记录。Delete 语句的格式为：

```
Delete From table_name[Where condition clause]
```

其中，[Where condition clause]是执行语句的条件，即满足 condition clause 的记录才会执行删除的操作。

如：从 student 表中删除姓名字段 sname 中值为"李明"的记录。

```
Delete From student Where Sname='李明'
```

如：从 student 表中删除班级字段 class 中值为"计科一班"的所有记录。

```
Delete From student Where class='计科一班'
```

又如：将 student 表中的所有记录都删除。

```
Delete From student
```

3. 数据更新语句 Update

SQL 语言使用 Update 语句更新或修改满足规定条件的记录。Update 语句的格式为：

```
Update table_name Set column-values-list [Where condition clause]
```

其中，column - values - list 是字段和值的组对，可以是一对或多对，多对时它们之间要用逗号分开，即一次可以同时修改多个列中的值；如果涉及多个表之间数据的修改时，必须指明字段是那些数据库表的字段，这将在后面的章节——多表间的数据操作中做介绍。

如：修改 student 表中所有记录中的两个字段 sex（性别）、mark（分数）中的值分别为"男"和"550"的语句。

```
Update student Set sex='男',mark=550
```

如：将 student 表中所有记录 total 字段中的值取出后与 640 相加的结果存回 total 字段中的语句。

```
Update student Set total=total+640
```

数据库表中已有的记录中的字段如果还没有输入或编辑过，则其中的值为"Null"，对这些记录进行操作时必须使用"Is Null"或"Is Not Null"来判断。

如：将 student 表中的 total 字段中值为 Null 的所有记录置为 640 的语句。

```
Update student Set total=640 Where total Is Null
```

注意：上面的 Update 语句与 Insert 语句均是向表中输入数据的语句，但两者不同的是，Insert 在表中新增加一行数据来输入数据，而 Update 是在表中已有数据的行中对数据进行更新或补充数据。

3.2.3　数据查询语言

1. 数据查询语句 Select

数据查询是对数据库进行的基本操作，其功能强大且内容丰富，是所有 SQL 语句中最重要、使用最复杂的一个语句。Select 的语法格式如下：

```
Select select_list [Into new_table] From table_source
[Where search_condition]
[Group By group_by_expression]
[Having search_condition]
[Order By order_expression[Asc|Desc]]
```

其中，select _ list 是指出需要显示的字段或数据序列名，有多个字段或数据序列名要显示时，字段名或数据序列名之间用逗号分开。在语法结构中，有中括号"[ ]"的部分均为可选部分。

如：查找并显示 student 表中所有记录的姓名（sname）、班级（class）字段的值。

```
Select sname,class From student
```

如果希望显示 student 表中每条记录的全部字段中的值，则语句为：

```
Select * From student
```

其中，用一个"＊"号表示表中的所有列的字段名。

如果有条件的，从表中提取满足条件（如所有性别为女的）的所有记录，则语句为：

```
Select * From student Where sex='女'
```

也可以使用空值来过滤记录，如将班级字段 class 中值为空的记录显示出来的语句。

```
Select * From student Where class Is Null
```

从表中查询得到的结果可以保存到一个数据库表中。如将 student 表中提取所有列中的值生成一个名为 newstu 的新表的语句。

```
Select * Into newstu From student
```

语句中的 Into 子句是告诉系统将查询的结果存到生成的新表 newstu 中，表的结构由 Select 语句后提取的字段来决定，上面的语句相当于将 student 表做了一个备份。

2. Order By 的使用

在显示输出数据时，如果希望对数据进行排序，可以使用 Order By 来实现，同时使用升降序指示符 Asc、Desc 来指出排序的方式，Asc 表示按升序进行排序输出、Desc 表示按降序进行排序输出，默认的方式是按照升序进行排序的。

如：将 student 表中的数据按学生姓名字段 sname 升序输出的语句为：

```
Select * From student Order By sname Asc
```

例 3 - 1 按降序方式对字段 age 进行排序输出。

```
Select * From newstu Where age in(19,18,25) Order By age Desc
```

例 3 - 2 按升序方式对字段 age 进行排序输出。

Select * From newstu Where age Between 19 And 26 Order By age

注意：不指定升降序时为 Asc，即取默认值。

3. 别名的使用

在 Select 语句后显示的列，一般使用字段名作为列名显示数据，但当显示的数据列由两个字段以上或是一个表达式构成，则在显示输出结果时，系统为该列起一个 "Expr1000" 的列名，这将不容易理解该列数据的意义，因此可以使用别名的方式为该列起一个列名。

别名的使用为：在需要起别名的列后面使用保留字 "As" 来指定别名。如：

Select snum As 学号,sname As 姓名,class As 班级 From student

显示结果如图 3-2 所示。

学号	姓名	班级
20020810101	陈朋	计科二班
20020810102	陈跃琦	计科一班
20020810103	董兴水	计科三班
20020810104	杜丽霞	计科一班
20020810105	傅成聪	计科七班
20020810106	甘鲜	计科一班
20020810107	候为国	计科一班
20020810108	黄景	计科一班

图 3-2　显示结果 1

4. Select 语句的显示及计算功能

Select 语句除了具有提取数据库表中的数据来显示外，还具有计算功能，即可以使用该语句来计算一个表达式的结果并显示出来。

例 3-3　计算 3 与 6 的和的平方根。

语句为：

Select (3+6)^(1/2)

显示结果如图 3-3 所示。

由于语句中使用到的数据不是来源于某一表，因此不需要 From 子句。

例 3-4　计算 3 与 5 的平方的和

Select 3+5^2

显示结果如图 3-4 所示。

Expr1000
3

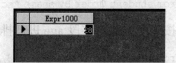

Expr1000
28

图 3-3　显示结果 2　　　　　图 3-4　显示结果 3

在本章里，只是介绍了 Select 语句的简单用法，其他的用法在后面相应的章节中做介绍。

练习题

1. SQL 语言有什么特点？

2. SQL 语言在什么数据库中适用？举例说出一些具体的数据库管理系统。

3. Insert Into 学生情况表（sex，no1，name1）Values（'男'，'2101111'，'李明'）与语句 Insert Into 学生情况表（no1，name1，sex）Values（'2101111'，'李明'，'男'）执行的结果是否相同？

4. Delete From tablename 语句与 Drop Table tablename 执行的结果是否一样？

5. Delete From tablename 语句将名为 tablename 表删除，该表的结构还存在吗？

6. 语句 Select From 学生情况表 no1，name1，sex 的语法结构正确吗？如错，应如何修改？其中 no1，name1，sex 为"学生情况表"中的三个字段名。

7. 使用 Select 语句将学生情况表中的字段名改为汉字的名称，并按学号（no1）字段将表中的记录排序后存放在一张新表中。

8. 使用 Update 语句修改表中某一字段中的所有值时，是否需要使用 Where 子句？

9. 在 SQL 语言中，可以用什么语句来计算一个算术表达式的结果？

第 4 章

运算符与表达式的使用

【本章概要】

本章对 SQL 语言中用到的运算符与表达式作详细的介绍，并通过实例的方式将具体的用法作了讲解，为学习者在后面进行的复杂操作打下基础。

【学习目标】

1. 熟练掌握运算符的基本知识和用法；
2. 熟练掌握表达式的基本内容和使用方法；
3. 掌握运算符的优先级相关内容。

【基本概念】

运算符、表达式、优先级

　　为了进行复杂数据的处理，可以在 SQL 语言中使用运算符、函数来增强数据的处理能力。连接待处理的数据或式子的符号称为运算符，运算符分为算术、关系、逻辑、字符串运算符。而将同类型的数据（如常量、变量、函数等）用运算符按一定的规则连接起来的有意义式子则称为表达式，每一个表达式的结果都是一种数据类型的值，不同的数据类型与运算符连接的式子的数据类型也不同，因此表达式根据结果的类型分别分成算术表达式、关系表达式、逻辑表达式、字符串（或文本）表达式。

4.1　运算符的分类

4.1.1　算术运算符

　　算术运算符在 SQL 语言中用于执行算术运算的功能。同其他语言一样，有十、一、*、/、\、^等运算符。

　　算术运算符的使用如下。

　　例 4 - 1　修改 student 表中的字段 score 中的内容，将所有表中记录 age 字段的值为 19 的记录中的 score 字段的值，改成原来的值与 640 的和再除以 10。

　　语句为：

```
Update student Set score= (score+ 640)/10 Where age=19
```

　　例 4 - 2　修改 student 表中的字段 score 中的内容，将所有记录中 class 字段的值为"英语（2005）"的行中的 score 中的值改为三个字段 eng、math、che 的和。

　　语句为：

```
Update student Set score=eng+math+che Where class= '英语(2005)'
```

　　例 4 - 3　对 student 表中字段 class 中值为"法学（2005）"的记录做修改操作，将这些记录中的字段 score 中的值改为原来的值乘上 1.2。

　　语句为：

```
Update student Set score=score*1.2 Where class= '法学(2005)'
```

　　例 4 - 4　对 student 表中字段 class 中值为"法学（2005）"的记录做修改操作，将这些记录中的字段 score 中的值改为原来值的平方根。

　　语句为：

```
Update student Set score=score^(1/2) Where class= '法学(2005)'
```

4.1.2　字符串运算符

　　字符串运算符有 &、十等。它们的作用是将文本数据类型的常量、变量的值连接起来，构成一个新的文本数据类型的数据。

例4-5　提取 newstudent 表中班级字段 sclass 中的值等于"数学与应用数学（2004）"的所有记录，并逐条显示欢迎这些同学加入这个班级的提示文本。

语句为：

```
Select '欢迎'+sname & '加入'& sclass From newstudent Where sclass='数学与应用数学(2004)'
```

显示的结果如图4-1所示。

Expr1000
欢迎陈瑞波加入数学与应用数学(2004)
欢迎陈智舜加入数学与应用数学(2004)
欢迎黄煜加入数学与应用数学(2004)
欢迎李明佩加入数学与应用数学(2004)
欢迎廖尧强加入数学与应用数学(2004)
欢迎苏醒斌加入数学与应用数学(2004)
欢迎孙华进加入数学与应用数学(2004)
欢迎郑贵良加入数学与应用数学(2004)

图4-1　字符串连接后显示的结果

注意：其中，sname 为姓名字段；&、+作为文本数据类型数据的连接运算符，在对文本型数据（字符串）进行连接时其作用是一样的。文本数据类型数据做"+"或"&"运算即是将两文本数据连接起来得到一个新的字符串。

4.1.3　关系运算符

关系运算符有>=、<=、<>、=、>、<、In、Like、Between 等。其作用是比较运算符两边式子的关系，返回一个逻辑值作为结果。

例4-6　从 student 表中删除字段 total 中值大于639的记录。

语句为：

```
Delete student Where total>639
```

例4-7　将 student 表中字段 sname 中值为"李明"的记录显示出来。

语句为：

```
Select * From student Where sname='李明'
```

例4-8　对 student 表中的 score 字段中的值进行更新，修改年龄字段 age 中的值不在19和26（包括19和26）之间的所有记录，将记录中的 score 字段的值做平方运算后写回原字段中。

语句为：

```
Update student Set score=score^2 Where age Not Between 19 And 26
```

1. 集合运算符的使用

例 4-9　修改 student 表中所有年龄字段 age 中的值为 19、20、23、26 的记录，将其 score 字段中的值改为 640 后写回字段中。

语句为：

```
Update student Set score=640 Where age In(19,20,23,26)
```

其中，运算符 In 与 Between 不同的是，In 用离散的值构成的集合作为对比来进行运算的，而 Between 则是通过指定下限和上限来限定比较的范围进行运算的。

2. 模糊查询的运用：

模糊查询是一个非常强大的功能，使用模糊查询可以通过不完整数据快速查询到完整的数据。模糊查询使用 Like 运算符和通配符来实现。通配符有两个：用"＊"在语句中可以代表多个字符，而用"？"代表一个字符或一个汉字。

例 4-10　将 student 表中姓名字段 sname 里所有名字中姓"李"的记录提取出来显示。

语句如下：

```
Select * From student Where sname Like'李*'
```

例 4-11　将 student 表中姓名字段 sname 里所有名字中有"元"的记录提取出来显示。

语句如下：

```
Select * From student Where sname Like'*元*'
```

例 4-12　将所有姓名字段 sname 中的值为"×元×"的记录提取出来，显示其学号与姓名。

语句如下：

```
Select snum,sname From student Where sname Like '?元?'
```

4.1.4　逻辑运算符

逻辑运算符有 And、Or、Is Null、Is Not Null、Not 等。其作用是对逻辑表达式、逻辑值进行运算或判别字段是否为空，结果返回一个逻辑值。使用逻辑运算符可以增强语句的条件表达式的表达能力。

例 4-13　将 student 表中班级字段 class 中值不为"数学与应用数学（2004）"的记录全部删除。

语句为：

```
Delete From student Where Not class='数学与应用数学(2004)'
```

例 4 - 14 删除 student 表中同时满足性别字段 sex 中的值为"女"并且班级字段 class 中的值为"计科一班"的所有记录。

语句为：

```
Select * From student Where sex='女' And class='计科一班'
```

例 4 - 15 提取 student 表中姓名字段 sname 中值为"李明"或"张明"的记录。

语句为：

```
Select * From student Where sname='李明' Or sname='张明'
```

例 4 - 16 从 student 表中删除字段 sname 中值为空的全部记录。

语句为：

```
Delete From student Where sname Is Null
```

例 4 - 17 将 student 表中字段 sname 中值非空的记录全部提取出来，并显示其学号 num、姓名 sname 和班级 class 字段中的值。

语句为：

```
Select num,sname,class From student Where sname Is Not Null
```

4.2　表　达　式

将同类型的数据（如常量、变量、函数等），用运算符按一定的规则连接起来的有意义的式子称为表达式。在表达式中，如果同一表达式中有多个运算符时，则必须有一个规则明确如何进行运算，即必须清楚各种运算符的运算优先顺序，才能得到正确的表达式结果。

表达式除了有算术表达式、关系表达式、逻辑表达式、字符串（或文本）表达式外，还可以有由不同类型的运算符连接得到的表达式，这就涉及哪些数据先与哪些数据进行运算的问题，因为按不同的顺序进行运算得到的结果是不同的。

如：表达式 $2+3*2$ 的值为 8，而 $(2+3)*2$ 的结果为 10，$5>2-3$ 的值为"TRUE"，如果没有运算符的优先级，则结果可能不正确，甚至是无法计算出结果的。

在不同的表达式和不同的运算符构成的表达式中，确定哪些运算符先进行运算的问题就是运算符的优先级问题。优先级高的运算符先与数据进行运算，然后依次按其他运算符的优先顺序进行，最后得到表达式的结果。

在由不同的数据、不同的运算符连接得到的表达式中，各种数据与运算符之间的运算顺序如表 4 - 1 所示。其中，同级之间的运算符的运算顺序则按从左到右的顺序来进行的，对于多层括号的式子则按由里向外的顺序进行。

表 4 - 1　运算符的优先级

优先级	运　算　符
1	（ ）括号，$^\wedge$乘方
2	＊（乘）、／（除）、mod（取模）
3	＋（正）、－（负）、＋（加）、（＋连接）、－（减）
4	＝，＞，＜，＞＝，＜＝，＜＞
5	NOT
6	AND
7	ALL、ANY、BETWEEN、IN、LIKE、OR、SOME
8	＝（赋值）

　　括号在这里作为运算符可以改变运算的顺序，其优先级最高。另外，括号也不会增加系统的运算负担，也不会减少语句执行的效率，但可以使语句的表达式更易看清楚。

练习题

1. 表达式是由什么构成的？有多少种不同类型的表达式？

2. 表达式有数据类型吗？如何确定表达式的数据类型？

3. 写出求3与9的和乘以3的立方根的语句。

4. 优先级是指什么？同一级别优先级的运算符如何进行运算？

5. 运算符 In 与 Between 在使用上的区别是什么？

6. 如何使用 SQL 语句进行模糊数据的查询？写出查找姓名为"×明"的 SQL 语句。

7. 写出为 student 表中的所有记录的年龄字段值均加1的语句。

8. 写出从 student 表中查找班级字段 class 里值有"数学"字符的所有记录，并将姓名和班级的值连接显示的语句。

第 5 章

函数的应用

【本章概要】

本章主要介绍 SQL 语言的函数概念及其用法，并通过实例的方式对常用函数的格式和用法作较详细的介绍。

【学习目标】

1. 掌握 SQL 语言中函数的概念；
2. 熟练掌握常用函数的格式和用法。

【基本概念】

函数、函数的参数

函数是由系统提供的不同于语句的程序，它具有一个返回值。在语句执行时，可以使用函数先对某些数据做一些特定的处理，将得到的数据与语句一起执行。在使用函数时，通过函数的名称，并在名称的后面加上一对圆括号来调用函数。执行函数时需要用到的数据称为函数的参数，不论函数是否需要参数，在使用函数时都一定要加上这对括号。如果函数要求参数时，则将所需的参数放在括号内，有多个参数时则用逗号将它们分开。下面分类介绍一些常用函数的使用。

5.1 字符串函数

字符串函数是处理文本型数据的函数，即函数处理的数据是文本型数据，但它的返回值可以是其他的数据类型，如数值型的数据。

5.1.1 截取子串的函数 MID

函数 Mid（ ）从文本型数据的字符串中截取指定的一个子字符串作为函数的返回值。它的格式为：

Mid（字符串 1，数值 1，数值 2）

其中，字符串 1 是要截取子串的字符串表达式或字段名，数值 1 指定要截取的子串的开始位置，数值 2 指定要截取的子串的长度。

例 5 - 1 将"《经济管理中的计算机应用》教材"中的教材名称截取出来。

Select Mid('《经济管理中的计算机应用》教材',2,11)

显示结果为：

经济管理中的计算机应用

注意：其中每一个字符或汉字都算是一个字符。

例 5 - 2 提取学号中第 5 位开始的 7 个数字。

若 Select * From student

显示结果如图 5 - 1 所示。

snum	sname	sex	birth	class	age
20020810114	刘荣高	男	1983-3-6	计科四班	21
20020810115	罗晖	男	1984-11-4	计科三班	20
20020810117	庞文锦	男	1984-7-31	计科一班	20
20020810118	卿远鹏	男	1982-11-8	计科四班	22
20020810119	孙玺	男	1984-2-26	计科一班	20

图 5 - 1 student 的所有记录

则：

Select Mid(snum,5,7) As 学号,sname As 名称,class From student

结果如图 5-2 所示。

学号	名称	class
0810114	刘荣高	计科四班
0810115	罗晖	计科三班
0810117	庞文锦	计科一班
0810118	卿远鹏	计科四班
0810119	孙玺	计科一班

图 5-2　截取 snum 后的结果

相关函数为：

Left（ ）：左截取字符串函数；Right（ ）：右截取字符串函数。

例 5-3　提取学号中第 5 位开始的 7 个数字。

执行语句为：

Select Right(snum,7) As 学号,sname As 名称,class From student

结果与上面一样。

例 5-4　提取学号中左边的 4 位数字并和姓名一起显示出来。

语句为：

Select Left(snum,4) As 学号,sname As 名称 From student

注意：在 Access 中使用 Mid 来截取字符串的子串，而在其他系统中也有用 Substr 或 Substring 来截取子串的。

5.1.2　去除字符串前后空格的函数 Trim、Rtrim、Ltrim

1. 左截取空格函数 Ltrim、右截取空格函数 Rtrim

Rtrim（ ）为将参数对应的字符串右边的空字符删去的函数，Ltrim（ ）为将参数对应的字符串左边的空字符删去的函数。

例 5-5　将从 student 表中提取的学号 snum 后面的空格和从姓名 sname 中提取的值左边的空格去掉后显示出来。

语句为：

Select Rtrim(snum),Ltrim(sname),class From student

2. 两头截取空格函数 Trim

Trim（ ）为将参数对应的字符串两头的空格截取掉的函数。

例 5 - 6 将从姓名 sname 中提取的值左边的空格和班级字段 class 前后的空格均去掉后显示出来。

语句为：

```
Select Ltrim(sname),Trim(class) From student
```

5.1.3 其他字符串函数

1. Asc（ ）返回字母的 Acsii 值的函数

```
Select Asc('A')
```

结果显示为：

65

2. Chr（ ）将 ASCII 值转换到字符的函数

```
Select Chr(65)
```

结果显示为：

A

3. Format（ ）格式化字符串的函数

```
Select Format(now( ),'yyyy-mm-dd')
```

结果显示为：

2010 - 04 - 03

而语句 Select Format(3/9,'0.00')

执行结果显示为：

0.33

4. Instr（ ）查询子串在字符串中位置的函数

```
Select Instr('abcd','bc')
```

结果显示为：

2

```
Select Instr('abc','f')
```

结果显示为：

0

5. Len（ ）返回字符串长度的函数

```
Select Len('abcdef')
```

结果显示为：

6

6. Space（ ）产生参数对应个数的空格的函数

```
Select 'Abcd'+Space(4)+'efg'
```

结果在两个字符串的显示之间间隔有 4 个空格。

```
Abcd efg
```

7. Strcomp（ ）比较两个字符串是否内容一致的函数

```
Select Strcomp('abc','ABC')
```

结果显示为：

0

```
Select Strcomp('abc','123')
```

结果显示为：

-1

8. Ucase（ ）将字符串转换成大写字符串的函数，Lcase（ ）返回字符串的小写形式的函数

```
Select Ucase('Abc'),Lcase('ABCD')
```

结果显示为：

```
ABC abcd
```

5.2　统 计 函 数

统计函数包括求标准差、方差、平均值、总和、最大值、最小值、计数等函数。

1. 求标准差的函数 Stdev（ ）

Stdev　估算样本的标准差。

Stdevp　计算以参数形式（忽略逻辑值和文本）给出的整个样本总体的标准偏差。

例 5-7　求学生表 student 中所有学生成绩（字段 score 中的值）的标准差。

语句为：

```
Select Stdev(score) As 标准差 From student
```

2. 求方差的函数 Var ( )、Varp ( )

Var   估算样本方差（忽略样本中的逻辑值和文本）。

Varp   计算整个样本总体的方差。

例 5 - 8   求学生表 student 中所有学生成绩（字段 score 中的值）的统计方差。

语句为：

```
Select Var(score) As 成绩方差 From student
```

例 5 - 9   求学生表 student 中所有学生成绩（字段 score 中的值）的标准差、统计方差。

语句为：

```
Select Stdev(score),Stdevp(score),Var(score),Varp(score)From student
```

3. 求最大值的函数 Max ( ) 和最小值的函数 Min ( )

Max   取字段最大值。

Min   取字段最小值。

例 5 - 10   求学生表 student 中所有学生成绩（字段 score 中的值）的最大值、最小值。

语句为：

```
Select Max(score),Min(score) From student
```

4. 计数函数 Count ( )

Count   统计记录条数。

例 5 - 11   求学生表 student 中所有学生数与有成绩（字段 score 中的值）的人数。Count ( ) 对成绩字段中有空值时，则不做统计。

语句为：

```
Select Count(*),Count(score) From student
```

在同一个表中，count（＊）与 count（字段名）不一定总是相等的，当计数的某一字段中有空值时，count 函数不对其进行统计。即上面字段 score 中有空值（Null）时，则不对其进行计数，因此 count（＊）与 count（score）会显示为两个不同值的结果。

5. 求平均值的函数 Avg ( )

Avg   统计某一字段平均值。

例 5 - 12   计算学生表 student 中所有"数学与应用数学 2001 级"学生成绩字段 score 中的值的平均成绩。

语句为：

```
Select Avg(score) From student Where class='数学与应用数学 2001 级'
```

6. 计算字段总和的函数 Sum（）

例 5-13　计算学生表 student 中所有"化学 2001 级"学生成绩字段 score 中的总成绩。语句为：

Select Sum(score) From student Where class='化学 2001 级'

5.3　算术函数的使用

算术函数包括三角函数、对数函数、指数函数、取整函数、幂函数等。其中，三角函数的值是以弧度为参数的形式来计算的。具体的这些函数如下：

Abs　绝对值函数

Atn　反正切函数

Tan　正切函数

Sin　正弦函数

Cos　余弦函数

Exp　返回 e 的给定次幂

Fix　返回参数的整数部分（即小数部分完全截掉）

Int　将参数数值向下取整到最接近的整数（与 Fix 相似）

Log　返回以 e 为底的对数值

Rnd　返回一个 0 到 1 之间的随机数值

Sgn　返回参数的正负符号（正数返回 1，负数返回-1，0 值返回 0）

Sqr　返回参数的平方根值

1. 求正弦、余弦和正切 30°的值

语句为：

Select Sin(3.14/6),Cos(3.14/6),Tan(3.14/6)

结果如图 5-3 所示。

Expr1000	Expr1001	Expr1002
0.499770102643102	0.866158094405463	0.576996400392873

图 5-3　三个函数值的结果

注意：其中正弦和余弦 30°的值可以用 3.14 除以 6 来近似代替它。

2. 求 Ln（10）、3 的平方根、e 的值

语句为：

Select Log(10) As e 为底 10 的对数,Sqr(3) As 平方根,Exp(1) As e 的值

结果如图 5-4 所示。

e 为底 10 的对数	平方根	e 的值
2.30258509299405	1.73205080756888	2.71828182845905

图 5-4　显示 Log、Sgr、Exp 的函数值结果

3. Fix 与 Int 的使用区别

Select Fix(10.2),Int(10.2),Fix(-10.2),Int(-10.2)

结果如图 5-5 所示。

Expr1000	Expr1001	Expr1002	Expr1003
10	10	-10	-11

图 5-5　Fix 与 Int 函数值的区别

Fix 与 Int 在使用时的区别是，Fix 将小数部分完全截掉，而 Int 将数字向下取整到最接近参数的整数。

4. Abs 与 Sgn 的使用

求-2 的绝对值和-3 的符号函数值，语句为：

Select Abs(-2),Sgn(-3)

结果如图 5-6 所示。

Expr1000	Expr1001
2	-1

图 5-6　Abs 与 Sgn 函数值的结果

5. 产生一个三位的随机整数

语句为：

Select Int(Rnd( )*1000)+Int(Rnd( )*100)+Int(Rnd( )*10) As 三位随机数

结果如图 5-7 所示。

三位随机数
503

图 5-7　三位随机数的结果

5.4 日期函数的使用

日期函数是产生时间日期或处理参数有时间日期型数据的函数，它的返回值可以是其他类型的数据。

1. Datediff 函数

Datediff（ ）返回按第一个参数指定的模式后面两个参数的时间间隔。第一个参数可以为 yyyy、m、d、h、n、s、w 或 ww 等之一，第二个参数为开始日期，第三个参数为结束日期。

例 5 - 14 2002 - 4 - 1 与 2004 - 5 - 1 间隔的年数。

语句为：

```
Select Datediff('yyyy','2002-5-1','2004-5-1')
```

返回的值为 2，表示 2 年

Datediff（ ）对需要比较的两个日期型数据相差的年份进行计算，对两个日期的月份不关心。

2. 系统当前日期时间的函数 Now、Date

获取当前的日期与时间在处理数据时很重要。系统提供了两个函数 Now（ ）与 Date（ ）可以用来取得系统当前时间的函数，它们都不需要参数。Now 与 Date 都可以取得系统当前的日期，但 Now 还可以取得系统当前的时间。

如：

```
Select Now( ) As 时间与日期,Date( ) As 日期
```

结果如图 5-8 所示。

时间与日期	日期
2010-7-5 15:23:21	2010-7-5

图 5-8

3. Day、Month、Year、Weekday 函数

Day、Month、Year、Weekday 函数分别取出时间日期数据中的天、月、年和星期数，返回的是一个整数，可以将此整数进行算术运算。如：

```
Select Day('2002-5-31')
```

结果返回为整数：

31

```
Select Month('2002-5-31')+5
```

结果为：

```
10
Select Weekday(Now( ))
```

结果为：

```
3
```

其中的 3 表示星期二，因为 Weekday 函数返回某个日期的当前星期数加一，如星期天为 1，星期一为 2，星期二为 3，依此类推。

4. Dateadd 函数

Dateadd 函数返回加入增量后的日期，可按天、月、年来加。Dateadd 函数的第一个参数与 Datediff 函数的第一个参数一样，可以为 yyyy、m、d 等之一。Dateadd 按第二个参数指定的增量来得到新日期。

如：

```
Select Dateadd('m',5,'2002-5-31')
```

结果为：

```
2002-10-31
```

而：

```
Select Dateadd('m',4,'2002-5-31')
```

结果为：

```
2002-9-30  而不会是 2002-9-31
```

另外，第二个参数可以是负数，如：

```
Select Dateadd('m',-3,'2002-5-31')
```

结果为：

```
2002-2-28
```

5. 日期函数的应用

例 5 - 15　查看学生表 student 中学生的年龄。

若执行语句：

```
Select * From student
```

结果如图 5 - 9 所示。

则：

sname	snum	sex	birth	class
陈朋	20020810101	男	1984-3-19	计科二班
陈跃琦	20020810102	女	1984-4-25	计科一班
董兴水	20020810103	男	1985-4-12	计科三班
杜丽霞	20020810104	女	1984-10-12	计科一班
傅成聪	20020810105	男	1984-7-22	计科七班
甘鲜	20020810106	女	1983-12-13	计科一班
候为国	20020810107	男	1984-6-23	计科一班
黄杲	20020810108	男	1983-10-23	计科一班

图 5-9　student 表的所有记录

```
Select sname As 姓名,Datediff('yyyy',birth,Date()) As 年龄 From student
```

结果如图 5-10 所示。

姓名	年龄
陈朋	26
陈跃琦	26
董兴水	25
杜丽霞	26
傅成聪	26
甘鲜	27
候为国	26
黄杲	27

图 5-10　计算后得到的年龄

6. 相关函数

1) DatePart 函数

函数返回由第一个参数决定的日期的某个部分，返回值为整型数据。

如：

```
Select DatePart('d','2006-5-21')
```

结果为：

21

其中的 d 也可以替换为 yyyy 或 m，分别得到其中的年号和月份数。

2）Hour、Minute、Second 函数

Hour 函数返回时间日期数据中的小时数，Minute 函数返回时间日期数据中的分钟部分，而 Second 函数返回时间日期数据中的秒数部分。

如：

Select Hour(now( )) As 小时,Minute(now( )) As 分钟,Second(now( )) As 秒

结果如图 5-11 所示。

小时	分钟	秒
16	35	51

图 5-11 取出 now（ ）中的小时、分钟和秒

3）Time 函数

Time 函数返回系统当前的时间（即 Now 函数返回值中去除年/月/日后的部分）。

如：

Select time( ) As 现在的时间

结果如图 5-12 所示。

现在的时间
16:29:04

图 5-12 显示系统当前的时间

5.5 转换函数的使用

在数据处理时，不同类型的数据不能直接进行运算，表达式中运算符两边的数据类型应该一致才能正确进行计算，因此需要将不同的数据类型转换成相同的数据类型。一般情况下，系统服务器会自动处理数据类型的转换，如比较 Char 和 Datetime 表达式、Int 和 Smallint 表达式、不同长度的 Char 表达式等操作，由服务器自动转换的称为隐性转换；若服务器无法转换时，则需要通过转换函数进行显式转换。

SQL 语言中转换函数很多，不同的系统中转换函数也有一些不同，在 Access 中，转换函数可分为文本型数据、数值型数据、日期型数据等的函数。

5.5.1　转换为文本型数据的函数

Cstr 函数是转换参数为文本型数据的函数，它可以将不同类型的参数转换为文本数据类型的数据。

其格式为：

Cstr(参数)

其中，参数可以是任何有效的表达式。

例 5-16　将学生表中学生的姓名（字段 sname）及其出生日期（字段 birth）连接起来进行显示。

由于字段 birth 的数据类型为日期时间型，要与文本型的姓名连接，则需要转换类型。

语句如下：

Select sname+'出生的日期为'+Cstr(birth) As 学生的出生日期 From student

结果如图 5-13 所示。

学生的出生日期
陈朋出生的日期为 1984-3-19
陈跃琦出生的日期为 1984-4-25
董兴水出生的日期为 1985-4-12
杜丽霞出生的日期为 1984-10-12
傅成聪出生的日期为 1984-7-22
甘鲜出生的日期为 1983-12-13
候为国出生的日期为 1984-6-23
黄昊出生的日期为 1983-10-23

图 5-13　将姓名与出生日期取出后连接显示的结果

此例中，使用 Cstr 函数将日期型的字段 birth 的数据转换成文本的数据后，才能与前面的姓名等字符连接在一起构成一个新的字符串。

5.5.2　转换为数值型数据的函数

转换为数值型数据的函数有 Cbyte、Cint、Clng、Cdbl 等，其作用是将函数的参数转换为数值型的数据，但对应的参数必须是可以转换为数值型数据的其他数据类型。

例 5-17　显示学生表中学生的姓名及其年龄，并连接显示。

语句如下：

```
Select sname+ '的年龄为'+Cint(age)From student
```

将姓名字段 sname 中的值与字符串"的年龄为"连接,再与 Cstr(age)转换成的字符串才能连接成一个新的字符串。

例 5-18 将"陈朋"后面的学生的学号显示出来。

语句如下:

```
Select sname+ '后面的同学学号为'+Cstr(Clng(snum)+1) From student Where sname= '陈朋'
```

由于 snum 是文本型的字段,因此必须将 snum 的值转换成数值型的数据后才能做加法的运算,求出"陈朋"后面的学生的学号,然后再转换成文本型的数据,才能与前面的字段串相连接。

相关函数的使用如下。

1. 将参数转换成字节型数据

```
Select Cbyte('123')
```

结果为:

123

2. 将参数转换成单精度数据

```
Select Csng('1234567')
```

结果为:

1234567

3. 将参数转换成双精度数据

```
Select Cdbl('123456789012345')
```

结果为:

123456789012345

5.5.3 转换为日期型数据的函数

转换为日期型数据的函数有 Cdate 等,其作用是将函数的参数转换为日期型的数据,但对应的参数必须是可以转换为日期型数据的其他类型数据。

例 5-19 将学生表 student 中生日为"1985-4-12"的学生的记录取出,显示该学生的姓名及其出生日期,并显示出"今天是你的生日"。

其中姓名 sname 是文本型字段,出生日期 birth 是日期型字段。

语句如下:

Select sname &'今天'+Cstr(birth)+'是你的生日' From student Where birth=Cdate('1985-4-12')

语句中的 Cdate 函数将字符串'1985-4-12'转换成日期型的数据后，才能与 birth 字段中的值进行比较。

练习题

1. 将学生表中的学号字段（文本型）中的数据前两位修改为"60"，后面的数据不变。

2. 用语句求 student 表的总人数、没有成绩的人数、最高的分数和最低的分数。

3. 用学生表中的出生日期字段中的值修改年龄字段的值为实际的年龄。

4. 用语句求正切 30°的值。

5. 通过实例将转换函数逐个试一试其用法。

6. 写出产生 5 个在 0~9 之间的随机数的语句。

7. 写出求出并显示 10 个在 0~100 之间的随机数的语句。

8. 写出查看学生表中学生的姓氏有多少个（只针对单姓的情况）的语句。

9. 写出显示现在是上午、下午的几点和今天星期几的语句。

10. 使用函数 Len、Left、Right，将姓名字段中的最后一个字符去除；再用 Instr 代替 Len，写出相应的语句。

第 6 章

分组查询统计操作

【本章概要】

本章主要介绍 SQL 语言的分组查询概念，并通过实例的
方式对分组查询的格式和用法作较详细的介绍。

【学习目标】

1. 熟练掌握分组查询子句 Group By 的语法结构；
2. 能够使用分组查询子句对数据分组统计。

【基本概念】

分组查询

分组查询统计操作是指将满足条件的数据库表中的数据提取出来，按指定的某种方式对记录进行分组，然后再对组中的数据进行汇总统计的操作。分组查询语句可以用来进行数据的统计，即对要统计的记录先进行分组，然后再进行汇总统计。例如，统计学生表中各班学生的平均年龄；企业统计销售记录表中每个销售员的销售业绩；商家统计某段时期内销售商品的种类等。

6.1   分组查询语句的结构

分组查询操作是在 Select 语句中使用 Group By 子句来实现的，并且需要与 SQL 语言中的汇总合计函数结合，才能实现汇总统计。

分组查询语句的语法结构如下：

Select 字段名或表达式列表 1 From 表名［Where 条件表达式］Group By 字段名或表达式列表 2［Having 合计条件表达式］

具体说明如下。

字段名或表达式列表 1：字段名必须是在保留字 Group By 后面有出现的列名，而表达式是指由汇总或合计的函数引出的式子；如由 Sum、Avg、Count、Max、Min、Stdev、Var 等函数引出的表达式。

表名：为需要分组统计的数据库表的名称。

条件表达式：为从数据库表中提取记录时必须满足的条件。

字段名或表达式列表 2：为提取出来的记录进行分组的方式。

合计条件表达式：为由合计函数引出的表达式，用于对分组统计完成后得到的结果集进行过滤，满足合计条件表达式的结果集的行才会被显示出来。

上面语法结构中用中括号［ ］括起来的语句成分是可选部分，可以根据统计的需要选取使用。

6.2   分组查询语句的用法

6.2.1   分组查询子句 Group by 的用法

分组查询子句 Group by 的作用主要是将表中满足条件的记录按 Group By 后面的表达式或字段进行分组，然后结合语句中 Select 后面的表达式列表对分完组后的各组数据进行汇总或统计。

例 6-1   对学生表 student 中的数据按班级（class 字段）进行分组，求每个组中 mark

字段值的平均数，并计算各组中的人数。

设执行语句：

Select * From student

结果如图 6-1 所示。

num	sname	sex	birth	class	age	mark
20020810101	陈朋	男	1984-3-19	计科二班	20	645
20020810103	董兴水	男	1985-4-12	计科三班	19	640
20020810108	黄昊	男	1983-10-23	计科一班	21	692
20020810110	李卫东	男	1983-9-8	计科一班	21	905
20020810112	刘磊	男	1982-7-14	计科一班	22	788
20020810114	刘荣高	男	1983-3-6	计科四班	21	788
20020810115	罗晖	男	1984-11-4	计科三班	20	640
20020810118	卿远鹏	男	1982-11-8	计科四班	22	456
20020810120	唐旭东	男	1984-3-31	计科三班	20	640
20020810121	刘德名	男	1984-1-5	计科三班	20	640
20020810123	王立勋	男	1984-10-2	计科四班	20	657
20020810124	王振	男	1983-8-11	计科一班	21	894
20020810125	吴元新	女	1983-11-29	计科三班	21	672
20020810132	张梦涛	男	1982-9-10	计科一班	22	789

图 6-1　student 表中的所有记录

则执行语句：

Select class As 班级名称,Avg(mark) As 平均分,Count(*) As 各班人数 From student Group By class

结果如图 6-2 所示。

班级名称	平均分	各班人数
计科二班	645	1
计科三班	646.4	5
计科四班	633.67	3
计科一班	813.6	5

图 6-2　分组统计后的结果

执行时，系统首先从 student 表中将记录提取出来，然后按 class 字段中值相同的记录分为同一组，求出每组中所有记录的 mark 字段值的平均数（由 Avg 函数计算）和组中记录的条数（由 Count 函数计算），再按 Select 后面指定的三列 class、Avg（mark）、Count（＊）（即班级名称、平均分、各班人数）将数据显示出来。

其执行时可以看成由下面的步骤完成的。

第一步：将 student 表中满足条件的记录提取出来，由于这里没有使用 Where 子句，所以为整个表中的所有记录。

第二步：将从 student 表中提取的记录按 class 字段中的值相同的分为同一组，得到 4 个分组如下：

num	sname	sex	birth	class	age	mark
20020810132	张梦涛	男	1982 - 9 - 10	计科一班	22	789
20020810124	王振	男	1983 - 8 - 11	计科一班	21	894
20020810112	刘磊	男	1982 - 7 - 14	计科一班	22	788
20020810110	李卫东	男	1983 - 9 - 8	计科一班	21	905
20020810108	黄杲	男	1983 - 10 - 23	计科一班	21	692
20020810123	王立勋	男	1984 - 10 - 2	计科四班	20	657
20020810118	卿远鹏	男	1982 - 11 - 8	计科四班	22	456
20020810114	刘荣高	男	1983 - 3 - 6	计科四班	21	788
20020810125	吴元新	女	1983 - 11 - 29	计科三班	21	672
20020810121	刘德名	男	1984 - 1 - 5	计科三班	20	640
20020810120	唐旭东	男	1984 - 3 - 31	计科三班	20	640
20020810115	罗晖	男	1984 - 11 - 4	计科三班	20	640
20020810103	董兴水	男	1985 - 4 - 12	计科三班	19	640
20020810101	陈朋	男	1984 - 3 - 19	计科二班	20	645

第三步：各组按 Select 后面指定的汇总列对组中的数据进行计算，这条语句是对每组中的所有记录求其 mark 字段的平均数和计算各组中的记录条数。以上 4 个组得到下面的这 4 行数据，即语句执行得到的最后结果。

计科二班	645	1
计科三班	646.4	5
计科四班	633.67	3
计科一班	813.6	5

第四步：将语句执行得到的最后结果显示出来，语句执行完毕。

6.2.2　Having 子句的用法

如果在使用分组查询语句操作完成后，在得到的结果集中需要将一些行去除时，则可以使用 Having 子句来实现。

例 6-2　对学生表 student 中的数据按班级（class 字段）进行分组，求组中 mark 字段值的平均数、各组中的人数，并显示组中人数大于或等于两人的组的统计结果。

Student 表与例 6-1 同。

执行的语句如下：

```
Select class As 班级名称,Avg(mark) As 平均分,Count(*) As 各班人数 From student Group By
class Having(Count(*)>=2)
```

结果如图 6-3 所示。

班级名称	平均分	各班人数
计科三班	646.4	5
计科四班	633.67	3
计科一班	813.6	5

图 6-3　经过 Having 过滤后的分组统计结果

语句执行时的前面三步与例 6-1 一样；第四步是使用 Having 后面的条件对结果集进行过滤，去除结果集中 count(*)<2 的行，即将由四个组得到的四行数据（结果集）中的人数少于两人的行去除，其结果：

计科二班	645	1
计科三班	646.4	5
计科四班	633.67	3
计科一班	813.6	5

中的"计科二班"这一行数据删去，得到最后的结果。

在分组查询的操作中，也可以将其应用到商业的统计查询上，如汇总各部门销售商品的数量和品种、统计每个销售员的销售业绩等。

例 6-3 若产品销售表 saledb 如图 6-4 所示，写出求各种商品销售数量的语句。

销售日期	产品型号	产品名称	销售数量	经办人	所属部门	销售金额
2007-3-1	A01	扫描枪	4	甘倩琦	市场 1 部	1472
2007-3-1	A011	定位扫描枪	2	许 丹	市场 1 部	936
2007-3-1	A011	定位扫描枪	2	孙国成	市场 2 部	936
2007-3-2	A01	扫描枪	4	吴小平	市场 3 部	1472
2007-3-2	A02	刷卡器	3	甘倩琦	市场 1 部	1704
2007-3-2	A031	定位报警器	5	李成蹊	市场 2 部	3440
2007-3-5	A03	报警器	4	刘 惠	市场 1 部	1952
2007-3-5	B03	报警系统	1	赵 荣	市场 3 部	1988
2007-3-6	A01	扫描枪	3	吴 仕	市场 2 部	1104
2007-3-6	A011	定位扫描枪	3	刘 惠	市场 1 部	1404
2007-3-7	B01	扫描系统	2	许 丹	市场 1 部	1976
2007-3-7	B03	报警系统	2	王 勇	市场 3 部	3976
2007-3-8	A01	扫描枪	4	甘倩琦	市场 1 部	1472
2007-3-8	A01	扫描枪	3	许 丹	市场 1 部	1104
2007-3-9	A01	扫描枪	5	孙国成	市场 2 部	1840
2007-3-9	A03	报警器	4	吴小平	市场 3 部	1952
2007-3-9	A011	定位扫描枪	4	刘 惠	市场 1 部	1872

图 6-4 Saledb 表的所有记录

语句如下：

Select 产品名称,sum(销售数量) As 销量 From saledb Group By 产品名称

结果如图 6-5 所示。

如果需要统计各个销售员的业绩，即将每个销售员的销售金额汇总，则语句如下：

Select 经办人,sum(销售金额) As 总金额 From saledb Group By 经办人

结果如图 6-6 所示。

产品名称	销量
报警器	8
报警系统	3
定位报警器	5
定位扫描枪	11
扫描枪	23
扫描系统	2
刷卡器	3

经办人	总金额
甘倩琦	4648
李成蹊	3440
刘 惠	5228
孙国成	2776
王 勇	3976
吴 仕	1104
吴小平	3424
许 丹	4016
赵 荣	1988

图 6-5 按产品名称汇总销量的结果   图 6-6 按经办人汇总销售金额的结果

例 6-4 对学生表 student（snum，sname，sex，class，score）中的数据进行分组统计，写出满足下列条件的语句：

a. 需要统计的学生记录的成绩（score 字段的值）必须大于等于 60 分；

b. 显示结果中的每个班的人数多于两个人；

c. 显示各班班级的名称、班级成绩（score）的平均分、总成绩、最高分、最低分；

d. 结果按总成绩降序排序输出。

其中，class 为班级字段、score 为成绩字段。

语句如下：

Select class,Avg(score) As 平均分,Sum(score) As 总分,Max(score) As 最高分,Min(score) As 最低分 From student Where(score>=60) Group By class Having(Count(*)>=2) Order By Sum(score) Desc

练习题

1. 写出对学生表 student 中的记录按性别字段 sex（或其他字段）进行分组，并求出组中成绩字段 score 中的最大、最小值，每组 score 字段的总分、平均分和各组中的人数的语句。

2. 使用 Group By 子句写出在学生表 student（snum，sname，sex，class，score）中查询出学生共有多少个班级的语句。

3. 对例 6-3 中的产品销售表 saledb 的所有记录进行汇总统计，写出统计每个销售部门销售商品的总金额的语句。

4. 对例 6-3 中的产品销售记录表中的所有记录进行汇总统计，写出统计每个销售经办人销售商品的总金额，并显示总金额大于 3 000 元的经办人姓名和其销售总金额的语句。

5. 通过在数据库表中增加一个标志字段的方法来对数值型字段中的数据进行分组统计。如对分数或年龄进行分组汇总，写出对应的操作步骤和语句。

第 7 章

多表间的数据操作

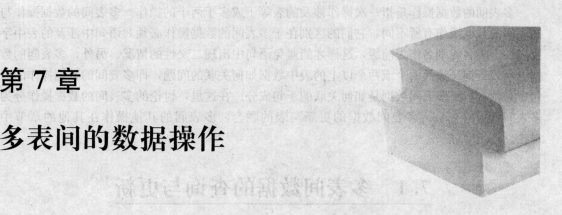

【本章概要】

    本章主要介绍 SQL 语言中多表之间的数据操作语句，主要介绍多表间的数据更新、数据的查询与表的联合等语句，并通过实例对其用法进行较详细的介绍。

【学习目标】

    1. 熟练掌握多表间的数据更新、数据查询语句的各种用法；

    2. 熟练掌握表的联合语句的使用。

【基本概念】

    多表间的数据操作、内连接、左（右）外连接、自身连接、表的联合多表间的数据操作是指一次操作涉及的表等于或多于两个的操作。多表间的数据操作与同表间的数据操作有所不同，它们的区别在于多表间的数据操作必须对语句中涉及的表中字段名加上表名或别名作为前缀，这样才能避免语句中出现二义性的情况。另外，多表间的数据更新或查询还涉及两个或两个以上的表中数据如何关联的问题，即多表间的数据操作的语句中必须有指出多表间数据是如何关联的子句成分。在这里，讨论的多表间的数据操作分为多表间数据的查询、多表间数据的更新与表的联合，多表间的其他操作在其他的章节中讨论。

7.1　多表间数据的查询与更新

7.1.1　多表间数据的更新

多表间数据的更新使用 Update 语句来实现，操作涉及的表均放在 Update 后面，需要更新的字段及要更新为的值用等号连接后放在保留字 Set 后面；有多个字段的值需要更新时，则使用逗号将它们分开，并在所有的字段前面加上前缀形成。为了使语句中输入的字符数减少，一般是使用别名代替表名来减少语句中的字符数的。

多表间数据的更新常用于将其他表中的数据统计或汇总到一张表中，如将销售的商品数量、金额或种类等数据汇总到一张表中。

例 7 - 1　设某商家产品信息存在 product 表中，如图 7 - 1 所示。

产品型号	产品名称	产品单价	产品功能概述
A01	扫描枪	￥368.00	扫描条形码
A011	定位扫描枪	￥468.00	定位扫描指定区域内的条形码
A02	刷卡器	￥568.00	识别磁卡编码
A03	报警器	￥488.00	在相对距离内进行自动报警
A031	定位报警器	￥688.00	在特定范围区域内进行自动报警
B01	扫描系统	￥988.00	用于配置与管理条形码的系统
B02	刷卡系统	￥1088.00	用于配置与管理磁卡编码的系统
B03	报警系统	￥1988.00	用于配置与管理报警的系统

图 7 - 1　某商家产品信息表

销售的产品信息存在 saledb 表中，如图 7 - 2 所示。

销售日期	产品型号	产品名称	销售数量	经办人	所属部门	销售金额
2007-3-1	A01		4	甘倩琦	市场1部	
2007-3-1	A011		2	许 丹	市场1部	
2007-3-1	A011		2	孙国成	市场2部	
2007-3-2	A01		4	吴小平	市场3部	
2007-3-2	A02		3	甘倩琦	市场1部	
2007-3-2	A031		5	李成蹊	市场2部	
2007-3-5	A03		4	刘 惠	市场1部	
2007-3-5	B03		1	赵 荣	市场3部	
2007-3-6	A01		3	吴 仕	市场2部	
2007-3-6	A011		3	刘 惠	市场1部	
2007-3-7	B01		2	许 丹	市场1部	
2007-3-7	B03		2	王 勇	市场3部	
2007-3-8	A01		4	甘倩琦	市场1部	
2007-3-8	A01		3	许 丹	市场1部	
2007-3-9	A01		5	孙国成	市场2部	
2007-3-9	A03		4	吴小平	市场3部	
2007-3-9	A011		4	刘 惠	市场1部	

图 7 - 2　某商家销售产品信息表 1

现要统计销售情况，即完成图 7 - 2（saledb 表）的填写。

需要执行数据填入的相应操作语句如下：

Update product a,saledb b Set b.产品名称=a.产品名称,b.销售金额=a.产品单价 * b.销售数量 Where a.产品型号=b.产品型号

执行的结果见图 7 - 3。

商家在一段时间后常常需要汇总各销售员的业绩，并作表按销售员的销售业绩给予一定比例的提成费，这样的操作也需要使用多表间的数据更新来实现。

例 7 - 2　设商家每隔一段时间需要制作的销售业绩提成表为 sale1，若执行语句：

Select * From sale1

结果如图 7 - 4 所示。

销售日期	产品型号	产品名称	销售数量	经办人	所属部门	销售金额
2007-3-1	A011	定位扫描枪	2	许 丹	市场1部	936
2007-3-1	A011	定位扫描枪	2	孙国成	市场2部	936
2007-3-2	A01	扫描枪	4	吴小平	市场3部	1472
2007-3-2	A02	刷卡器	3	甘倩琦	市场1部	1704
2007-3-2	A031	定位报警器	5	李成蹊	市场2部	3440
2007-3-5	A03	报警器	4	刘 惠	市场1部	1952
2007-3-5	B03	报警系统	1	赵 荣	市场3部	1988
2007-3-6	A01	扫描枪	3	吴 仕	市场2部	1104
2007-3-6	A011	定位扫描枪	3	刘 惠	市场1部	1404
2007-3-7	B01	扫描系统	2	许 丹	市场1部	1976
2007-3-7	B03	报警系统	2	王 勇	市场3部	3976
2007-3-8	A01	扫描枪	4	甘倩琦	市场1部	1472
2007-3-8	A01	扫描枪	3	许 丹	市场1部	1104
2007-3-9	A01	扫描枪	5	孙国成	市场2部	1840
2007-3-9	A03	报警器	4	吴小平	市场3部	1952
2007-3-9	A011	定位扫描枪	4	刘 惠	市场1部	1872

图7-3 多表间数据更新的结果

销售员姓名	总销售量	总销售金额	提成率	提成额
李成蹊			0	0
孙国成			0	0
王 勇			0	0
吴 仕			0	0
吴小平			0	0
赵 荣			0	0

图7-4 sale1表

而商家销售商品的流水账表为sale2，若执行语句：

```
Select * From sale2
```

结果如图 7-5 所示。

销售员姓名	总销售量	总销售金额
甘倩琦	14	5752
李成蹊	7	4416
刘 惠	29	18232
孙国成	15	6920
王 勇	2	3976
吴 仕	27	12116
吴小平	8	3424
许 丹	24	11352
赵 荣	12	6436

图 7-5   sale2 表

现在需要在 sale1 表中填入销售员的总销售量和总销售金额，即要从 sale2 表中取出相应销售员的总销售量和总销售金额填入 sale1 表中相应的记录字段中。

若执行语句为：

Update sale1,sale2 Set 总销售量=总销售量,总销售金额=总销售金额 Where 销售员姓名=销售员姓名

则系统就不知是将 sale1 中的相应数据填入到 sale2 中，还是将 sale2 中的数据填入到 sale1 中，即语句中出现了二义性。

正确的语句是：

Update sale1 a,sale2 b Set a.总销售量=b.总销售量,a.总销售金额=b.总销售金额 Where a.销售员姓名=b.销售员姓名

结果如图 7-6 所示。

销售员姓名	总销售量	总销售金额	提成率	提成额
李成蹊	7	4416	0	0
孙国成	15	6920	0	0
王 勇	2	3976	0	0
吴 仕	27	12116	0	0
吴小平	8	3424	0	0
赵 荣	12	6436	0	0

图 7-6   更新后的 sale1 表

7.1.2　多表间数据的显示

多表间数据的显示可以使用多种方法来实现。在这里，主要讨论使用 Where 子句和表的连接两种方法来显示多表间的数据。

1. 使用 Where 子句的多表间数据查询

使用该方法的多表间数据查询是将多表间的数据关联方法放在 Where 子句中来实现查询的一种方式，并需要在语句中出现的所有字段名前面加上表名或别名为前缀。

例 7 - 3　设有学生信息表 student 和存放学生各门成绩的表 scoretable，现需要查看每个学生的学号、姓名、班级名称和各门成绩等信息，写出相应的语句。

其中，student 表如图 7 - 7 所示。

snum	sname	sex	class
3151006	胡燕	女	广播电视新闻学(2003)
4031033	李敏方	男	法学(2004)
4031042	刘佳一	女	法学(2004)
4051049	巫强和	男	行政管理(2004)
4051061	张共营	男	行政管理(2004)
4061004	陈瑞波	男	数学与应用数学(2004)
4061010	陈智舜	男	数学与应用数学(2004)
4061024	黄煜	男	数学与应用数学(2004)
4061029	李明佩	男	数学与应用数学(2004)
4061034	廖尧强	男	数学与应用数学(2004)
4061047	苏醒斌	男	数学与应用数学(2004)
4061048	孙华进	男	数学与应用数学(2004)
4061067	郑贵良	男	数学与应用数学(2004)
4072008	冯国强	男	应用物理学(2004)

图 7 - 7　student 表

scoretable 表如图 7 - 8 所示。

则相应的查询语句如下：

Select p. snum, p. sname, p. class, q. eng, q. math, q. che From student p, scoretable q Where p. snum=q. snum

snum	eng	math	che
3151006	83	65	78
4031033	79	76	56
4061004	185	83	77
4061010	173	85	89
4061024	187	67	90
4061029	189	84	92
4072008	88	82	79
5031003	66	87	89
5072013	75	77	99

图 7-8　scoretable 表

结果如图 7-9 所示。

snum	sname	class	eng	math	che
4061010	陈智舜	数学与应用数学(2004)	173	85	89
4031033	李敏方	法学(2004)	79	76	56
3151006	胡燕	广播电视新闻学(2003)	83	65	78
4061004	陈瑞波	数学与应用数学(2004)	185	83	77
4061024	黄煜	数学与应用数学(2004)	187	67	90
4072008	冯国强	应用物理学(2004)	88	82	79
4061029	李明佩	数学与应用数学(2004)	189	84	92

图 7-9　查询语句执行后的结果

这个语句执行时，是从 student 表和 scoretable 表中取出数据，按 Where 后的条件表达式的条件进行匹配，将两张表中满足条件的每两条记录联结成一行后，取出语句中指定列的数据作为输出而得到的结果。

例 7-4　某商家需要查看目前原始销售记录表中销售员"甘倩琦"销售商品的总金额。其中商品信息库表为 product，与例 7-1 的 product 表同；销售商品库表为 saledb，如图 7-10 所示。

销售日期	产品型号	产品名称	销售数量	经办人	所属部门	销售金额
2007-3-1	A011	定位扫描枪	2	孙国成	市场2部	0
2007-3-1	A01	扫描枪	4	甘倩琦	市场1部	0
2007-3-2	A031	定位报警器	5	李成蹊	市场2部	0
2007-3-2	A02	刷卡器	3	甘倩琦	市场1部	0
2007-3-2	A01	扫描枪	4	吴小平	市场3部	0
2007-3-5	A03	报警器	4	刘 惠	市场1部	0

图 7-10   saledb 表

由于所需要查询的数据涉及 product 表中的产品单价与 saledb 表中的销售数量和经办人，因此该操作为多表间的查询操作，并使用产品型号来关联两个表间的数据。

执行语句如下：

Select Sum(a.销售数量*b.产品单价) As 销售总额 From saledb a,product b Where a.产品型号=b.产品型号 And a.经办人='甘倩琦'

结果如图 7-11 所示。

销售总额
3176

图 7-11   查询的结果

执行语句时，系统将 saledb 表中满足 Where 后面条件"经办人为甘倩琦"的每条记录取出，再将记录中的销售数量的值与 product 表中满足条件"a.产品型号＝b.产品型号"的记录中的产品单价相乘后求和，得到了甘倩琦的销售总额。

2. 表的连接

若一个查询同时涉及两个或两个以上表中的数据横向输出时，可以使用表的连接来实现查询。表的连接查询分为内连接（等值连接、非等值连接查询）、外连接查询（外连接）、自身连接查询（自身连接）、交叉连接查询（交叉连接）等。在这里，只讨论涉及两个表的情况。

连接查询的语句中除了必须指出要连接查询的方式外，还需要指定连接的条件。连接条件通过以下方法定义两个表在查询中的关联方式：

① 指定每个表中要用于连接的列；

② 指定比较各列的值时要使用的逻辑运算符（＝、＜＞等），并将其放在保留字 On 后面。

表的连接语句的语法格式为：

Select 字段列表 From first_table Join second_table On 连接条件

其中，first _ table 和 second _ table 为涉及连接的两张表的表名，而 Join 为连接方式的运算符总称。

1）内连接

当需要从两张相关的表中取出关联的数据横向输出显示时，可以使用内连接来实现。内连接使用的连接运算符为 Inner Join。

形式为在 From 子句中使用 Inner Join…On …来实现。

例 7 - 5 某教务系统中有教师信息表 teacher 和课程表 course，现需要查看教师的信息和他们所上的课程名称。teacher 表中的字段 tno 是教师的编号，course 表中的 tno 字段是在上该门课程的教师编号，两张表按 tno 字段相关联。

其中，teacher 表如图 7 - 12 所示。

course 表如图 7 - 13 所示。

cno	cname	tno
200022	数据库	1101
500002	自动控制	1102
300012	高等数学	1106
600078	信息理论	1108
200002	操作系统	1109
300006	线性代数	1107
200020	数据结构	1110
200021	网络技术	1109
300011	概率统计	1106
600087	信息处理	1108
500001	电子技术	1102
500003	模拟电路	

id	tno	tname	tsex	tsal	tpost	tdep
1	1101	陈映和	女	8500	教授	计算机
2	1102	李强	男	3800	讲师	自动化系
3	1106	陈卫	男	7500	副教授	数学
4	1108	曹丽香	女	2800	助教	信息系
5	1109	刘伟夫	男	5000	讲师	计算机
6	1107	周小川	男	7500	副教授	数学
7	1110	白丽玲	女	4000	助教	计算机
8	1111	白强	男	2000	助工	信息系

图 7 - 12　teacher 表　　　　　图 7 - 13　course 表

其中，cno 为课程编号，cname 为课程名称。则查看教师的信息和他们所上的课程名称可以使用下面的语句来实现。

语句如下：

Select a. tno,a. tname,a. tdep,b. cno,b. cname From teacher a Inner Join course b On a. tno=b. tno

结果如图 7－14 所示。

tno	tname	tdep	cno	cname
1101	陈映和	计算机	200022	数据库
1102	李强	自动化系	500001	电子技术
1102	李强	自动化系	500002	自动控制
1106	陈卫	数学	300011	概率统计
1106	陈卫	数学	300012	高等数学
1108	曹丽香	信息系	600087	信息处理
1108	曹丽香	信息系	600078	信息理论
1109	刘伟夫	计算机	200021	网络技术
1109	刘伟夫	计算机	200002	操作系统
1107	周小川	数学	300006	线性代数
1110	白丽玲	计算机	200020	数据结构

图 7 - 14　内连接查询的结果

语句中的 a、b 分别为 teacher 表和 course 表的别名。从结果可以看到，"白强"没有课程在上，而课程"模拟电路"没有人在上，这两行数据在结果中都没有出现。因此可以理解是，内连接将两个表中的记录按保留字 On 后的条件进行匹配后显示，没有匹配的记录中的数据不会出现在结果内。

2）外连接

在内连接的操作中，只有满足连接条件的元组才能作为结果输出。但有时需要查看某张表中的所有记录和另外一张表中相关的数据时，需要使用外连接查询来实现。SQL 语言中的外连接分三种情况：左外连接、右外连接和全外连接。外连接查询在语句中使用 Outer Join 运算符来实现，运算符左边的表称为左表，右边的表称为右表；而左外连接、右外连接和全外连接分别是在 Outer Join 运算符的左边再加上保留字 Left、Right、Full 来实现的。但目前 Access 系统只支持左外连接和右外连接。

（1）左外连接

运算符为 Left Outer Join 或简写为 Left Join。左外连接返回左表中的所有行的数据和右表中与左表相匹配的行中的数据，不包括右表中与左表不匹配的行的数据。

例 7 - 6　设有教师信息表 teacher 和课程表 course，两表与内连接例子中的两张表相同，现需要查看所有教师上课的情况，即要查看哪些教师上了什么课，哪些教师没有课上等信息。写出相应的语句和执行结果。

从要求上看，需要在结果中返回 teacher 表的所有行中的数据和 course 表中与 teacher 表中按教师编号字段 tno 相匹配的行。将 teacher 表作为左表，使用左外连接即可实现。

语句如下：

Select a. tno,a. tname,a. tdep,b. cno,b. cname From teacher a Left Join course b On a. tno=b. tno

结果如图 7-15 所示。

tno	tname	tdep	cno	cname
1101	陈映和	计算机	200022	数据库
1102	李强	自动化系	500001	电子技术
1102	李强	自动化系	500002	自动控制
1106	陈卫	数学	300011	概率统计
1106	陈卫	数学	300012	高等数学
1108	曹丽香	信息系	600087	信息处理
1108	曹丽香	信息系	600078	信息理论
1109	刘伟夫	计算机	200021	网络技术
1109	刘伟夫	计算机	200002	操作系统
1107	周小川	数学	300006	线性代数
1110	白丽玲	计算机	200020	数据结构
1111	白强	信息系		

图 7-15　左外连接查询的结果

从结果中可以看到哪些教师上了什么课，哪些教师没有课上，这里，白强没有课上。而且可以看到 teacher 表中的每一行数据都在结果集中出现，而 course 表中只有与 teacher 表相匹配的行的数据才会在结果集中出现，在这里，course 表中的"模拟电路"这一行数据就没有出现。

（2）右外连接

运算符为 Right Outer Join 或简写为 Right Join。右外连接返回右表中的所有行中的数据和左表中与右表相匹配的行中的数据，并且不包括左表中与右表不匹配的行中的数据。

例 7-7　设有教师信息表 teacher 和课程表 course，两表与内连接例子中的两张表相同，现需要查看所有课程安排的情况，即需要查看哪些课程是谁在上，哪些课程还没有教师在上等信息。写出相应的语句和执行结果。

从要求上看，需要在结果中返回 course 表的所有行中的数据和 teacher 表中与 course 表中按教师编号字段 tno 相匹配的行。将 teacher 表作为左表，course 表为右表，则使用右外连接可以实现。

语句如下：

Select a. tno, a. tname, a. tdep, b. cno, b. cname From teacher a Right Join course b On a. tno = b. tno

结果如图 7 - 16 所示。

tno	tname	tdep	cno	cname
1101	陈映和	计算机	200022	数据库
1102	李强	自动化系	500002	自动控制
1106	陈卫	数学	300012	高等数学
1108	曹丽香	信息系	600078	信息理论
1109	刘伟夫	计算机	200002	操作系统
1107	周小川	数学	300006	线性代数
1110	白丽玲	计算机	200020	数据结构
1109	刘伟夫	计算机	200021	网络技术
1106	陈卫	数学	300011	概率统计
1108	曹丽香	信息系	600087	信息处理
1102	李强	自动化系	500001	电子技术
			500003	模拟电路

图 7 - 16 右外连接查询的结果

从结果集中可以看到，每门课程上课的教师和还没有教师在上的课程名称，而且还可以看到 course 表中的每一行数据都在结果集中出现，而 teacher 表中只有与 course 表相匹配的行的数据才会在结果集中出现，在这里，"白强"所在的一行数据就没有在结果集中出现。

（3）自身连接

连接操作不仅可以在两个表之间进行，也可以是一个表与其自己进行连接，这种连接称为表的自身连接或自连接。自身连接其实是属于使用 Where 子句来进行多表间数据查询的操作。

例 7 - 8 所有教师的信息表 teacher 如图 7 - 17 所示。

tno	tname	tsex	tsal	tpost	tdep
1101	陈映和	女	8500	教授	计算机
1102	李强	男	3800	讲师	自动化系
1106	陈卫	男	7500	副教授	数学
1108	曹丽香	女	2800	助教	信息系
1109	刘伟夫	男	5000	讲师	计算机
1107	周小川	男	7500	副教授	数学
1110	白丽玲	女	4000	助教	计算机
1111	白强	男	2000	助工	信息系

图 7-17　teacher 表

现需要查询所有比刘伟夫工资高的教师姓名、性别、工资，写出相应的语句和结果。由于在查询时需要在表中固定"刘伟夫"这条记录与其他记录进行比较，另外又要将表中的每条记录与"刘伟夫"这条记录进行比较，因此将原表看成两个表，使用自身连接查询即可实现。

语句如下：

Select a.tname,a.tsal,a.tsex From teacher a,teacher b Where a.tsal>b.tsal And b.tname='刘伟夫'

结果如图 7-18 所示。

tname	tsal	tsex
陈映和	8500	女
陈卫	7500	男
周小川	7500	男

图 7-18　自身连接查询的结果

表的连接除了内连接、外连接、自身连接外，还有其他的一些连接操作，如全外连接（运算符为 Full Outer Join）、交叉连接（运算符为 Cross Join）等，但由于 Access 系统不支持这些操作，这里就不作讨论了。

7.2　表的联合 Union

表的连接查询实现的是将两个表的数据进行横向联结输出的查询，但有时涉及两个表的查询结果需要进行纵向联结输出时，这时就需要使用表的联合操作了。如从学生表中将学生的学号、姓名、年龄和教师表中的编号、姓名、年龄等数据一次操作提取出来显示，这就需要使用表的联合操作来实现。

表的联合是使用运算符 Union 来实现的，执行语句时使用运算符 Union 将运算符前后两个 Select 语句的结果纵向地联合在一起，因此进行联合时两个 Select 语句的结果集必须具有相同的输出列数和对应列兼容的数据类型。

表的联合也可以看成是使用 Union 将两个有相同列输出的 Select 语句的结果合成的一个结果集。

例 7 - 9　从 student 表和 teacher 表中分别提取学生的学号（字段为 snum）、姓名（字段为 sname）、班级（字段为 class）和教师的编号（字段为 tno）、姓名（字段为 tname）、部门（字段为 tdep）三列数据联合显示出来。

语句如下：

```
Select snum,sname,class From student Union Select tno,tname,tdep From teacher
```

注意：在使用表的联合操作时，前面的 Select 语句中的列数、数据类型分别要与 Union 后面 Select 语句中的列数相同、数据类型兼容。另外，联合的结果会将结果集中具有相同数据的行去除。

在表的联合操作中对结果集的数据进行排序时，使用 Order By 来实现；排序时按前面 Select 语句中的字段名来指定排序的方式。

例 7 - 10　将例 7 - 9 中的结果按第一列的值进行排序。

语句如下：

```
Select snum,sname,class From student Union Select tno,tname,tdep From teacher Order By snum
```

在为结果集起别名时，只能在前面的 Select 语句中的列后为列起别名。

例 7 - 11　将例 7 - 9 中的结果显示出来时，第一列、第二列、第三列的别名分别为编号、姓名、单位。则语句如下：

```
Select snum As 编号,sname As 姓名,class As 单位 From student Union Select tno,tname,tdep
From teacher
```

在将联合的结果保存到一张新的表中时，可以为新表中的列同时起新的字段名。

例 7 - 12　将前面的结果存到 teaching 表中，字段名分别为 anum、aname、adep。语句如下：

```
Select snum As anum,sname As aname,class As adep Into teaching From student Union Select
tno,tname,tdep From teacher
```

例 7 - 13　在学生表和教师表中，写出一次查询出学生共有多少个班级名称和教师有多少个部门名称的语句。

语句如下：

Select class From student Union Select tdep From teacher

语句从 student 表和 teacher 表中将每条记录中的 class 字段的值和 teacher 表中 tdep 字段的值取出联合后，将结果集中值相同的行去掉，所以得到了所有班级名称和部门名称。

练习题

1. 在左（右）外连接中，如果将运算符左、右两边的表的位置互换，其结果与右（左）外连接的结果有何不同？试找两个关联的表做一下，看它们的结果如何。

2. 写出使用内连接操作代替例 7-3 中的操作有相同结果的语句。

3. 设有教师表 teacher（tno，tname，tsex，alary，dept）和课程表 course（cno，cname，tno）（见例 7-5），写出查询陈卫老师讲授的课程的语句，要求输出数据时显示教师号、姓名和课程名称。

4. 写出在教师 teacher 表中查询所有比刘伟夫工资低（见例 7-5）的教师姓名、性别和工资的语句。

5. 将教师表 teacher（tno，tname，tsex，alary，dept）和学生表 student（snum，sname，sex，birth，class）中的教师编号 tno、姓名 tname、部门 dept 和学生表中的学号 snum、姓名 sname、班级 class 中的数据提取出来联合显示，并按姓名将数据进行排序输出。

6. 设有教师表 teacher（tno，tname，tsex，alary，dept）和学生表 student（snum，sname，sex，birth，class），将两表中所有人员的编号和姓名提取出来生成一新的表，表名为 all，新表的字段名分别为 ano、aname，写出相应操作的语句。

第 8 章
子查询子句的使用

【本章概要】

本章主要介绍 SQL 语言中子查询子句的概念及其实现原理，通过实际应用中的例子对其在 Insert、Delete、Update、Select 中的使用方法做详细的介绍。

【学习目标】

1. 熟练掌握子查询子句的概念及其实现原理；

2. 熟练掌握在 Insert、Delete、Update、Select 中嵌入子句的用法。

【基本概念】

子查询子句

子查询语句是指在数据操作语句中加入一条查询子句来增强原来语句功能的语句。子查询语句通过在语句中使用一条 Select 查询子句来实现，子查询子句就是加入到语句 Insert、Delete、Update、Select 中的子句。

子查询子句可以将其看成是一个 Select 查询子句，执行语句时它返回的值代替子句所在的位置，然后再去执行主句。子查询子句可以嵌套在 Select、Insert、Update、Delete 语句或其他子查询语句之中，任何允许使用表达式的地方都可以使用子查询。子查询也叫作嵌套查询或内部查询。子查询用于返回在主句中使用的数据，可以动态地加强将要检索数据的语句的表达能力。下面分别讨论子查询在 4 个语句中的用法。

8.1　在 Insert 中的用法

在前面讨论中，Insert 语句每次只能插入一条记录，如果要实现批量插入，可以在语句中使用子句 Select 来实现，即在插入语句中使用一条子查询子句。

例 8-1　从 student 表中批量提取学号 snum、姓名 sname 两列数据插入到 score 表中的对应的学号 sno、姓名 sname 两列中。

语句如下：

```
Insert Into score(sno,sname) Select snum,sname From student
```

语句执行时，从 student 中将每条记录的 snum、sname 这两列数据提取出来插入到 score 表中对应的 sno、sname 两列中。

8.2　在 Delete 中的用法

为了进行更复杂的条件或动态的删除操作，可以在 Delete 语句中使用子查询的方法来实现。如在删除语句的条件表达式中使用的值不在同一个表内，就无法使用前面讨论的方法来进行删除操作。

例 8-2　设某商家有两张表，infotable 如图 8-1 所示，为存放所有销售人员信息的表；而 saledb 表存放所有销售人员销售业绩的信息表，如图 8-2 所示。

设现需要保留 saledb 表中除了"市场 1 部"的人员以外的所有人员的销售记录，写出将表中所有"市场 1 部"人员的记录清除的语句。

由于在 saledb 表中没有销售人员所在部门的信息，因此无法直接从表中删除记录。但可以使用子查询子句从表 infotable 中提取所有"市场 1 部"人员的姓名构成一个集合，然后再使用 Delete 语句从表 saledb 中删除记录，即在 Delete 语句中使用子查询获取所有需要

pname	dept
甘倩琦	市场 1 部
李成蹊	市场 2 部
刘 惠	市场 1 部
孙国成	市场 2 部
王 勇	市场 3 部
吴 仕	市场 2 部
吴小平	市场 3 部
许 丹	市场 1 部
赵 荣	市场 3 部

销售员姓名	总销售量	总销售金额
甘倩琦	14	5752
李成蹊	7	4416
刘 惠	29	18232
孙国成	15	6920
王 勇	2	3976
吴 仕	27	12116
吴小平	8	3424
许 丹	24	11352
赵 荣	12	6436

图 8-1　某商家销售　　　　图 8-2　某商家销售人员销售业绩信息表
人员信息表

在 saledb 表中删除的销售员姓名，构成一个集合作为 Delete 语句中的删除条件来执行语句。

语句如下：

Delete From saledb Where 销售员姓名 In(Select pname From infotable Where dept='市场 1 部')

结果如图 8-3 所示。

销售员姓名	总销售量	总销售金额
李成蹊	7	4416
孙国成	15	6920
王 勇	2	3976
吴 仕	27	12116
吴小平	8	3424
赵 荣	12	6436

图 8-3　删除后的结果

例 8-3 删除去表 student（sno，sname，sex，class，birth，age）中那些班级与 student 表中姓名为"陈跃琦"同班且性别为男的所有学生记录。

语句如下：

```
Delete From student Where class= (Select class From student Where sname= '陈跃琦') and
sex= '男'
```

此操作需要从表中删除指定人员同班的其他同学的记录，因此在语句中可以先通过子查询子句动态获取"陈跃琦"所在的班级名称后，再去删除 student 表中相应的记录。

例 8 - 4　设有学生信息表 student（sno，sname，sex，class，birth，age）和存放相应学生的成绩表 score（sno，eng，math，che），前面两个表中的 sno 字段为学生的学号，sname 为学生姓名的字段，class 为学生的班级名称字段，eng、math、che 为学生三门课程成绩的字段。现需要将 score 表中"尹代良"同班同学的记录删除，写出相应的语句。

由于 score 表中没有班级的字段，要删除"尹代良"同班同学的记录，只能通过学生的学号来识别。因此，可以使用子查询子句从 student 表中获取需要删除的学生所有学号，然后在主句中使用这些数据来删除记录。

语句如下：

```
Delete From score Where sno In(Select sno From student Where class= (Select class From
student Where sname= '尹代良'))
```

注意：在这条语句中，使用了两重子查询子句，最内层的括号中的子查询子句求出的结果只有一个值，即"尹代良"所在的班级名称，所以外面可以使用等号与其进行相等比较的运算；而最外层的括号产生的结果有多个，构成一个集合，所以括号外面必须使用 In 运算符与 sno 字段来连接构成一个条件表达式。

8.3　在 Select 中的用法

在执行查询语句时，有时在语句中用到的数据需要另外获取，这时可以使用子查询语句来实现。

例 8 - 5　设有销售表 sale 如图 8 - 4 所示。

现需要查询所有销售金额大于等于"市场 1 部"最高销售金额的销售人员的销售情况，写出相应的语句。

分析：可以使用子查询子句来获取"市场 1 部"最高销售金额的数据，然后在主句中执行需要进行的查询操作。

语句如下：

```
Select 经办人,销售金额,所属部门 From sale Where 销售金额>= (Select Max(销售金额) From sale
Where 所属部门= '市场 1 部')
```

销售日期	产品型号	产品名称	销售数量	经办人	所属部门	销售金额
2007-3-1	A01	扫描枪	4	甘倩琦	市场1部	1472
2007-3-1	A011	定位扫描枪	2	许 丹	市场1部	936
2007-3-1	A011	定位扫描枪	2	孙国成	市场2部	936
2007-3-2	A01	扫描枪	4	吴小平	市场3部	1472
2007-3-2	A02	刷卡器	3	甘倩琦	市场1部	1704
2007-3-2	A031	定位报警器	5	李成蹊	市场2部	3440
2007-3-5	A03	报警器	4	刘惠	市场1部	1952
2007-3-5	B03	报警系统	1	赵荣	市场3部	1988
2007-3-6	A01	扫描枪	3	吴仕	市场2部	1104
2007-3-6	A011	定位扫描枪	3	刘惠	市场1部	1404
2007-3-7	B01	扫描系统	2	许丹	市场1部	1976
2007-3-7	B03	报警系统	2	王勇	市场3部	3976
2007-3-8	A01	扫描枪	4	甘倩琦	市场1部	1472
2007-3-8	A01	扫描枪	3	许丹	市场1部	1104
2007-3-9	A01	扫描枪	5	孙国成	市场2部	1840
2007-3-9	A03	报警器	4	吴小平	市场3部	1952
2007-3-9	A011	定位扫描枪	4	刘惠	市场1部	1872

图 8-4 销售表 sale

结果如图 8-5 所示。

经办人	销售金额	所属部门
李成蹊	3440	市场2部
赵荣	1988	市场3部
许丹	1976	市场1部
王勇	3976	市场3部

图 8-5 查询操作执行后的结果

例8-6 某公司的人员信息表 worker 如图 8-6 所示。

pname	sex	dept	post	salary
刘 勇	男	办公室	经理	50164.21
叶小来	女	办公室	职员	26137.18
林 佳	男	办公室	经理	50164.21
彭 力	男	办公室	职员	16137.88
范琳琳	男	办公室	临工	8966.45
易呈亮	女	销售部	经理	40288.96
李 锋	男	销售部	经理	40288.96
彭 洁	男	销售部	主管	20130.79
刘 惠	男	销售部	职员	20991.86
甘倩琦	男	销售部	职员	20991.86
许 丹	男	销售部	职员	20991.86

图 8-6　worker 表

其中，表中字段 salary 为职工的薪水。现需要查询公司中所有薪水大于办公室中职员薪水平均值的人员信息。

分析：可以使用子查询子句来获取办公室中职员薪水的平均值，然后再去执行主句中需要的查询操作。

语句如下：

Select pname,dept From worker Where salary> (Select Avg(salary)From worker Where dept=' 办公室' and post='职员')

结果如图 8-7 所示。

pname	dept
刘 勇	办公室
叶小来	办公室
林 佳	办公室
易呈亮	销售部
李 锋	销售部

图 8-7　查询语句执行后的结果

例 8-7　设有教师表 teacher（tno，tname，tsex，tsal，tpost，tdep），如图 8-8 所示。课程表 course（cno，cname，tno），如图 8-9 所示。

cno	cname	tno
200022	数据库	1101
500002	自动控制	1102
300012	高等数学	1106
600078	信息理论	1108
200002	操作系统	1109
300006	线性代数	1107
200020	数据结构	1110
200021	网络技术	1109
300011	概率统计	1106
600087	信息处理	1108
500001	电子技术	1102
500003	模拟电路	

tno	tname	tsex	tsal	tpost	tdep
1101	陈映和	女	8500	教授	计算机
1102	李强	男	3800	讲师	自动化系
1106	陈卫	男	7500	副教授	数学
1108	曹丽香	女	2800	助教	信息系
1109	刘伟夫	男	5000	讲师	计算机
1107	周小川	男	7500	副教授	数学
1110	白丽玲	女	4000	助教	计算机
1111	白强	男	2000	助工	自动化系

图 8-8　teacher 表　　　　　　　　图 8-9　course 表

现需要通过 teacher 表提取 course 表中"李强"教师上的所有课程，并显示这些课程的名称。

由于课程表中存放每位教师所上课程的信息，但在其中没有教师的姓名，所以只能通过教师表获取"李强"的教师编号 tno，然后再使用该编号 tno 到 course 表中将对应的课程名称提出来显示。

语句如下：

```
Select cname From course Where tno= (Select tno From teacher Where tname='李强')
```

结果如图 8-10 所示。

cname
自动控制
电子技术

图 8-10　执行查询后的结果

8.4　在 Update 中的用法

在做多表间的数据更新时，如果需要更新的表没有可以直接使用的条件时，则可以使用子查询子句来得到所需条件的数据。

例 8-8　与例 8-2 同，设有两表 infotable 与 saledb，infotable 表为存放所有销售人员信息的表，如图 8-11 所示。而存放所有销售人员销售业绩的表为 saledb 表，如图 8-12 所示。为了奖励所有"市场 1 部"的人员，将 saledb 表中所有"市场 1 部"人员的提成率改为原来值的 1.5 倍。

pname	dept
甘倩琦	市场 1 部
李成蹊	市场 2 部
刘 惠	市场 1 部
孙国成	市场 2 部
王 勇	市场 3 部
吴 仕	市场 2 部
吴小平	市场 3 部
许 丹	市场 1 部
赵 荣	市场 3 部

图 8-11　infotable 表

销售员姓名	总销售量	总销售金额	提成率	提成
甘倩琦	14	5752	0.1	575.2
李成蹊	7	4416	0.1	441.6
刘 惠	29	18232	0.1	1823.2
孙国成	15	6920	0.1	692.0
王 勇	2	3976	0.1	397.6
吴 仕	27	12116	0.1	1211.6
吴小平	8	3424	0.1	342.4
许 丹	24	11352	0.1	1135.2
赵 荣	12	6436	0.1	643.6

图 8-12　saledb 表

分析：首先通过子查询子句来获取所有"市场 1 部"的人员姓名，然后再去执行主句中需要做的更新操作。

语句如下：

Update saledb Set 提成率=提成率*1.5 Where 销售员姓名 In(Select pname From infotable Where dept='市场 1 部')

从上面的实例中看到，子查询语句执行时，子查询子句先执行，返回数据到主句中，再去执行主句。因此在实际应用中，在执行操作的主句需要动态或间接获取数据的条件表达式时，经常可以使用子查询子句来实现。

练习题

1. 设有两表：infotable（pname，dept）为某商家职员信息表，而表 saledb（销售员姓名，总销售量，总销售金额，提成率，提成）为职员销售商品的记录表；写出将 infotable 表中部门 dept 为"销售部"的所有记录的字段 pname 的值全部插入到表 saledb 中字段"销售员姓名"中的语句。

2. 通过课程表 course（cno，cname，tno），写出将担任课程"高等数学"教学的教师的姓名 tname 和部门 tpost 从教师表 teacher（tno，tname，tsex，tsal，tpost，tdep）中提取出来显示的语句。其中两表中的 tno 字段为教师的编号，cname 字段为教师所上课程的名称。

3. 通过教师表 teacher（tno，tname，tsex，tsal，tpost，tdep）中的编号，写出删除课程表 course（cno，cname，tno）中某一教师所担任课程教学的语句。

4. 写出将表 student（sno，sname，sex，class，birth，age）中"陈跃琦"同班的所有同学的班级名称（字段 class 的值）改为"数学 2000 级"的语句。

5. 设有两表：infotable（pname，dept）为某商家职员信息表，而表 saledb（销售员姓名，总销售量，总销售金额，提成率，提成）为职员销售商品的记录表，其中两表中的字段 pname 与字段"销售员姓名"均为存放商家职员姓名的字段，dept 为职员所在部门的字段；写出将表 infotable 中部门为"市场 1 部"的销售员的姓名、总销售量、提成率这三列数据从 saledb 提取出来显示的语句。

6. 设有学生信息表 student（sno，sname，sex，class，birth，age）和存放相应学生的成绩表 score（sno，eng，math，che），其中两个表中的 sno 字段为学生的学号，sname 为学生姓名的字段，class 为学生的班级名称字段，eng、math、che 分别为存放学生的英语、数学、化学三门课程成绩的字段。现需要将 score 表中"李强"同班同学的姓名和三门课程的成绩显示出来，写出相应的语句。

7. 写出显示表 student（sno，sname，sex，class，birth，age）中所有年龄（字段 age 的值）大于"数学 2004 班"全体同学平均年龄的学生姓名（字段 sname 的值）和班级名称（字段 class 的值）的语句。

8. 通过教师表 teacher（tno，tname，tsex，tsal，tpost，tdep）的编号（字段 tno 的值），对所有部门（字段 tdep 的值）为"计算机系"的教师工资（字段 tsal 的值）修改为原工资的 1.1 倍，写出相应的语句。

第 9 章

Excel 的基础知识

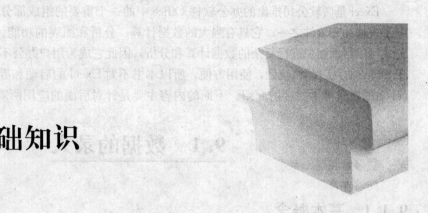

【本章概要】

本章主要介绍 Excel 工具的基本知识和基本概念，并通过实例的方式介绍数据的录入、排序与筛选、查找与替换、分类汇总等操作；另外，也对 Excel 中的公式和函数的概念和运用方法作了介绍。

【学习目标】

1. 了解 Excel 的基本数据类型、数据库的概念；
2. 熟练掌握数据的录入、排序与筛选、数据的查找与替换、数据的分类汇总等操作方法；
3. 能够在 Excel 中使用公式与函数进行数据处理。

【基本概念】

单元格地址、Excel 的数据库、公式、函数、运算符、优先级

Excel 是微软公司推出的办公软件 Office 中的一个重要的组成部分，也是目前比较流行的电子表格处理软件之一，它具有强大的数据计算、分析和图表的功能。Excel 中内置的函数和公式可以帮助用户进行复杂的数据计算和分析，因此它成为用户办公不可缺少的工具之一。由于 Office 的入门门槛较低，使用方便，所以本书不对 Excel 的启动和界面做介绍，也不对 Excel 中的格式等做过多的介绍。下面的内容主要是针对后面的应用所需要的知识进行讨论。

9.1　数据的录入

9.1.1　基本概念

Excel 中的存储单位有工作簿、工作表和单元格等。其中，一个工作簿中可以有多个工作表，一个工作表中可以有多个单元格，单元格为 Excel 中的基本存储单位。每个单元格都有一个地址，每个地址是以英文字母 A、B、C……和数字 1、2、3……构成的，如 A2、D3 等，英文字母表示单元格所在的列，数字表示单元格所在的行。2003 版的 Excel 每个工作表的最大行数为 65 536 行，2007 版的 Excel 对行数进行了扩充。

Excel 中的单元格可以存入各种数据类型的数据或公式。Excel 中的基本数据类型可以分为两种：文本和数值型数据。其他类型的数据都可以由系统转换成这两种类型的数据。

在 Excel 中一个数据清单是作为一个数据库来看待的，数据库就是数据清单。一个数据库（也被称为一个表），是以具有相同结构方式存储的数据集合。例如，电话簿、公司的客户名录、库存账本等。利用 Excel 的数据库技术可以方便地管理这些数据，如对数据库排序和查找那些满足指定条件的数据等。

在一个数据库中，信息按记录存储。每个记录中包含信息内容的各项，称为字段。例如，公司的客户名录中，每一条客户信息就是一个记录，它由多个字段组成。所有记录的同一字段存放相似的信息（如姓名、信息、收入等）。

9.1.2　数据的录入

Excel 单元格中的数据基本上都是文本、数值、日期、逻辑值和出错值这些数据。当在单元格中使用公式出错时，系统将会在对应单元格中显示出错值。如公式出现 0 为除数时，对应单元格则出现 #DIV/0!，即为出错值。

1. 文本数据的录入

在选定需要输入文本数据的单元格后，就可以在其中直接输入或修改数据了。默认的设置下文本数据在单元格内是左对齐显示的，当输入的文本数据超出了单元格的长度时，如果这时右侧单元格没有数据，则超出的数据会在右侧单元格的位置显示；如果右侧单元格有数据，则超出的部分被隐藏起来。如图 9-1 所示。

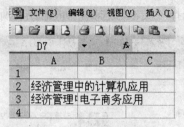

图 9-1　单元格中的文本

在输入数字字符时，系统默认为数值型的数据，如果需要作为文本数据来输入，可以在输入时先输入英文的"'"，然后再输入数字字符；也可以设置单元格为文本格式来输入文本数字字符。如身份证号 440505197809010411 的输入，如果作为一般的数字输入时，显示时为科学记数法，因为数字数据最长是 11 位，超过 11 位时采用科学记数法来显示，因此身份证号只能作为文本数据来输入才能看得更清楚。

2. 数值数据的录入

数值数据通常由数字字符 0～9 和一些特殊的字符（＋、－、,、$、%…）构成。正数前的"＋"被忽略，即不会显示；负数前面有负号或是被置于括号中，取决于单元格设定的数字格式。输入到单元格中的数字采用默认的通用数字格式，可以根据实际需要重新设置新的数字格式。在 Excel 中单元格的数字是按右对齐的方式显示的，如果超过 11 位的数据显示时不采用科学记数法，可以设置格式为文本或不带小数的数值。

设置数字格式的方法如下。

① 选择需要设置数值格式的单元格 B1。

② 右击鼠标，从弹出的菜单中选择【设置单元格格式】菜单项，出现【单元格格式】对话框，如图 9-2 所示。

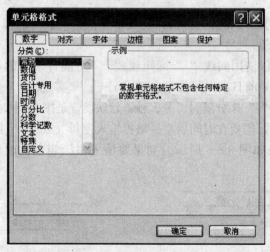

图 9-2　【单元格格式】对话框

③ 在【分类】列表框中选择"文本"选项，如图9-3所示。

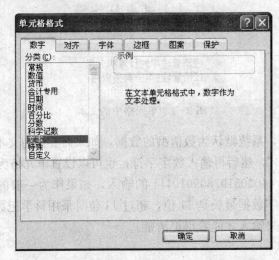

图9-3 【单元格格式】中选择"文本"选项

④ 单击【确定】即可，输入的数字字符以文本的数据存入单元格，如图9-4所示。

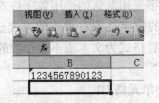

图9-4 单元格设置后的结果

3. 日期数据的录入

Excel中的日期和时间是特殊的数值，在【单元格格式】对话框中可以进行设置，设置方法与数值格式设置类似。

在输入日期时，可以使用斜线"/"或短线"—"分隔日期中的年、月、日，如图9-5所示。如果要输入系统当前日期，可按组合键Ctrl＋；来实现。

输入时间时，使用"："来分隔时、分、秒，默认设置是按24小时制来输入时间的。如果要按12小时制输入时间，需要在时间后空一格再输入字母a或am（上午）、p或pm（下午）。如输入"5：00 p"，结果如图9-6所示。如果要输入系统当前的时间，可按组合键Ctrl＋Shift＋；来实现。

图9-5 日期的输入

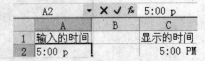

图9-6 时间的输入

4. 有规律数据的录入

当用户进行大量有规律的数据输入时，利用 Excel 提供的手段可以减少输入数据的工作量；特别对输入相同的数据、呈现等差数列的数据等操作。下面是几种有规律数据的快速输入法。

1）复制填充法

利用复制填充法可以输入连续的数据。操作步骤如下。

① 选定单元格，如 B1，在其中输入"2"，将光标指针移到单元格右下角，等光标指针变为"＋"时，按住左键向下拖动 5 个单元格，如图 9-7 所示。

② 在选中单元格的右下角出现【自动填充选项】按钮，单击该按钮弹出如图 9-8 的下拉列表。

③ 选择【以序列方式填充】单选按钮，得到如图 9-9 所示结果。

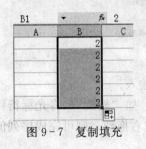

图 9-7　复制填充

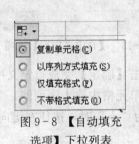

图 9-8　【自动填充选项】下拉列表

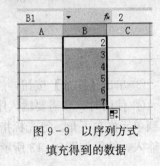

图 9-9　以序列方式填充得到的数据

2）序列填充法

利用序列填充法可以输入已有的序列。操作步骤如下。

① 选定单元格，如 B1，在其中输入"2"，选择【编辑】|【填充】|【序列】命令，弹出【序列】对话框，如图 9-10 所示。

② 在"序列产生在"选项组中选择"列"，在"类型"选项组中选择"等差序列"，步长值输入框中输入 2，终止值输入框中输入 13。单击【确定】，得到如图 9-11 所示的结果。

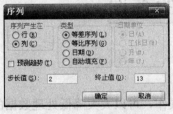

图 9-10　【序列】对话框

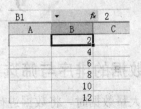

图 9-11　序列填充结果

3）自定义填充法

除了使用给定的序列外，还允许使用用户自定义的序列，操作步骤如下。

① 在菜单栏上选择【工具】|【选项】，从弹出的对话框中选择【自定义序列】选项卡。

② 在【自定义序列】选项卡列表框中单击【新序列】选项，在【输入序列】文本框中输入一个新的序列，如"教授，副教授，讲师，助教"，序列项间用英文逗号隔开，如图 9-12 所示。

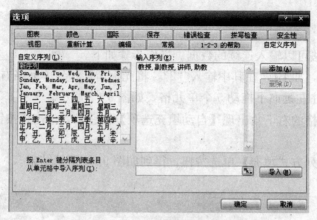

图 9-12　【自定义序列】选项卡

③ 单击【添加】按钮，然后单击【确定】完成自定义序列的输入。

④ 使用时，在需要输入序列的单元格中输入序列的一个元素，如"教授"，将光标指针移到单元格右下角，等光标指针变为"＋"时，按住左键向下或向右拖动，则可完成序列值的输入，结果如图 9-13 所示。

A	B	C	D	E
	教授	副教授	讲师	助教
	副教授			
	讲师			
	助教			

图 9-13　自定义序列输入的结果

9.2　数据的查询

9.2.1　数据的排序与筛选

在处理大量数据时，将数据进行排序后进行操作，可以大大降低处理数据的工作量。如按员工的编号、按商品的销售量进行排序，都更方便于查询。Excel 中的排序方式可以按默认的方式，也可以按自定义的方式进行排序，排序时可以按升序或降序进行。

1. 默认的排序方式

对 Excel 工作表中的数据进行排序时，操作步骤如下。

① 选择需要排序的单元格，在菜单栏中选择【数据】|【排序】命令，从弹出的排序对话框中设置需要排序的列；可以在对话框中指定三个排序的列，如图 9-14 所示。

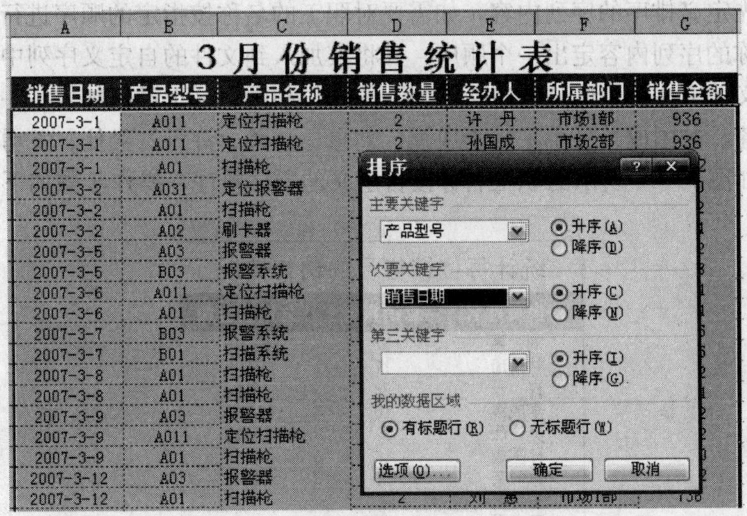

图 9-14 在对话框中指定排序的列

② 从【主要关键字】、【次要关键字】、【第三关键字】的下拉列表中选择需要排序列的标题进行指定。这里，在“主要关键字”中选择“产品型号”，在“次要关键字”中选择“销售日期”，可以指定按一列或多列排序；如果在“我的数据区域”中选择单选按钮“无标题行”，则可以通过系统使用的“列 A、列 B、……”等名称来指定排序的列。

③ 按照上面指定的两列设置后，单击【确定】按钮，排序结果如图 9-15 所示。

A	B	C	D	E	F	G
3 月 份 销 售 统 计 表						
销售日期	产品型号	产品名称	销售数量	经办人	所属部门	销售金额
2007-3-1	A01	扫描枪	4	甘倩琦	市场1部	1472
2007-3-2	A01	扫描枪	4	吴小平	市场3部	1472
2007-3-6	A01	扫描枪	3	吴 仕	市场2部	1104
2007-3-8	A01	扫描枪	4	甘倩琦	市场1部	1472
2007-3-8	A01	扫描枪	3	许 丹	市场1部	1104
2007-3-9	A01	扫描枪	5	孙国成	市场2部	1840
2007-3-12	A01	扫描枪	2	刘 惠	市场1部	736
2007-3-16	A01	扫描枪	3	甘倩琦	市场1部	1104
2007-3-16	A01	扫描枪	5	许 丹	市场1部	1840
2007-3-22	A01	扫描枪	3	赵 荣	市场3部	1104
2007-3-23	A01	扫描枪	5	吴 仕	市场2部	1840
2007-3-26	A01	扫描枪	4	赵 荣	市场3部	1472
2007-3-26	A01	扫描枪	2	吴 仕	市场2部	736
2007-3-27	A01	扫描枪	3	吴 仕	市场2部	1104
2007-3-29	A01	扫描枪	3	刘 惠	市场1部	1104
2007-3-29	A01	扫描枪	3	许 丹	市场1部	1104
2007-3-30	A01	扫描枪	2	吴 仕	市场2部	736
2007-3-1	A011	定位扫描枪	2	许 丹	市场1部	936
2007-3-1	A011	定位扫描枪	2	孙国成	市场2部	936

图 9-15 按产品名称和销售日期排序的结果

2. 自定义的排序方式

如果 Excel 提供的默认排序方式还不能满足需要时，用户可以自己设置排序的方式。即用户可以自己先定义排序的序列内容，如需要对职工的名称按指定的顺序进行排序，则必须对全体职工名称的序列内容定出一个顺序，并将其加入到文件的自定义序列中；加入的方法与前面"自定义填充法"中的"自定义序列"的操作相同。这里设已加入了一个自定义的名称序列"甘倩琦、孙国成、吴小平、李成蹊、刘惠、赵荣、许丹、吴仕、王勇"。

现需要对如图 9-16 所示的职工名称按自定义的顺序排序，操作步骤如下。

销售员姓名	总销售量	总销售金额
刘 惠	37	21816
甘倩琦	17	8476
许 丹	28	12824
李成蹊	10	5820
吴 仕	37	19116
孙国成	15	6920
赵 荣	21	12408
王 勇	4	4712
吴小平	12	4896

统计每位销售员的销售情况

图 9-16　原表职工名称的顺序排序

① 选择需要排序列中的单元格，在菜单栏中选择【数据】|【排序】命令，从弹出的排序对话框的"主要关键字"中选择"销售员姓名"。

② 单击【选项】按钮，从弹出的【排序选项】的对话框中，选择"自定义排序次序"下拉菜单项为前面自定义好了的序列，如图 9-17 所示。

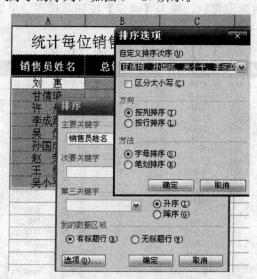

图 9-17　自定义排序次序的选择

③ 单击【确定】按钮，返回【排序】对话框。再单击【确定】按钮，则销售员姓名这一列按自定义的名称顺序进行排序，如图 9-18 所示。

统计每位销售员的销售情况		
销售员姓名	总销售量	总销售金额
甘倩琦	17	8476
孙国成	15	6920
吴小平	12	4896
李成蹊	10	5820
刘 惠	37	21816
赵 荣	21	12408
许 丹	28	12824
吴 仕	37	19116
王 勇	4	4712

图 9-18　按自定义的名称顺序排序的结果

9.2.2　数据的查找与替换

从大量的数据中查找或更改特定的值时，需要使用系统提供的查找与替换功能。其作用一是可以加快查询速度，二是可以防止遗漏。

1. 数据的查找

数据的查找可以在一张工作表或整个工作簿中进行，其操作的步骤如下。

① 首先确定搜索的范围，如果选定一个单元格，则在当前工作表内搜索；如果选定一个单元格区域，则只在该区域搜索；如果选定多个工作表，则在多个工作表中进行搜索。

② 选择【编辑】|【查找】命令，弹出【查找和替换】对话框，如图 9-19 所示。

图 9-19　【查找和替换】对话框

③ 在【查找内容】输入框中输入要查找的内容，如果需要设置其他的选项，则做相应的设置即可，如设置查找范围、大小写等；然后单击【查找全部】或【查找下一个】按钮即可进行查找。

注意：如果需要在指定的多个工作表中查找，先选定一张工作表，再按住 Ctrl 键后单击另外的工作表的名称即可选定多张工作表。

2. 数据的替换

与数据的查找类似，数据的替换也可以在一张工作表或整个工作簿中进行，其操作的步骤如下。

① 确定搜索的范围，然后在菜单栏中选择【编辑】|【替换】命令，弹出【查找和替换】对话框，如图 9-20 所示。

图 9-20　【查找和替换】对话框

② 在"查找内容"和"替换为"输入框中输入查找的数据和需要替换的内容。
③ 点击【全部替换】或【替换】按钮即可。

9.2.3　数据的分类汇总

对 Excel 表中的数据按某种方式分类，并统计和汇总各分类中其他列的数据是一个重要的功能。如对工作表的数据按某些列进行分类后，计算数据列值的和、平均值等操作。采用 Excel 的分类汇总功能可以实现这些操作，分类汇总操作可分为简单分类汇总操作和多级分类汇总操作。

1. 简单分类汇总操作

下面以统计销售的商品数量和总金额为例，介绍简单分类汇总操作的步骤。

① 首先对商品的名称进行排序，如按前面所介绍的方法进行排序。

② 选中数据表中的任意非空单元格，选择【数据】|【分类汇总】命令后，弹出【分类汇总】对话框，如图 9-21 所示。

图 9-21　【分类汇总】对话框

③ 在【分类字段】下拉列表中选择"产品名称"字段，在"汇总方式"下拉列表中选择"求和"选项，在"选定汇总项"列表框中选择"销售数量"和"销售金额"复选框。

④ 单击【确定】按钮后得到如图 9-22 所示的结果。

	A	B	C	D	E	F	G
1				4月份销售统计表			
2	销售日期	产品型号	产品名称	销售数量	经办人	所属部门	销售金额
3	2007-4-5	A03	报警器	4	刘 惠	市场1部	1952
4	2007-4-10	A03	报警器	4	吴小平	市场3部	1952
5	2007-4-12	A03	报警器	4	许 丹	市场1部	1952
6	2007-4-13	A03	报警器	3	吴 仕	市场2部	1464
7	2007-4-13	A03	报警器	5	吴 仕	市场2部	2440
8	2007-4-19	A03	报警器	2	李成骙	市场2部	976
9	2007-4-26	A03	报警器	2	刘 惠	市场1部	976
10			报警器 汇总	24			11712
11	2007-4-5	B03	报警系统	1	赵 柬	市场3部	1988
12	2007-4-7	B03	报警系统	2	王 勇	市场3部	3976
13	2007-4-10	B03	报警系统	1	甘倩琦	市场1部	1988
14			报警系统 汇总	4			7952
15	2007-4-3	A031	定位报警器	5	李成骙	市场2部	3440
16	2007-4-7	A031	定位报警器	4	吴 仕	市场2部	2752

企业销售产品清单 \ 销售统计表 \ 排序分析 \ 筛选分析 \ 统计销售员 {

图 9-22　分类汇总的结果

2. 多级分类汇总操作

在简单分类汇总的基础上，还可以根据需要对已汇总项做进一步的汇总。下面在前面分类汇总的基础上，再按"经办人"进行汇总。共操作步骤如下。

① 先对数据表中的数据按主关键字和次关键字进行排序，排序方法与前面讨论过的方法相同。在这里，主关键字设置为"商品名称"、次关键字设置为"经办人"。

② 选中数据表中的任意非空单元格，然后选择【数据】|【分类汇总】命令，弹出【分类汇总】的对话框，在按如图 9-21 所示设置后，单击【确定】按钮，完成第一次分类汇总。

③ 再次调出【分类汇总】对话框，设置第二次分类汇总参数，如图 9-23 所示。

图 9-23　第二次分类汇总参数的设置

④ 单击【确定】按钮后，得到多级分类汇总的结果，如图 9-24 所示。

1 2 3		A	B	C	D	E	F	G
1		4月份销售统计表						
2		销售日期	产品型号	产品名称	销售数量	经办人	所属部门	销售金额
3		2007-4-19	A03	报警器	2	李成骐	市场2部	976
4					2	李成骐 汇总		976
5		2007-4-5	A03	报警器	4	刘 惠	市场1部	1952
6		2007-4-26	A03	报警器	2	刘 惠	市场1部	976
7					6	刘 惠 汇总		2928
8		2007-4-13	A03	报警器	3	吴 仕	市场2部	1464
9		2007-4-13	A03	报警器	5	吴 仕	市场2部	2440
10					8	吴 仕 汇总		3904
11		2007-4-10	A03	报警器	4	吴小平	市场3部	1952
12					4	吴小平 汇总		1952
13		2007-4-12	A03	报警器	4	许 丹	市场1部	1952
14					4	许 丹 汇总		1952
15		2007-4-10	B03	报警系统	1	甘倩琦	市场1部	1988
16					1	甘倩琦 汇总		1988

\企业销售产品清单\销售统计表 /排序分析 /筛选分析 /统计销售员的 /

图 9-24 多级分类汇总的结果

3. 撤销分类汇总

撤销分类汇总的操作步骤如下。

① 选择分类汇总数据表中的任意一个非空单元格。

② 选择【数据】|【分类汇总】命令。

③ 在【分类汇总】对话框中单击【全部删除】按钮即可撤销分类汇总的结果。

9.3 公式与函数

Excel 中的公式是工作表中对数据进行计算的等式。而函数是预先编写好的公式，可以对一个或多个值执行运算，并返回一个值。函数可以简化和缩短工作表中的公式，尤其是用公式执行较长或较复杂的计算时。

9.3.1 公式

公式可以对工作表中的数值进行加、减、乘、除、乘方等运算，还可以引用同一工作表或同一工作簿中的其他工作表中的单元格。公式以等号 "＝" 开头，由常量、运算符、函数和单元格引用等组成。

1. 公式中的运算符及优先级

公式中的运算符包括算术运算符、比较运算符、文本运算符和引用运算符，其含义、用法及运算符的优先级如表 9-1 所示。

表 9－1　Excel 中的运算符的优先级

名称	运算符	示例	优先级
算术运算符	＋	2＋6	7
	－	6－9	7
	＊	3＊7	6
	／	2/3	6
	^	2^5（2 的 5 次方）	5
	％	30％	4
比较运算符	＞	A1＞B2（A1 大于 B2）	9
	＜	A1＜B2（A1 小于 B2）	9
	＞＝	A1＞＝B2（A1 大于等于 B2）	9
	＜＝	A1＜＝B2（A1 小于等于 B2）	9
	＜＞	A1＜＞B2（A1 不等于 B2）	9
文本运算符	＆	"大家"＆"好"，结果为"大家好"	8
引用运算	：	区域运算符，如 B1:E6（引用 B1 为左上角、E6 为右下角的整个区域）	1
	，	联合运算符，如 A1:C2，B2:E6（引用 A1:C2 和 B2:E6 这两个区域）	3
	空格	交叉运算符，如 Sum（A1:C2 B2:E6）（引用 A1:C2 和 B2:E6 这两个区域交叉的区域）	2

从表 9－1 可以看到，每个运算符都有一个优先级，1 的优先级最高，9 的优先级最低。如果在一个公式中包含多个运算符时，这些运算符的优先级可能相同，也可能不同，系统根据运算符的优先级进行运算，即优先级高的运算符先对数据进行运算，同级的运算符按从左到右的顺序进行运算；要改变公式中的这些运算顺序时，可以对需要优先计算的部分加上括号即可。如公式"＝2＋12/2"结果为 8，而"＝(2＋12)/2"结果为 7。

2. 公式的输入和使用

公式输入的步骤如下。

① 在工作表中选定要输入公式的单元格，如选定 B2。

② 在编辑栏中输入公式即可，如"＝A1＋C1＊B1"，如图 9－25 所示。

图 9－25　在编辑栏中输入公式

在使用公式时，还可以将公式进行复制、修改和移动等。

复制公式的方法如下。

① 选定包含公式的单元格，如 B2。

② 选择【编辑】|【复制】命令；或右击选中的单元格，从弹出的菜单中选择【复制】命令。

③ 选中需要复制公式到的单元格 D4。

④ 选择【编辑】|【选择性粘贴】命令；或右击选中的单元格 D4，在弹出的菜单中选择【选择性粘贴】命令，如图 9-26 所示。

⑤ 从【粘贴】选项中选择【公式】。

⑥ 单击【确定】，得到如图 9-27 的结果。

图 9-26　【选择性粘贴】对话框

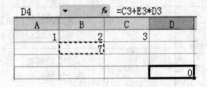

图 9-27　复制公式后的结果

修改公式的方法如下。

① 选中需要修改公式的单元格，如 B2。

② 在编辑栏中直接修改公式，完成后必须按 Enter 键确认；若放弃修改，则按 Esc 键即可。

移动公式的方法如下。

① 选中需要移动公式的单元格，如 B2。

② 将光标指针移到需要移动的单元格的边框上，使指针变为✛时，按下鼠标左键不放，移动光标到指定的单元格，如 D2。

③ 释放鼠标后，移动操作就完成了。

注意：从上面的操作可以看到，公式复制到其他单元格后，公式中引用的单元格地址发生了改变；但移动公式到其他单元格后，公式中引用的单元格地址不会改变。这是公式中单元格引用时需要注意的问题。

3. 单元格引用

单元格引用是指在公式中用单元格地址表示单元格，它在公式和数据之间起着纽带的作用。单元格的引用分相对引用、绝对引用和混合引用三种。

1）相对引用

相对引用是指公式中的地址直接使用单元格所在的行列标志，如 A2，C3 等。如果公式所在的单元格位置发生改变时，引用单元格的地址也相对改变。如在 B2 中的公式为"=A3"，如果将公式复制到 D3，则 D3 中的公式变成了"=C4"。

2）绝对引用

绝对引用是指在公式中的单元格地址的行列标志前面加上符号＄，表示引用地址不做相对的改变，如＄A＄2 等。如在 B2 中的公式为"=＄A＄3"，则将公式复制到 D3 后，D3 中的公式还是"=＄A＄3"，即引用的单元格没有改变。

3）混合引用

混合引用是指在引用中既有相对引用，也有绝对引用。如 B＄3 表示第二列相对引用，第三行是绝对引用。如在 B2 中的公式为"=A＄3"，如果将公式复制到单元格 D3，则 D3 中的公式还是"=A＄3"。

注意：利用 F4 键可在相对引用、绝对引用和混合引用之间切换。方法为选中含有公式的单元格，然后在编辑栏中单击公式，就可通过按 F4 在各种引用方式之间切换。

9.3.2　函数

Excel 系统为用户提供了大量实用的函数，有数学与三角函数、统计函数、逻辑函数、财务函数、文本函数、数据库函数、查找与引用函数等。下面将其中的常用函数的功能和用法做简单的介绍。

1. 数学与三角函数

1）Sum 函数

返回某一单元格区域中所有数字之和。

语法：

Sum(number1,number2, …)

Number1, number2, …　　　　　　　　　　　　为 1 到 30 个需要求和的参数。

示例：

=Sum(A2:A4,15)　　　　　　　　　　　　将 A 列中第二行起的三个数之和与 15 相加。

注意：如果参数为错误值或为不能转换成数字的文本，将会导致错误。

2）Abs 函数

返回数字的绝对值。绝对值没有符号。

语法：

Abs(number)

number 需要计算其绝对值的实数

示例：

= Abs(A2) A2 单元格中值的绝对值

3）Exp 函数

返回 e 的 n 次幂。常数 e 等于 2.718 281 828 459 045，是自然对数的底数。

语法：

Exp(number)

number 为底数 e 的指数

说明：

若要计算以其他常数为底的幂，请使用指数操作符（如 2^5）。EXP 函数是计算自然对数的 Ln 函数的反函数。

示例：

=Exp(2) 此函数表示自然对数的底数 e 的 2 次幂（约 7.389 056）

4）Int 函数

将数字向下舍入到最接近的整数。

语法：

Int(number)

number 需要进行向下舍入取整的实数

示例：

=Int(-8.9) 将 -8.9 向下舍入到最接近的整数（结果为 -9）

5）Log 函数

按所指定的底数，返回一个数的对数。

语法：

Log(number,base)

number 为用于计算对数的正实数

Base 为对数的底数。如果省略底数，假定其值为 10

示例：

=Log(8,2) 以 2 为底时，8 的对数（结果为 3）

6）Product 函数

将所有以参数形式给出的数字相乘，并返回乘积值。

语法：

Product(number1,number2,…)

number1, number2, …　　　　　　　　　为 1 到 30 个需要相乘的数字参数

示例：

=Product(A2:A4,2)　　　　　　　　　将 A2～A4 单元格中的数字及 2 相乘

7）Rand 函数

返回大于等于 0 及小于 1 的均匀分布随机数，每次计算工作表时都将返回一个新的数值。

语法：

Rand()

注意：若要生成 a 与 b 之间的随机实数，使用 RAND（ ）*（b−a）＋a 即可。

示例：

= Rand()*100　　　　　　　　　产生大于等于 0 但小于 100 的一个随机数

8）Sin、Cos、Tan 函数

返回给定角度的正弦、余弦、正切值。

语法：

Sin(number)、Cos(number)、Tan(number)

number　　　　　　　　　为需要求正弦、余弦、正切的角度，以弧度为单位表示。

注意：如果参数的单位是度，可以乘以 PI（ ）/180 或使用 RADIANS 函数将其转换为弧度。

示例：

=Sin(30* PI()/180)　　　　　　　　　30 度的正弦值 (0.5)
=Sin(RADIANS(30))　　　　　　　　　30 度的正弦值 (0.5)

9）Asin、Acos、Atan 函数

返回给定角度的反正弦、反余弦、反正切值。

用法略。

10）Degrees 函数

将弧度转换为度。

语法：

Degrees(angle)

angle　　　　　　　　　待转换的弧度角

用法略。

11）Radians 函数

将角度转换为弧度。

语法：

Radians(angle)

angle   为需要转换成弧度的角度

用法略。

2. 统计函数

1) Average 函数

返回参数的平均值（算术平均值）。

语法：

Average(number1,number2,…)

number1, number2, …   为需要计算平均值的 1 到 30 个参数

示例：

=Average (A2:A6)   将 A2 到 A6 单元格内的数字求平均值

2) Max、Min 函数

返回一组值中的最大、最小值。

语法：

Max(number1,number2,…)、Min(number1,number2,…)

number1, number2, …   要从中找出最大值的 1 到 30 个数字参数

示例：

=Min(A2:A6)   求出 A2 到 A6 单元格数据中的最小值

3) Median 函数

返回给定数值集合的中值。中值是在一组数据中居于中间的数，即在这组数据中，有一半的数据比它大，有一半的数据比它小。

语法：

Median(number1,number2,…)

number1, number2, …   要计算中值的 1 到 30 个数值

示例：

=Median(A2:A6)   求出 A2 到 A6 单元格中 5 个数的中值

4) Stdev 函数

估算样本的标准偏差。标准偏差反映相对于平均值（mean）的离散程度。

语法：

Stdev(number1,number2,…)

number1,number2,…   为对应于总体样本的 1 到 30 个参数,也可以不使用这种用逗

号分隔参数的形式,而用单个数组或对数组的引用

示例:

`=Stdev(A2:A6)`   求出 A2 到 A6 单元格中 5 个数的标准偏差

5) Var 函数

计算基于给定样本的方差。

语法:

`Var(number1,number2,…)`
`number1,number2,…`   为对应于总体样本的 1 到 30 个参数

示例:

`=Var(A2:A6)`   求出 A2 到 A6 单元格中 5 个数的方差

3. 逻辑函数

1) If 函数

用于执行真假值判断。

语法:

`If(logical_test,value_if_true, value_if_false)`
`logical_test`   为公式或表达式
`value_if_true`   当参数 logical_test 的结果为 TRUE 时返回该值
`value_if_false`   当参数 logical_test 的结果为 FALSE 时返回该值

示例:

`=If(A2> 0,"大于","小于")`单元格 A2 的值> 0 时,返回"大于",否则返回"小于"

2) And、Or、Not 函数

所有参数的逻辑值为真时,返回 TRUE;只要一个参数的逻辑值为假,即返回 FALSE。

语法:

`And(logical1,logical2, …)`、`Or(logical1,logical2, …)`、`Not(logical1)`
`Logical1, logical2, …`   表示待检测的 1 到 30 个条件值,各条件值可为 TRUE
                                    或 FALSE

示例:

`=And(TRUE, FALSE)`   一个参数的逻辑值为假 (结果为 FALSE)
`=Or(TRUE, FALSE)`   一个参数的逻辑值为假 (结果为 TRUE)

4. 财务函数

1) Db 函数

使用固定余额递减法,计算一笔资产在给定期间内的折旧值。

语法：

Db(cost,salvage,life,period,month)

cost	为资产原值
salvage	为资产在折旧期末的价值（也称为资产残值）
life	为折旧期限（有时也称作资产的使用寿命）
period	为需要计算折旧值的期间。Period 必须使用与 life 相同的单位
month	为第一年的月份数，如省略，则假设为 12

2）Pmt 函数

基于固定利率及等额分期付款方式，返回贷款的每期付款额。

语法：

Pmt(rate,nper,pv,fv,type)

有关函数 Pmt 中参数的详细说明，请参阅函数 Pv。

rate	贷款利率
nper	该项贷款的付款总数
pv	现值，或一系列未来付款的当前值的累积和，也称为本金
fv	为未来值，或在最后一次付款后希望得到的现金余额，如果省略 fv，则假设其值为零，也就是一笔贷款的未来值为零
type	数字 0 或 1，用以指定各期的付款时间是在期初还是期末

5. 文本函数

1）Char 函数

返回对应于数字代码的字符。函数 Char 可将其他类型计算机文件中的代码转换为字符。

语法：

Char(number)

number 是用于转换的字符代码，介于 1 到 255 之间。使用的是当前计算机字符集中的字符。

示例：

=Char(65)　　　　　　　　　　　显示字符集中的第 65 个字符（结果为 A）

2）Exact 函数

该函数测试两个字符串是否完全相同。如果它们完全相同，则返回 TRUE；否则，返回 FALSE。函数 Exact 能区分大小写，但忽略格式上的差异。利用函数 Exact 可以测试输入文档内的文本。

语法：

Exact(text1,text2)

text1	待比较的第一个字符串

text2　　　　　　　　　　　　　　　待比较的第二个字符串

示例：

=Exact(A3,B3)　　　　　　　　　　　测试第三行中的两个字符串是否完全相同

6. 数据库函数

1) Daverage 函数

返回列表或数据库中满足指定条件的列中数值的平均值。

语法：

Daverage(database,field,criteria)

database	构成列表或数据库的单元格区域。数据库是包含一组相关数据的列表,其中包含相关信息的行为记录,而包含数据的列为字段。列表的第一行包含着每一列的标志项
field	指定函数所使用的数据列。列表中的数据列必须在第一行具有标志项。Field 可以是文本,即两端带引号的标志项,如"使用年数"或"产量";此外,Field 也可以是代表列表中数据列位置的数字:1 表示第一列,2 表示第二列,等等
criteria	为一组包含给定条件的单元格区域。可以为参数 criteria 指定任意区域,只要它至少包含一个列标志和列标志下方用于设定条件的单元格

2) Dcount 函数

返回数据库或列表的列中满足指定条件并且包含数字的单元格个数。

参数 field 为可选项，如果省略，函数 Dcount 返回数据库中满足条件 criteria 的所有记录数。

语法：

Dcount(database,field,criteria)

参数与上面 Daverage 函数同。

3) Dproduct 函数

返回列表或数据库的列中满足指定条件的数值的乘积。与 Product 函数类似。

4) Dmax 函数

返回列表或数据库的列中满足指定条件的最大数值。

语法：

Dmax(database,field,criteria)

参数与上面 Daverage 函数同。

5) Dsum 函数

返回列表或数据库的列中满足指定条件的数字之和。

语法：

Dsum(database,field,criteria)

参数与上面 Daverage 函数同。

7. 查找与引用函数

1）Areas 函数

返回引用中包含的区域个数。区域表示连续的单元格区域或某个单元格。

语法：

`Areas(reference)`

reference　　　　　　　对某个单元格或单元格区域的引用，也可以引用多个区域。如果需要将几个引用指定为一个参数，则必须用括号括起来，以免 Microsoft Excel 将逗号作为参数间的分隔符

示例：

`=Areas((B2:D4,E5,F6:I9))`　引用中包含的区域个数（结果为 3）

2）Lookup 函数

从单行或单列区域或者从一个数组（数组：用于建立可生成多个结果或可对在行和列中排列的一组参数进行运算的单个公式。数组区域共用一个公式；数组常量是用作参数的一组常量）返回值。Lookup 函数具有两种语法形式。

（1）向量

Lookup 的向量形式在单行区域或单列区域（称为"向量"）中查找值，然后返回第二个单行区域或单列区域中相同位置的值。

当要查询的值列表较大或者值可能会随时间而改变时，使用该向量形式。

（2）数组

Lookup 的数组形式在数组的第一行或第一列中查找指定的值，然后返回数组的最后一行或最后一列中相同位置的值。

当要查询的值列表较小或者值在一段时间内保持不变时，使用该数组形式。详细的用法在后面的章节中介绍。

练习题

1. 在 Excel 表中以填充方式按 2010-1-1、2010-2-1、2010-3-1……的顺序输入 10 个连续的日期。

2. 在 Excel 的工作簿中定义一个自定义序列，如"北京、上海、广东……"。

3. 若单元格 C3 中的公式为"=Sum(A$1:C$1)"，复制到 E3，其中的公式改变吗？为什么？

4. 若单元格 C3 中的公式为"=Sum(A$1:$C1)"，复制到 C5，其中的公式变成什么？

5. 在工作表数据排序中，选择有标题排序与无标题排序结果有什么不同？

6. 单元格中"=2*3^(1/2)"的结果是多少？它是如何进行运算的？

7. 在"分类汇总"对话框中单击【全部删除】按钮是否将涉及分类汇总的数据都删除了？

8. 公式与函数有什么不同？

9. 单元格内的公式引用的单元格与函数中的参数有什么相似的地方？

第 10 章

工资管理的应用

【本章概要】

本章主要介绍利用 Excel 提供的函数制作工资管理中的多种表格的操作方法和相关的函数使用，详细介绍制作基本工资表、员工职位工资与奖金表、员工福利表、员工社会保险表、员工考勤与罚款表、员工工资发放明细表的方法和操作步骤。

【学习目标】

1. 熟练掌握函数 If、Vlookup、Round 的使用及运用方法；
2. 熟练掌握企业工资表中各种表格的设计与制作的方法。

【基本概念】

工作表的名称

　　任何企事业单位都会涉及工资管理中数据处理问题，特别是人数较多的单位，每天每月都要处理大量与工资相关的信息，如制作工资表、填写社会保险表、制作工资发放明细表和考勤与罚款表等。有些需要重复的输入，有些需要大量的计算，利用 Excel 提供的工具能够大大减少填写和计算的工作量。

10.1　工资管理的问题

　　工资管理是公司账目管理中的一个重要部分，同时也是财务人员必不可少的一项经常性工作。目前仍有一些公司的财务管理还是利用手工来进行的，特别是一些小型公司。在手工条件下制作工资明细表是一项烦琐的工作，除了占据财务人员大量的时间以外，还常常容易发生错误。利用通用软件工具，可以做到既快又方便，而且不容易出错。下面通过对一个实例进行讨论，来熟悉使用 Excel 工具处理数据的方法。

10.1.1　问题的提出

　　设某企业将员工的所有信息都存放在一个工作簿中，如图 10-1 所示。其中有员工的基本工资表、职位工资与奖金表、福利表、工资计算各种比率表、社会保险表、工资发放明细表、考勤与罚款表、其他规则表等。

	A	B	C	D	E	F
1			企业员工基本工资表			
2	编　号	员工姓名	性　别	所属部门	职　位	基本工资
3	HSR1001	刘　勇	女	办公室	经理	
4	HSR1002	李　阎	女	办公室	职员	
5	HSR1003	陈双双	女	人事部	经理	
6	HSR1004	叶小来	女	办公室	职员	
7	HSR1005	林　佳	男	销售部	经理	
8	HSR1006	彭　力	男	销售部	主管	
9	HSR1007	范琳琳	女	财务部	职员	
10	HSR1008	易呈亮	女	研发部	经理	
11	HSR1009	黄海燕	男	人事部	职员	
12	HSR1010	张　浩	男	人事部	职员	
13	HSR1011	曾春林	男	研发部	主管	
14	HSR1012	李　锋	男	研发部	职员	
15	HSR1013	彭　洁	男	研发部	职员	
16	HSR1014	徐瑜诚	男	财务部	经理	
17	HSR1015	丁　昊	男	财务部	职员	
18	HSR1016	李济东	男	人事部	职员	
19	HSR1017	刘　惠	男	财务部	主管	
20	HSR1018	甘情琦	男	销售部	职员	

基本工资表／职位工资与奖金／福利表／工资计算各种比率表／社会

图 10-1　某企业员工基本信息表

　　企业每月根据当月的情况制作这一系列的表格作为工资发放和扣款的依据。制作和填写这些表格如果使用手工也可以做到，但工作量大，容易出错。如填写工资明细表（如图 10-2 所示）时，需要根据如图 10-3 所示的工资计算各种比率表来计算员工的个人所得税、社会保险和公积金等数据，还需要根据如图 10-4 所示的奖金、补贴标准和社会保险扣缴比例规则表中的规则填写工资明细表中的职位工资、奖金和各种补贴，这些操作可以使用Excel中提供的函数来实现，因此工具的使用是很重要的。

图10-2　工资明细表

图10-3　工资计算各种比率表

在制作工资表时，需要填写数据的表格格式一般相对固定，众多表格中的数据也有很多不需经常改变，直接保存下来以便下次使用是很常用的方法；但一旦需要修改时，查找相关的数据并进行修改可能需要大量的时间和精力。

因此，使用公式和函数填写表格中的数据有几点好处：一是可以在输入数据的过程中快速方便地填入相应的数据；二是当规则或被引用的数据需要修改时，不需要再去做大量的相

	A	B	C	D	E	F	G	H
1		职位工资					基本工资	
2	经理	职位工资	1000			办公室	基本工资	1200
3	主管	职位工资	800			人事部	基本工资	1200
4	职员	职位工资	500			财务部	基本工资	1300
5						研发部	基本工资	1500
6						销售部	基本工资	800
7		奖金						
8	经理	奖金	1000					
9	主管	奖金	700					
10	职员	奖金	400					
11								
13	职位	住房补贴	伙食补贴	交通补贴	医疗补贴			
14	经理	600	400	200	150			
15	主管	450	260	150	120			
16	职员	300	150	80	80			
17								
18								
19	养老保险=（基本工资+职位工资）*养老保险扣缴比例							
20	医疗保险=（基本工资+职位工资）*医疗保险扣缴比例							
21	失业保险=（基本工资+职位工资）*失业保险扣缴比例							
22	住房公积金=（基本工资+职位工资）*住房公积金扣缴比例							

图 10-4　存放奖金、补贴、社会保险扣缴比例规则的"其他项"表

关数据的修改操作，系统会自动引用被修改后的数据；三是可以保持整个工作簿中相关数据的一致性问题。

　　下面对工资管理中使用到的函数先做一个介绍，便于理解后面对工资管理中数据的操作。

10.1.2　相关函数的用法

　　在工资管理中，涉及的操作有判断、查找、四舍五入等操作，相应地可以使用如下的函数（如 If、Vlookup、Round 等）来实现。

　　1. If 函数的使用

　　用于执行真假值判断，从而返回不同的值。它的格式及用法在第 9 章说明过了，下面通过实例来熟悉其用法。

　　例 10-1　填写员工销售业绩达标表，销售金额超过 4 000 元为达标。如图 10-5 所示。

	A	B	C	D
1	员工销售业绩统计			
2	销售员姓名	总销售量	总销售金额	达标否
3	刘　惠	29	18232	
4	甘倩琦	14	5752	
5	许　丹	24	11352	
6	李成蹊	7	4416	
7	吴　仕	27	12116	
8	孙国成	15	6920	
9	赵　荣	12	6436	
10	王　勇	2	3976	
11	吴小平	8	3424	

图 10-5　员工销售业绩达标表

操作步骤如下。

① 选择单元格 D3。

② 通过函数向导输入 If 函数。单击【插入】|【函数】，弹出如图 10 - 6 所示的【插入函数】向导对话框。

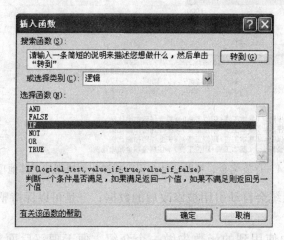

图 10 - 6　　【插入函数】向导对话框

③ 选择函数 If，单击【确定】按钮，弹出如图 10 - 7 所示的函数参数设置对话框。通过在 If 参数的输入框右边的拾取器或直接输入如图中的参数。

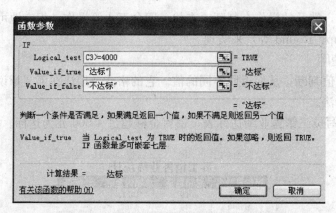

图 10 - 7　　【函数参数】设置对话框

④ 单击【确定】按钮后，得出如图 10 - 8 所示的窗口。

⑤ 将光标移至单元格 D3 的右下角，当光标变成"＋"后，按住鼠标左键并拖至单元格 D11 后释放，得到如图 10 - 9 的结果，完成了表格的填写。

如果对 If 函数比较熟悉，也可以在选择单元格 D3 后，直接在编辑栏中输入函数公式"=If(C3>=4000,"达标","不达标")"，然后单击 Enter 键，再把单元格 D3 中的公式复制到

D3　=IF(C3>=4000,"达标","不达标")

	A	B	C	D	E
1	员工销售业绩统计				
2	销售员姓名	总销售量	总销售金额	达标否	
3	刘　惠	29	18232	达标	
4	甘倩琦	14	5752		
5	许　丹	24	11352		
6	李成蹊	7	4416		
7	吴　仕	27	12116		
8	孙国成	15	6920		
9	赵　荣	12	6436		
10	王　勇	2	3976		
11	吴小平	8	3424		

图 10-8　完成函数输入后的界面

D3　=IF(C3>=4000,"达标","不达标")

	A	B	C	D	E
1	员工销售业绩统计				
2	销售员姓名	总销售量	总销售金额	达标否	
3	刘　惠	29	18232	达标	
4	甘倩琦	14	5752	达标	
5	许　丹	24	11352	达标	
6	李成蹊	7	4416	达标	
7	吴　仕	27	12116	达标	
8	孙国成	15	6920	达标	
9	赵　荣	12	6436	达标	
10	王　勇	2	3976	不达标	
11	吴小平	8	3424	不达标	

图 10-9　将 D3 的公式复制到 D11 后的结果

其余的单元格中，即可完成录入。

在完成输入数据的表格中，选择单元格 D5，可以看到在 D5 对应的编辑栏中的公式是“=IF(C5>=4000,"达标","不达标")”，即使用单元格 C5 中的值来进行判断，从而确定 D5 中的值。可以看到公式“=IF(C3>=4000,"达标","不达标")”在 D3 中复制到 D5 后公式中的相对地址从“C3”也相应地变为了“C5”。这是在以后的操作中需要特别注意的。

2. Vlookup 函数的使用

在表格或数值数组的首列查找指定的数值，并由此返回表格或数组当前行中指定列处的数值。

语法：

Vlookup(lookup_value,table_array,col_index_num,range_lookup)

lookup_value：为需要在数组第一列中查找的数值。Lookup_value 可以为数值、引用或文本字符串。

table_array：为需要在其中查找数据的数据表。可以使用对区域或区域名称的引用。表中的第一列中的数值可以为文本、数字或逻辑值。

col_index_num：为 table_array 中待返回的匹配值的列序号。col_index_num 为 1 时，返回 table_array 第一列中的数值；col_index_num 为 2 时，返回 table_array 第二列中的数值，以此类推。

range_lookup：为一逻辑值，指明函数 Vlookup 返回时是精确匹配还是近似匹配。如果为 TRUE 或省略，则返回近似匹配值，也就是说，如果找不到精确匹配值，则返回小于 lookup_value 的最大数值；如果 range_value 为 FALSE，函数 Vlookup 将返回精确匹配值。如果找不到，则返回错误值 # N/A。

例 10 - 2 在产品清单中根据产品型号查找产品的单价。如图 10 - 10 所示。

	A	B	C	D
1	企业销售产品清单			
2	产品型号	产品名称	产品单价	产品功能概述
3	A01	扫描枪	¥368.00	扫描条形码
4	A011	定位扫描枪	¥468.00	定位扫描指定区域内的条形码
5	A02	刷卡器	¥568.00	识别磁卡编码
6	A03	报警器	¥488.00	在相对距离内进行自动报警
7	A031	定位报警器	¥688.00	在特定范围区域内进行自动报警
8	B01	扫描系统	¥988.00	用于配置与管理条形码的系统
9	B02	刷卡系统	¥1,088.00	用于配置与管理磁卡编码的系统
10	B03	报警系统	¥1,988.00	用于配置与管理报警的系统

图 10 - 10　产品清单表

操作步骤如下。

① 选择单元格 F6，在对应的编辑栏中输入公式"=Vlookup("a02",A3:C10,3,0)"。

② 单击 Enter 键后，可以在单元格 F6 中看到"A02"的单价 568。如图 10 - 11 所示。

F6	▼	fx	=VLOOKUP("a02",A3:C10,3,0)			
名称框		B	C	D	E	F
1		企业销售产品清单				
2	产品型号	产品名称	产品单价	产品功能概述		
3	A01	扫描枪	¥368.00	扫描条形码		
4	A011	定位扫描枪	¥468.00	定位扫描指定区域内的条形码		
5	A02	刷卡器	¥568.00	识别磁卡编码		
6	A03	报警器	¥488.00	在相对距离内进行自动报警		568
7	A031	定位报警器	¥688.00	在特定范围区域内进行自动报警		
8	B01	扫描系统	¥988.00	用于配置与管理条形码的系统		
9	B02	刷卡系统	¥1,088.00	用于配置与管理磁卡编码的系统		
10	B03	报警系统	¥1,988.00	用于配置与管理报警的系统		

图 10 - 11　查找的结果在单元格 F6 中

3. Round 函数的使用

返回某个数字按指定位数取整后的数值。

语法

Round(number,num_digits)

number：需要进行四舍五入的数字。

num_digits：指定的位数，按此位数进行四舍五入。

如果 num_digits 大于 0,则四舍五入到指定的小数位;如果 num_digits 等于 0,则四舍五入到最接近的整数;如果 num_digits 小于 0,则在小数点左侧进行四舍五入。

例 10-3 对数值 15.617 按指定位数进行舍入。如图 10-12 所示。

	A	B	C
1	数值	舍入条件	结果
2	15.617	将15.617按0位小数舍入	16
3	15.617	将15.617按1位小数舍入	15.6
4	15.617	将15.617按2位小数舍入	15.62
5	15.617	将15.617按-1位小数舍入	20
6	15.617	将15.617按-2位小数舍入	0

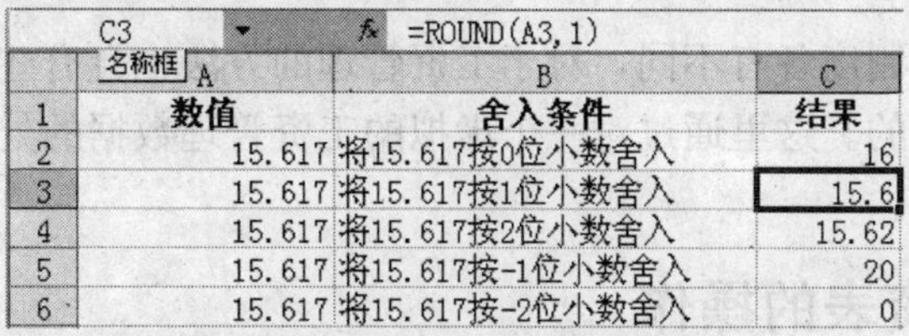

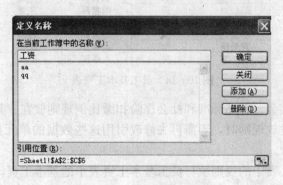

图 10-12 按位数舍入后的结果

10.1.3 名称的定义

在 Excel 中，可以使用表格中的行标识和列标识来引用相应这些行和列中的单元格，也可以通过为指定的单元格区域创建一个名称，当需要使用这些指定的区域时，直接使用所定义好的名称即可，方便数据的引用。

如在公式“=Vlookup(A2,$A$2:$C$6,3,0)”中，“$A$2:$C$6”表示的区域可以定义为一个名称，方便以后的引用。

Excel 2003 中定义名称的方法如下。

① 选择需要定义的单元格区域，然后单击【插入】|【名称】|【定义】，弹出【定义名称】对话框，如图 10-13 所示。

图 10-13 定义名称对话框

② 在名称输入框中输入一个名称，如“工资”，单击【确定】按钮即可。

注：另一个方法是选择一个区域后在名称框中输入名称后按 Enter 键即可定义一个名称。

10.2　工资表制作的操作步骤

由于各个单位管理制度各有不同，对于工资管理的方法也会有些不同，但基本的表格和数据的处理还是很相似的。这里通过对一个虚拟的工资管理数据的处理操作来熟悉使用工具制作工资管理表的方法。

10.2.1　基本工资表的操作

首先创建一个"企业工资管理"工作簿，并创建员工基本工资表，其中包含员工的编号、姓名、性别、所属部门、职位、基本工资等信息，如图 10-14 所示。

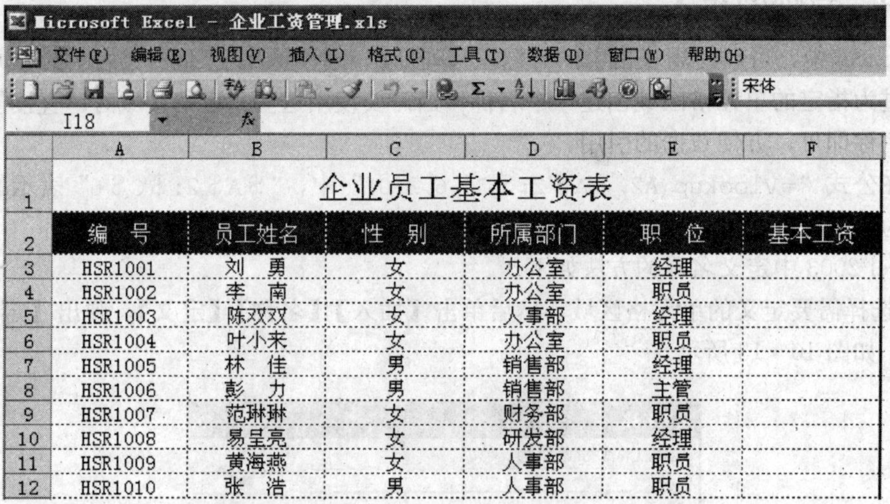

图 10-14　员工基本工资表

将工资管理中的奖金、补贴标准和社会保险扣缴比例规则放在"其他项"表中，这样当需要修改奖金、补贴发放规则时，不需再去修改引用这些数据的单元格中的数据了。"其他项"表如图 10-4 所示。

现根据"其他项"表中的规则填写员工基本工资表中的基本工资，步骤如下。

① 选中单元格 F3，根据"其他项"表中按不同部门的发放规则，输入公式：

=IF(D3="办公室",1200,IF(D3= "人事部",1200,IF(D3="财务部",1300,IF(D3="研发部",1500,800))))

按 Enter 键后，根据 D3 中的所属部门可得到相应的基本工资，如图 10-15 所示。

② 填写其他员工的基本工资时，将光标移到 F3 的右下角，当光标变成"＋"时，向下拖动复制 F3 中的公式到其他单元格中，即得结果，如图 10-16 所示。

| F3 | fx | =IF(D3="办公室",1200,IF(D3="人事部",1200,IF(D3="财务部",1300,IF(D3="研发部",1500,800)))) |

图 10-15 输入公式后的结果

2	编 号	员工姓名	性 别	所属部门	职 位	基本工资
3	HSR1001	刘勇	女	办公室	经理	1200
4	HSR1002	李南	女	办公室	职员	1200
5	HSR1003	陈双双	女	人事部	经理	1200
6	HSR1004	叶小来	女	办公室	职员	1200
7	HSR1005	林佳	男	销售部	经理	800
8	HSR1006	彭力	男	销售部	主管	800
9	HSR1007	范琳琳	女	财务部	职员	1300

图 10-16 填充其他员工的基本工资后的结果

后面的操作其实质是将 F3 中的公式复制到其他的单元格中，再由单元格中的公式去计算得到单元格相应的数值。其实，在这里也可以用 Vlookup 函数代替 If 函数进行操作（可以将这个代替操作作为练习做一下）。

10.2.2 员工职位工资与奖金表的操作

建立员工职位工资与奖金表，如图 10-17 所示。由于员工的职位工资与奖金的发放规则存放在"其他项"表中，因此在这里可以根据表中的规则，使用 If 函数或通过 Vlookup 函数引用的方法来填写这些数据。

	A	B	C	D	E	F	G	H
1				企业员工职位工资与奖金表				
2	编 号	员工姓名	性 别	所属部门	职 位	职位工资	奖 金	合 计
3	HSR1001	刘勇	女	办公室	经理			
4	HSR1002	李南	女	办公室	职员			
5	HSR1003	陈双双	女	人事部	经理			
6	HSR1004	叶小来	女	办公室	职员			
7	HSR1005	林佳	男	销售部	经理			
8	HSR1006	彭力	男	销售部	主管			
9	HSR1007	范琳琳	女	财务部	职员			
10	HSR1008	易呈亮	女	研发部	经理			
11	HSR1009	黄海燕	女	人事部	职员			
12	HSR1010	张浩	男	人事部	职员			
13	HSR1011	曾春林	男	研发部	主管			
14	HSR1012	李锋	男	研发部	职员			
15	HSR1013	彭洁	男	研发部	职员			

图 10-17 员工职位工资与奖金表

用 Vlookup 函数来填写员工职位工资、奖金和合计项的操作步骤如下。

① 选择单元格 F3，根据"其他项"表中职位工资的发放规则，在其中输入公式：

=Vlookup(E3,其他项!＄A＄2:＄C＄4,3,0)

按 Enter 键确定 F3 中的值，如图 10 - 18 所示。

图 10 - 18　输入公式后的结果

② 将光标移至 F3 的右下角，当光标变成"＋"时，向下拖动复制 F3 中的公式到其他需要填写职位工资的单元格中，即可得到员工职位工资的结果。

注意：在输入公式 Vlookup 函数的参数时，其中的第二个参数＄A＄2:＄C＄4 一定要改为绝对引用，否则当 F3 中的公式被复制到其他单元格时，其中 Vlookup 内的地址会发生改变，这时引用的区域就不是"其他项"表中职位工资发放对应规则的区域了。

③ 选择单元格 G3，根据"其他项"表中奖金发放的规则，在其中输入公式：

=Vlookup(E3,其他项!＄A＄8:＄C＄10,3,0)，按 Enter 键确定 G3 的值。

④ 将光标移至 G3 的右下角，当光标变成"＋"时，向下拖动复制 G3 中的公式到其他需要填写奖金的单元格中，即可得到员工奖金的结果，如图 10 - 19 所示。

图 10 - 19　输入奖金后的界面

⑤ 选择 H3，输入 "=F3+G3"，按 Enter 键。

⑥ 将光标移至 H3 的右下角，当光标变成 "＋" 时，向下拖动复制 H3 中的公式到其他需要填写合计的单元格中，即可得到员工职位工资与奖金合计的结果。如图 10-20 所示。

H3			fx	=F3+G3			
	A	B	C	D	E	F	G	H
1	企业员工职位工资与奖金表							
2	编 号	员工姓名	性 别	所属部门	职 位	职位工资	奖 金	合 计
3	HSR1001	刘 勇	女	办公室	经理	1000	1000	2000
4	HSR1002	李 南	女	办公室	职员	500	400	900
5	HSR1003	陈双双	女	人事部	经理	1000	1000	2000
6	HSR1004	叶小来	女	办公室	职员	500	400	900
7	HSR1005	林 佳	男	销售部	经理	1000	1000	2000
8	HSR1006	彭 力	男	销售部	主管	800	700	1500
9	HSR1007	范琳琳	女	财务部	职员	500	400	900
10	HSR1008	易呈亮	女	研发部	经理	1000	1000	2000
11	HSR1009	黄海燕	女	人事部	职员	500	400	900
12	HSR1010	张 浩	男	人事部	职员	500	400	900

图 10-20 合计后的结果

10.2.3 员工福利表的操作

员工福利表包括编号、员工姓名、性别、所属部门、职位、住房补贴、伙食补贴、交通补贴、医疗补贴和合计等项，建立如图 10-21 所示的员工福利表。

	A	B	C	D	E	F	G	H	I	J
1	企业员工福利表									
2	编 号	员工姓名	性 别	所属部门	职 位	住房补贴	伙食补贴	交通补贴	医疗补贴	合 计
3	HSR1001	刘 勇	女	办公室	经理					
4	HSR1002	李 南	女	办公室	职员					
5	HSR1003	陈双双	女	人事部	经理					
6	HSR1004	叶小来	女	办公室	职员					
7	HSR1005	林 佳	男	销售部	经理					
8	HSR1006	彭 力	男	销售部	主管					
9	HSR1007	范琳琳	女	财务部	职员					
10	HSR1008	易呈亮	女	研发部	经理					

图 10-21 员工福利表

需要填写的住房补贴、伙食补贴、交通补贴、医疗补贴等项的对应发放规则存放在 "其他项" 表的指定区域中，使用 Vlookup 函数来实现数据的填写。

操作步骤如下。

① 选择单元格 F3，根据 "其他项" 表中住房补贴发放的规则，在其中输入公式：

=Vlookup(E3,其他项!＄A＄14:＄E＄16,2,0) 后按 Enter 键确定 F3 的值。

② 将光标移至 F3 的右下角，当光标变成 "＋" 时，向下拖动复制 F3 中的公式到其他需要填写住房补贴的单元格中，即可得到员工住房补贴的结果，如图 10-22 所示。

	F3			fx	=VLOOKUP(E3,其他项!$A$14:$E$16,2,0)				
	A	B	C	D	E	F	G	H	I	J

		A	B	C	D	E	F	G	H	I	J
1				企业员工福利表						
2	编 号	员工姓名	性 别	所属部门	职 位	住房补贴	伙食补贴	交通补贴	医疗补贴	合 计
3	HSR1001	刘 勇	女	办公室	经理	600				
4	HSR1002	李 南	女	办公室	职员	300				
5	HSR1003	陈双双	女	人事部	经理	600				
6	HSR1004	叶小来	女	办公室	职员	300				
7	HSR1005	林 佳	男	销售部	经理	600				
8	HSR1006	彭 力	男	销售部	主管	450				
9	HSR1007	范琳琳	女	财务部	职员	300				
10	HSR1008	易呈亮	女	研发部	经理	600				
11	HSR1009	黄海燕	女	人事部	职员	300				

图 10-22 员工住房补贴的结果

③ 由于其他三项补贴的发放规则与住房补贴发放规则在同一个区域（A14:E16），因此类似的在 G3、H3、I3 等单元格中粘贴与 F3 中相同的公式，然后分别将函数 Vlookup 中的第三个参数改为 3、4、5 即可。结果如图 10-23 所示。

	I3			fx	=VLOOKUP(E3,其他项!$A$14:$E$16,5,0)				

		A	B	C	D	E	F	G	H	I	J
1				企业员工福利表						
2	编 号	员工姓名	性 别	所属部门	职 位	住房补贴	伙食补贴	交通补贴	医疗补贴	合 计
3	HSR1001	刘 勇	女	办公室	经理	600	400	200	150	
4	HSR1002	李 南	女	办公室	职员	300				
5	HSR1003	陈双双	女	人事部	经理	600				
6	HSR1004	叶小来	女	办公室	职员	300				
7	HSR1005	林 佳	男	销售部	经理	600				
8	HSR1006	彭 力	男	销售部	主管	450				
9	HSR1007	范琳琳	女	财务部	职员	300				
10	HSR1008	易呈亮	女	研发部	经理	600				

图 10-23 输入和修改完 G3、H3、I3 中的公式后的界面

④ 同样的，再分别地将 G3、H3、I3 中的公式向下复制到相应的单元格中，即可完成所有补贴的填写。

⑤ 选择单元格 J3，输入公式"=F3+G3+H3+I3"，按 Enter 键后，再将 J3 中的公式向下复制到相应的单元格，即可完成合计的输入。结果如图 10-24 所示。

	J3			fx	=F3+G3+H3+I3				

		A	B	C	D	E	F	G	H	I	J
1				企业员工福利表						
2	编 号	员工姓名	性 别	所属部门	职 位	住房补贴	伙食补贴	交通补贴	医疗补贴	合 计
3	HSR1001	刘 勇	女	办公室	经理	600	400	200	150	1350
4	HSR1002	李 南	女	办公室	职员	300	150	80	80	610
5	HSR1003	陈双双	女	人事部	经理	600	400	200	150	1350
6	HSR1004	叶小来	女	办公室	职员	300	150	80	80	610
7	HSR1005	林 佳	男	销售部	经理	600	400	200	150	1350
8	HSR1006	彭 力	男	销售部	主管	450	260	150	120	980
9	HSR1007	范琳琳	女	财务部	职员	300	150	80	80	610
10	HSR1008	易呈亮	女	研发部	经理	600	400	200	150	1350

图 10-24 完成所有数据填写后的界面

10.2.4　员工社会保险表的操作

员工社会保险表也是工资管理中的一部分，包括编号、员工姓名、性别、所属部门、职位、养老保险、医疗保险、失业保险和合计等项，建立如图 10-25 所示的社会保险表。

图 10-25　员工社会保险表

表中的数据填写也是根据如图 10-3 所示的"工资计算各种比率表"中的规定和"其他项"表中的规则来输入的。

从"其他项"表中可以看到，养老保险、医疗保险、失业保险的计算方法均为基本工资与职位工资的和再乘上"工资计算各种比率表"中相应的扣缴比例得到的，而基本工资与职位工资可以从"基本工资表"和"职位工资与奖金"表中取得。填写每一员工的社会保险时，可先用 Vlookup 函数取得该员工的基本工资与职位工资，然后再与扣缴比例相乘即可。

操作步骤如下。

① 选择单元格 F3，根据其他项表中的计算规则，在其中输入公式：

=Round((Vlookup(A3,基本工资表!$A$3:$F$25,6,0)+ Vlookup(A3,职位工资与奖金!$A$3:$F$25,6,0))* 工资计算各种比率表!$C$5,2)

按 Enter 键确定，如图 10-26 所示。

图 10-26　养老保险计算公式及结果

② 再将光标移至 F3 的右下角，当光标变成"＋"时，向下拖动复制 F3 中的公式到其他需要填写养老保险的单元格中，即可得到员工养老保险的结果。

③ 类似地，在 G3、H3 中分别输入公式：

=Round((Vlookup(A3,基本工资表!＄A＄3:＄F＄25,6,0)＋ Vlookup(A3,职位工资与奖金！＄A＄3:＄F＄25,6,0))＊ 工资计算各种比率表!＄C＄6,2)

后按 Enter 键和输入公式：

=Round((Vlookup(A3,基本工资表!＄A＄3:＄F＄25,6,0)＋ Vlookup(A3,职位工资与奖金！＄A＄3:＄F＄25,6,0))＊ 工资计算各种比率表!＄C＄7,2)

再按 Enter 键得如图 10 - 27 所示的结果。

图 10 - 27　输入医疗保险和失业保险后的界面

④ 再分别将 G3、H3 中的公式向下复制可完成医疗保险和失业保险的输入。

⑤ 选择单元格 I3，输入公式"＝F3＋G3＋H3"或 Sum(F3:H3)，按 Enter 键。

⑥ 再将单元格 I3 中的公式向下复制即可完成表格的填写。如图 10 - 28 所示。

图 10 - 28　完成表格填写后的界面

10. 2. 5　员工考勤与罚款表的操作

企业可以将员工的考勤与处罚的记录输入到考勤与罚款表中，在每月的工资处理中根据表中的数据对员工的工资进行处理，如图 10 - 29 所示。

	A	B	C	D	E	F	G	H	I	J
1	企业员工考勤与罚款									
2	编 号	员工姓名	性 别	所属部门	职 位	请假天数	请假种类	考勤扣款	罚 款	合 计
3	HSR1001	刘 勇	女	办公室	经理	0.5	病假			
4	HSR1002	李 南	女	办公室	职员	2	病假			
5	HSR1003	陈双双	女	人事部	经理		全勤			
6	HSR1004	叶小来	女	办公室	职员		全勤		50	
7	HSR1005	林 佳	男	销售部	经理	0.5	事假			
8	HSR1006	彭 力	男	销售部	主管		全勤			
9	HSR1007	范琳琳	女	财务部	职员	1	病假			
10	HSR1008	易呈亮	女	研发部	经理		全勤			
11	HSR1009	黄海燕	女	人事部	职员		全勤			
12	HSR1010	张 浩	男	人事部	职员	1.5	事假			
13	HSR1011	曾春林	男	研发部	主管	3	病假		200	
14	HSR1012	李 锋	男	研发部	职员		全勤			
15	HSR1013	彭 洁	男	研发部	职员		全勤			
16	HSR1014	徐瑜诚	男	财务部	经理		全勤			
17	HSR1015	丁 昊	男	财务部	职员	1	病假			
18	HSR1016	李济东	男	人事部	职员		全勤		100	
19	HSR1017	[illegible]	男	财务部	主管		全勤			

基本工资表 / 职位工资与奖金 / 福利表 / 工资计算各种比率表 / 社会保险表 / 考勤与罚款 / 工资发放明细

图 10 - 29 考勤与罚款表

在考勤与罚款表中，根据“工资计算各种比率表”中的考勤与罚款计算标准，填写考勤扣款项目中请假种类的罚款数，再与请假天数相乘，然后与罚款项目相加就可得每一员工的考勤与罚款合计。

操作步骤如下。

① 选择单元格 H3，输入公式：

```
=Vlookup(G3,工资计算各种比率表!$F$4:$G$7,2,0)
```

然后按 Enter 键确定。

② 再将单元格 H3 中的公式向下复制，即可完成请假种类的罚款数的填写。如图 10 - 30 所示。

H3 fx =VLOOKUP(G3,工资计算各种比率表!$F$4:$G$7,2,0)

	B	C	D	E	F	G	H	I	J
1	企业员工考勤与罚款								
2	员工姓名	性 别	所属部门	职 位	请假天数	请假种类	考勤扣款	罚 款	合 计
3	刘 勇	女	办公室	经理	0.5	病假	15		
4	李 南	女	办公室	职员	2	病假	15		
5	陈双双	女	人事部	经理		全勤	0		
6	叶小来	女	办公室	职员		全勤	0	50	
7	林 佳	男	销售部	经理	0.5	事假	30		
8	彭 力	男	销售部	主管		全勤	0		
9	范琳琳	女	财务部	职员	1	病假	15		
10	易呈亮	女	研发部	经理		全勤	0		
11	黄海燕	女	人事部	职员		全勤	0		
12	张 浩	男	人事部	职员	1.5	事假	30		
13	曾春林	男	研发部	主管	3	病假	15	200	
14	李 锋	男	研发部	职员		全勤	0		
15	彭 洁	男	研发部	职员		全勤	0		
16	徐瑜诚	男	财务部	经理		全勤	0		
17	丁 昊	男	财务部	职员	1	病假	15		
18	李济东	男	人事部	职员		全勤	0	100	

职位工资与奖金 / 福利表 / 工资计算各种比率表 / 社会保险表 / 考勤与罚款 / 工资发放明细

图 10 - 30 请假种类的罚款数的填写结果

③ 选择单元格 J3，输入公式"=H3*F3+I3"，按 Enter 键确定。

④ 选择 J3，向下复制 J3 的公式至相应的单元格后即可完成数据的输入。

10.2.6 员工工资发放明细表的操作

员工工资发放明细表是企业所有员工工资发放的详细记录表，包括编号、员工姓名、性别、所属部门、职位、基本工资、职位工资、奖金、住房补贴、伙食补贴、交通补贴、医疗补贴、应发合计、住房公积金、养老保险、医疗保险、失业保险、考勤与罚款、个人所得税、应扣合计、实发合计等项目，如图 10-31 所示。

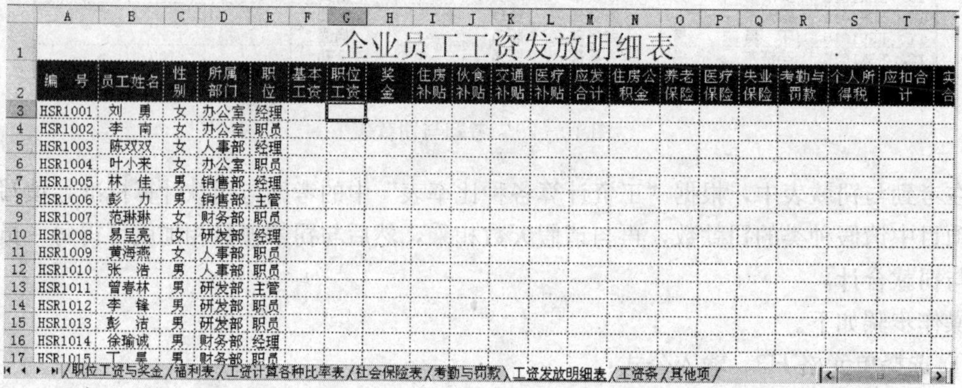

图 10-31 员工工资发放明细表

在填写工资发放明细表中的数据时，可以看到基本工资、职位工资、奖金、住房补贴、伙食补贴、交通补贴、医疗补贴、养老保险、医疗保险、失业保险、考勤与罚款等项可以直接引用已有表中对应的数据即可。方法是在每个项目的第三行的单元格中使用 Vlookup 函数，并以员工的编号或姓名为查找参数在各个表中引用相应的数据完成输入。

对于住房公积金的输入，方法与养老保险、医疗保险、失业保险等相似，都是用基本工资与职位工资的和乘以"工资计算各种比率表"中的住房公积金扣缴比例就可得到。方法是在单元格 N3 中输入公式"=Round((F3+G3)*工资计算各种比率表!＄C＄8,2)"，确定后再向下复制公式即可。

在应发合计项目对应的首行，即单元格 M3 中输入公式"=Sum(F3:L3)"，再向下复制单元格中的公式到下面相应的单元格即可输入应发合计项；对应扣合计项目做类似的处理，在单元格 T3 中输入公式"=Sum(N3:S3)"，然后同样向下复制单元格中的公式到最后一行即可；而实发合计等于应发合计减去应扣合计，即在实发合计项目的第一行，也就是 U3 单元格中输入公式"=M3-T3"，再向下复制单元格 U3 中的公式到所有员工数据的最后一行，即可完成实发合计项目的输入。上面各项输入后的界面如图 10-32 所示。

U3　＝M3-T3

企业员工工资发放明细表

员工姓名	性别	所属部门	职位	基本工资	职位工资	奖金	住房补贴	伙食补贴	交通补贴	医疗补贴	应发合计	住房积金	养老保险	医疗保险	失业保险	考勤与罚款	个人所得税	应扣合计	实发合计
刘勇	女	办公室	经理	1200	1000	1000	600	400	200	150	4550	220	176	44	22	7.5		469.5	4080.5
李南	女	办公室	职员	1200	500	400	300	150	80	80	2710	170	136	34	17	30		387	2323
陈双双	女	人事部	经理	1200	1000	1000	600	400	200	150	4550	220	176	44	22	0		462	4088
叶小来	女	办公室	职员	1200	500	400	300	150	80	80	2710	170	136	34	17	50		407	2303
林佳	男	销售部	经理	800	1000	1000	600	400	200	150	4150	180	144	36	18	15		393	3757
彭力	男	销售部	主管	800	400	700	450	260	150	120	3280	160	128	32	16	0		336	2944
范琳琳	女	财务部	职员	1300	500	400	300	150	80	80	2810	180	144	36	18	15		393	2417
易呈亮	男	研发部	经理	1500	1000	1000	600	400	200	150	4850	250	200	50	25	0		525	4325
黄海燕	女	人事部	职员	1200	500	400	300	150	80	80	2710	170	136	34	17			357	2353
张浩	男	人事部	职员	1200	500	400	300	150	80	80	2710	170	136	34	17	45		402	2308
曾春林	男	研发部	主管	800	400	700	450	260	150	120	3980	230	184	46	23	245		728	3252
李锋	男	研发部	职员	1500	500	400	300	150	80	80	3010	200	160	40	20			420	2590
彭洁	女	研发部	职员	1500	500	400	300	150	80	80	3010	200	160	40	20			420	2590
徐豫诚	男	财务部	经理	1300	1000	1000	600	400	200	150	4650	230	184	46	23	0		483	4167
丁昊	男	财务部	职员	1300	500	400	300	150	80	80	2810	180	144	36	18	15		393	2417
李济东	男	财务部	职员	1200	500	400	300	150	80	80	2710	170	136	34	17	100		457	2253
刘潇	男	财务部	主管	1200	800	700	450	260	150	120	3780	210	168	42	21	0		441	3339
甘俏琦	女	销售部	职员	800	500	400	300	150	80	80	2310	130	104	26	13	0		273	2037
许丹	女	销售部	职员	800	500	400	300	150	80	80	2310	130	104	26	13	60		333	1977
李或骧	男	销售部	职员	800	500	400	300	150	80	80	2310	130	104	26	13	0		273	2037
吴仕	男	销售部	职员	800	500	400	300	150	80	80	2310	130	104	26	13	100		373	1937
孙国成	男	销售部	职员	800	500	400	300	150	80	80	2310	130	104	26	13	15		288	2022
彭小成	男	销售部	职员	800	500	400	300	150	80	80	2310	130	104	26	13	0		273	2037

基本工资表／职位工资与奖金／福利表／工资计算各种比率表／社会保险表／考勤与罚款／工资发放明细表／工资条／其他项／

图 10 - 32　个人所得税未输入时的界面

个人所得税的计算是根据"工资计算各种比率表"中的个人应税所得税的规则来计算的。方法是取出每一员工的应发合计单元格中的值,按个人应税所得税的规则进行判断和计算后,再输入到员工相应的个人所得税单元格中得到。可以使用嵌套的 If 函数来进行判断和计算结果。但从"工资计算各种比率表"中看到,需要对应发合计进行判断的情况超过 7 种,而 If 函数最大嵌套的层数为 7 层,因此无法直接使用 If 函数来实现。

解决的方法是:可以使用 VBA 编写一个小程序来实现,这个问题的讨论放在后面的内容中来介绍。即通过运行一个程序后,能够直接由程序对应发合计项进行判断后,将计算得到的个人所得税填入相应的单元格中,对后面的应扣合计、实发合计,由系统自动进行更新,完成整个明细表的数据输入。

练习题

1. 在填写众多相关表格中的数据时,使用公式和引用有哪些好处?

2. 思考一下,如何在本章基本工资表的操作实例中用 Vlookup 函数代替 If 函数来操作。

3. 在"职位工资与奖金"表操作的实例中,使用 If 函数与通过 Vlookup 函数引用的方法来填写数据在什么情况下更方便一些?

4. 实际操作一下,看在"职位工资与奖金"的操作实例中,Vlookup 函数的第二个参数＄A＄2:＄C＄4 不改为绝对引用时,结果会是什么?原因是什么?

5. 试对在"职位工资与奖金"的操作实例中,单元格中输入的公式"＝F3+G3+H3+I3"

改为"=Sum(F3:I3)",观察其结果。

6. 在员工福利表的数据输入中,使用的公式"=Vlookup(E3,其他项!＄A＄14:＄E＄16,2,0)"中的查找区域为什么指定为"其他项!＄A＄14:＄E＄16"? 用"其他项!＄A＄14:＄C＄16"可以吗? 为什么?

7. 在员工工资发放明细表的数据输入过程中,哪些项目的输入可共用相似的公式,然后只须修改其中的一个参数来达到快速输入的目的?

8. 根据本章员工工资发放明细表的操作方法,实际操作将其他表中的数据填入到工资明细表中。

9. 在员工工资发放明细表的操作中,为什么说输入个人所得税值后,系统会自动地对后面的应扣合计、实发合计进行更新?

第 11 章
销售管理的应用

【本章概要】

本章主要介绍利用 Excel 提供的函数和图表制作销售管理中的多种统计分析的操作方法和相关函数的使用，同时通过实例介绍数据透视表和数据透视图在应用中的作用，以及创建、修改和使用透视表和透视图等操作方法。

【学习目标】

1. 熟练掌握函数 Sumif、Countif、Dsum、Hlookup 的使用及运用方法；

2. 熟练掌握运用 Excel 提供的函数对销售管理中的数据进行多种统计分析的方法；

3. 掌握数据透视表和数据透视图的创建、修改和使用等操作方法。

【基本概念】

数据透视表、数据透视图

销售产品是企业和商业发展的根本，产品的销售关系到企业的生产决策、销售的策略，也关系到销售人员的工资和奖励。因此，对产品的销售数据进行统计分析，能够为销售人员更好地销售产品、改善产品的销售策略提供依据。

11.1   销售管理的问题

11.1.1   问题的提出

对大量记录下来的销售作流水账记录，从中找出销售规律，从而制订更好的销售计划，必须使用相应的统计和计算工具。如查找每天每个销售员或部门的销售情况、销售员销售业绩的分析、各种产品的销量占总销量的比例计算、从销售的数据中通过图形或表格等形式将销售的规律快速地显示出来等操作。

作为通用的且到处都存在的工具软件，Excel 具有图表功能和大量的实用函数公式，可以作为方便的销售数据分析和统计的工具。

11.1.2   相关函数的使用

在销售数据分析和统计中，常用的函数有 Sum、Sumif、Countif、Dsum、Hlookup 等，下面先介绍如何使用这些函数。

1. Hlookup 函数的使用

在表格或数值数组的首行查找指定的数值，并由此返回表格或数组当前列中指定行处的数值。

语法：

Hlookup(lookup_value, table_array, row_index_num, range_lookup)

lookup_value：为需要在数据表第一行中进行查找的数值。Lookup_value 可以为数值、引用或文本字符串。

table_array：为需要在其中查找数据的数据表。可以使用对区域或区域名称的引用。Table_array 的第一行的数值可以为文本、数字或逻辑值。

row_index_num：为 table_array 中待返回的匹配值的行序号。row_index_num 为 1 时，返回 table_array 第一行的数值；row_index_num 为 2 时，返回 table_array 第二行的数值；以此类推。如果 row_index_num 小于 1，函数 Hlookup 返回错误值#VALUE!；如果 row_index_num 大于 table-array 的行数，函数 Hlookup 返回错误值#REF!。

range_lookup：为一逻辑值，指明函数 Hlookup 查找时是精确匹配，还是近似匹配。如果为 TRUE 或省略，则 table_array 的第一行的数值必须按升序排列，且返回近似匹配值。也就是说，如果找不到精确匹配值，则返回小于 lookup_value 的最大数值。如果 range_value 为 FALSE，函数 Hlookup 将查找精确匹配值，如果找不到，则返回错误值#N/A!。

例 11 - 1 如图 11 - 1 所示，使用 Hlookup 函数查找品码对应的商品名称和库存数量。

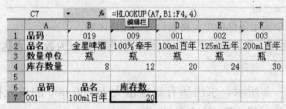

图 11 - 1 商品库存表

操作步骤如下。

① 选择单元格 B7，输入公式 "=Hlookup(A7,B1:F4,2)"，按 Enter 键。

② 选择单元格 C7，输入公式 "=Hlookup(A7,B1:F4,4)"，按 Enter 键，结果如图 11 - 2 所示。

	A	B	C	D	E	F
1	品码	019	009	001	002	003
2	品名	金星啤酒	100%牵手	100ml百年	125ml五年	200ml百年
3	数量单位	瓶	瓶	瓶	瓶	瓶
4	库存数量	8	12	20	24	30
5						
6	品码	品名	库存数			
7	001	100ml百年	20			

图 11 - 2 Hlookup 查找的结果

2. Sumif 函数的使用

根据指定条件对若干单元格求和。

语法：

Sumif(range, criteria, sum_range)

range：为用于条件判断的单元格区域。

criteria：为确定哪些单元格将被相加求和的条件，其形式可以为数字、表达式或文本。例如，条件可以表示为 32、"32"、"> 32" 或 "apples"。

sum_range：是需要求和的实际单元格。

说明：只有在区域中相应的单元格符合条件的情况下，sum_range 中的单元格才求和。如果忽略了 sum_range，则对区域中的单元格求和。

例 11 - 2 如图 11 - 3 所示，求出所有属性值大于 160 000 相应的佣金之和。

	A	B	C	D
1	属性值	佣金		结果
2	100,000	7,000		
3	200,000	14,000		
4	300,000	21,000		
5	400,000	28,000		

图 11 - 3 佣金表

操作方法是：选择单元格 D2，输入公式"= Sumif(A2:A5,">160000",B2:B5)"，按 Enter 键，得到如图 11-4 所示的结果。

	A	B	C	D	E
	属性值	佣金		结果	
1					
2	100,000	7,000		63000	
3	200,000	14,000			
4	300,000	21,000			
5	400,000	28,000			

D2 ▼ fx =SUMIF(A2:A5,">160000",B2:B5)

图 11-4　属性值大于 160 000 相应的佣金之和结果

3. Countif 函数的使用

计算区域中满足给定条件的单元格的个数。

语法：

Countif(range,criteria)

range：为需要计算其中满足条件的单元格数目的单元格区域。

criteria：为确定哪些单元格将被计算在内的条件，其形式可以为数字、表达式或文本。例如，条件可以表示为 32、"32"、"> 32"或"apples"。

例 11-3　如图 11-3 所示，求出所有属性值大于 160 000 的单元格个数。

操作方法是：选择单元格 D2，输入公式"=Countif(A2:A5,">160000")"，按 Enter 键，得到如图 11-5 所示的结果。

	A	B	C	D	E
	属性值	佣金		结果	
1					
2	100,000	7,000		3	
3	200,000	14,000			
4	300,000	21,000			
5	400,000	28,000			

D2 ▼ fx =COUNTIF(A2:A5,">160000")

图 11-5　属性值大于 160 000 的单元格个数

4. Dsum 函数的使用

返回列表或数据库的列中满足指定条件的数字之和。

语法：

Dsum(database,field,criteria)

database：构成列表或数据库的单元格区域。数据库是包含一组相关数据的列表，其中包含相关信息的行为记录，而包含数据的列为字段。列表的第一行包含着每一列的标志项。

field：指定函数所使用的数据列。列表中的数据列必须在第一行具有标志项。Field 可以是文本，即两端带引号的标志项，如"使用年数"或"产量"；此外，Field 也可以是代表列表中数据列位置的数字：1 表示第一列，2 表示第二列，等等。

criteria：为一组包含给定条件的单元格区域。可以为参数 criteria 指定任意区域，只要它至少包含一个列标志和列标志下方用于设定条件的单元格。

例 11-4　如图 11-6 所示，求出所有产品型号为 B03 的销售数量之和。

F4　▼　fx

	A	B	C	D	E	F
1	产品型号	产品名称	销售数量	经办人	条件	结果
2	A03	报警器	5	刘　惠	产品型号	
3	A03	报警器	2	吴小平	b03	
4	B03	报警系统	1	许　丹		
5	B03	报警系统	2	吴　仕		
6	A011	定位扫描枪	4	吴　仕		
7	A011	定位扫描枪	4	李成联		
8	A011	定位扫描枪	4	赵　荣		
9	A01	扫描枪	5	王　勇		
10	A01	扫描枪	3	李成联		
11	A01	扫描枪	5	许　丹		
12	B01	扫描系统	2	孙国成		
13	B01	扫描系统	4	刘　惠		
14	A02	刷卡器	1	赵　荣		

图 11-6　销售表

操作方法如下。

① 在单元格 E2、E3 中分别输入“产品型号”、“B03”。

② 选择单元格 F2，输入公式“=Dsum(A1:D14,3,E2:E3)”，按 Enter 键，得到如图 11-7 所示的结果。

F2　▼　fx　=DSUM(A1:D14,3,E2:E3)

名称框

	A	B	C	D	E	F
1	产品型号	产品名称	销售数量	经办人	条件	结果
2	A03	报警器	5	刘　惠	产品型号	3
3	A03	报警器	2	吴小平	b03	
4	B03	报警系统	1	许　丹		
5	B03	报警系统	2	吴　仕		
6	A011	定位扫描枪	4	吴　仕		
7	A011	定位扫描枪	4	李成联		
8	A011	定位扫描枪	4	赵　荣		
9	A01	扫描枪	5	王　勇		
10	A01	扫描枪	3	李成联		
11	A01	扫描枪	5	许　丹		
12	B01	扫描系统	2	孙国成		
13	B01	扫描系统	4	刘　惠		
14	A02	刷卡器	1	赵　荣		

图 11-7　销售表查找结果

如果在单元格 E3 中重新输入“a03”，则在单元格 F2 中可得结果“7”。

11.2　建立企业销售产品清单

建立企业销售产品清单，在产品的销售数据的管理中是很重要的：一是能够了解产品和查询产品信息，二是方便于销售记录表对产品的引用和管理。建立企业销售产品清单包括企业所有销售产品的清单表、记录销售过程的销售统计表。

建立企业销售产品清单，如图 11-8 所示，用于描述产品的基本信息，包括所有销售产品的产品型号、产品名称、产品单价、产品功能概述等项。

	A	B	C	D
1	企业销售产品清单			
2	产品型号	产品名称	产品单价	产品功能概述
3	A01	扫描枪	￥368.00	扫描条形码
4	A011	定位扫描枪	￥468.00	定位扫描指定区域内的条形码
5	A02	刷卡器	￥568.00	识别磁卡编码
6	A03	报警器	￥488.00	在相对距离内进行自动报警
7	A031	定位报警器	￥688.00	在特定范围区域内进行自动报警
8	B01	扫描系统	￥988.00	用于配置与管理条形码的系统
9	B02	刷卡系统	￥1,088.00	用于配置与管理磁卡编码的系统
10	B03	报警系统	￥1,988.00	用于配置与管理报警的系统

图 11-8　企业销售产品清单

为了统计和分析销售的情况，建立一个销售统计表，用于每月或每天记录销售过程的数据。框架如图 11-9 所示。

A1		fx	月份销售统计表			
	A	B	C	D	E	F	G
1	月份销售统计表						
2	销售日期	产品型号	产品名称	销售数量	经办人	所属部门	销售金额
3							
4							
5							
6							
7							
8							

图 11-9　销售统计表框架

在销售数据的记录过程中，由于输入时的错误，可能出现录入的产品型号与企业产品信息清单中的产品型号不一致或不存在的情况。为了避免错误的出现，可以使用系统中的数据有效性功能来防止错误的出现。

操作方法如下。

① 首先定义一个名称。单击【插入】|【名称】|【定义】，弹出【定义名称】窗口，在"在当前工作簿中的名称"下面输入一个名称，如"产品型号"，然后在"引用位置"输入框中输入"=企业销售产品清单!＄A＄3:＄A＄10"，按【确定】按钮完成名称的定义，如图 11-10 所示。

② 选择销售统计表的单元格 B3，单击【数据】|【有效性】，从弹出的【数据有效性】窗口中设置选项。

③ 单击【设置】|【有效性条件】，在弹出的对话框【允许】中选择"序列"，右边的"忽略空值"和"提供下拉菜单"全部打钩，在"来源"下面输入框输入"＝产品型号"，即上面定义好的名称，按【确定】完成设置。如图 11-11 所示。

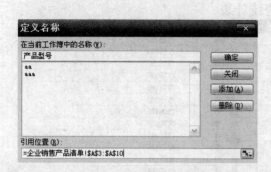
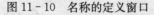

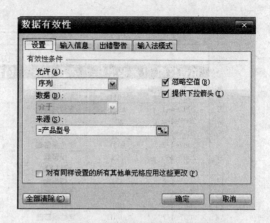

图 11-10　名称的定义窗口　　　　　　　图 11-11　数据有效性设置窗口

④ 再次选择单元格 B3，就出现了下拉菜单，并将单元格 B3 的数据有效性设置复制到下面的单元格即可。

为了更方便销售数据的输入，可以在输入产品型号后，由系统自动输入产品名称，方法如下。

① 选择销售统计表的单元格 C3，在其中输入公式“=Vlookup(B3,企业销售产品清单!$A$3:$B$10,2,0)”，按 Enter 键。

② 再次选择单元格 C3，移动光标至 C3 的右下方，当光标变为“＋”时，按住左键向下拖动，将 C3 中的公式复制到其他单元格中即可。

11.3　销售数据的几种统计分析法

获取销售的数据后，企业可以根据需要对数据进行统计分析，如利用排序功能可以实现对数据的按升降顺序排序，排列后的数据在查看和分析时更方便；利用自动筛选功能可以从繁多的数据中筛选出符合要求的数据；利用分类汇总功能可以对数据进行统计分析，按照条件要求将同类的数据汇总在一起。这几种方法均可按指定方式，如按一列或几列进行操作。

上面的几种分析数据的方法已经在前面的内容中做了介绍，下面介绍其他一些具体的销售数据统计分析法。

11.3.1　计算每位销售员的销售金额

完成销售统计表的建立后，即可用于记录销售过程的数据。在统计之前，可以先对每位销售员的销售金额进行计算，方法是将销售数量与企业销售产品清单中对应型号的产品单价做相乘的运算。现设需要统计的表格如图 11-12 所示。

	A	B	C	D	E	F	G
	H16	▼	*fx*				
1	4月份销售统计表						
2	销售日期	产品型号	产品名称	销售数量	经办人	所属部门	销售金额
3	2007-4-1	A01	扫描枪	4	甘倩琦	市场1部	
4	2007-4-1	A011	定位扫描枪	2	许丹	市场1部	
5	2007-4-1	A011	定位扫描枪	2	孙国成	市场2部	
6	2007-4-2	A01	扫描枪	4	吴小平	市场3部	
7	2007-4-3	A02	刷卡器	3	甘倩琦	市场1部	
8	2007-4-3	A031	定位报警器	5	李成膘	市场2部	
9	2007-4-5	A03	报警器	4	刘惠	市场1部	
10	2007-4-5	B03	报警系统	1	赵荣	市场3部	
11	2007-4-6	A01	扫描枪	3	吴仕	市场2部	
12	2007-4-6	A011	定位扫描枪	3	刘惠	市场1部	
13	2007-4-7	B01	扫描系统	2	许丹	市场1部	
14	2007-4-7	A031	定位报警器	4	吴仕	市场2部	
15	2007-4-7	A02	刷卡器	2	赵荣	市场3部	
16	2007-4-7	B03	报警系统	2	王勇	市场3部	
17	2007-4-8	A01	扫描枪	4	甘倩琦	市场1部	
18	2007-4-8	A01	扫描枪	4	许丹	市场1部	
19	2007-4-10	A01	扫描枪	5	孙国成	市场2部	
20	2007-4-10	A03	报警器	4	吴小平	市场3部	
21	2007-4-10	B03	报警系统	1	甘倩琦	市场1部	
22	2007-4-11	A011	定位扫描枪	3	李成膘	市场2部	

图 11-12　计算销售金额前的销售统计表

计算销售金额的操作方法如下。

① 选择单元格 G3，在其中输入公式 "=Vlookup(B3,企业销售产品清单!＄A＄3:＄D＄10,3,0)＊D3"，按 Enter 键确定。

② 再次选择 G3，移动光标至 G3 的右下方，当光标变成 "＋" 时，按住左键向下拖动到相应的单元格即可。完成后的界面如图 11-13 所示。

	A	B	C	D	E	F	G
	G3	▼	*fx*	=VLOOKUP(B3,企业销售产品清单!$A$3:$D$10,3,0)*D3			
1	4月份销售统计表						
2	销售日期	产品型号	产品名称	销售数量	经办人	所属部门	销售金额
3	2007-4-1	A01	扫描枪	4	甘倩琦	市场1部	1472
4	2007-4-1	A011	定位扫描枪	2	许丹	市场1部	936
5	2007-4-1	A011	定位扫描枪	2	孙国成	市场2部	936
6	2007-4-2	A01	扫描枪	4	吴小平	市场3部	1472
7	2007-4-3	A02	刷卡器	3	甘倩琦	市场1部	1704
8	2007-4-3	A031	定位报警器	5	李成膘	市场2部	3440
9	2007-4-5	A03	报警器	4	刘惠	市场1部	1952
10	2007-4-5	B03	报警系统	1	赵荣	市场3部	1988
11	2007-4-6	A01	扫描枪	3	吴仕	市场2部	1104
12	2007-4-6	A011	定位扫描枪	3	刘惠	市场1部	1404
13	2007-4-7	B01	扫描系统	2	许丹	市场1部	1976
14	2007-4-7	A031	定位报警器	4	吴仕	市场2部	2752
15	2007-4-7	A02	刷卡器	2	赵荣	市场3部	1136

图 11-13　完成计算销售金额后的销售统计表

11.3.2　统计每位销售员的销售情况

新建一张工作表用于统计每位销售员的销售情况，并将表中第一行单元合并输入标题为"统计每位销售员的销售情况"。统计的方法是将销售统计表中每一位销售员的销售数量和销售金额分别汇总后填入销售情况表中相应的单元格。图 11－14 所示为需要填入统计数量的销售情况表。

图 11－14　统计销售员的销售情况表

操作方法如下。

① 选择单元格 B3，在其中输入公式"=Sumif(销售统计表!＄E＄3:＄E＄59,A3,销售统计表!＄D＄3:＄D＄59)"，按 Enter 键确定。

② 再次选择 B3，移动光标至 B3 的右下方，当光标变成"＋"时，按住左键向下拖动到单元格 B11。

③ 选择单元格 C3，在其中输入公式"=Sumif(销售统计表!＄E＄3:＄E＄59,A3,销售统计表!＄G＄3:＄G＄59)"，按 Enter 键确定。

④ 再次选择 C3，移动光标至 C3 的右下方，当光标变成"＋"时，按住左键向下拖动到单元格 C11 即可。完成后的界面如图 11－15 所示。

销售员姓名	总销售量	总销售金额
刘　惠	37	21816
甘情琦	17	8476
许　丹	28	12824
李成蹊	10	5820
吴　仕	37	19116
孙国成	15	6920
赵　荣	21	12408
王　勇	4	4712
吴小平	12	4896

图 11－15　完成统计后的销售员的销售情况表

11.3.3　销售员业绩奖金的计算

计算每位销售员当月的销售业绩和奖金也是经常要做的统计。新建一张工作表，将表名定为"销售业绩奖金",如图 11-16 所示。统计的方法是将每一位销售员当月的总销售额乘以提成率,将得到的结果填入相应的单元格中。

	A	B	C	D	E
1	销售业绩奖金				
2	销售员姓名	总销售额	提成率	业绩奖金	
3	刘 惠				
4	甘情琦				
5	许 丹				
6	李成蹂				
7	吴 仕				
8	孙国成				
9	赵 荣				
10	王 勇				
11	吴小平				
12					
13	销售额	0	4001	7001	15001
14		4000	7000	15000	
15	提成率	2.5%	5.0%	10.0%	15.0%

图 11-16　销售业绩奖金表

操作方法如下。

① 在表中的 B3:B11 中填入每位销售员的总销售额,可以直接引用销售情况表中的数据或利用前面介绍的方法通过 Sumif 函数计算得到。

② 选择单元格 C3,在其中输入公式"=Hlookup(B3,＄B＄13:＄E＄15,3,1)",按 Enter 键确定。

③ 选择单元格 C3,移动光标至 C3 的右下方,当光标变成"＋"时,按住左键向下拖动到单元格 C11,完成每一位销售员提成率的填写。

④ 选择单元格 D3,在其中输入公式"=B3*C3",按 Enter 键确定。

⑤ 再次选择 D3,移动光标至 D3 的右下方,当光标变成"＋"时,按住左键向下拖动到单元格 D11 即可。完成后的界面如图 11-17 所示。

D3		f_x	=B3*C3		
	A	B	C	D	E
1	销售业绩奖金				
2	销售员姓名	总销售额	提成率	业绩奖金	
3	刘 惠	21816	15.0%	3272.4	
4	甘情琦	8476	10.0%	847.6	
5	许 丹	12824	10.0%	1282.4	
6	李成蹂	5820	5.0%	291	
7	吴 仕	19116	15.0%	2867.4	
8	孙国成	6920	5.0%	346	
9	赵 荣	12408	10.0%	1240.8	
10	王 勇	4712	5.0%	235.6	
11	吴小平	4896	5.0%	244.8	
12					
13	销售额	0	4001	7001	15001
14		4000	7000	15000	
15	提成率	2.5%	5.0%	10.0%	15.0%

图 11-17　完成销售业绩奖金表填写后的界面

11.3.4　各部门的销售业绩统计

新建一张工作表用于统计各部门的销售情况，并将表名更改为"各部门销售业绩统计"，统计的方法是将销售统计表中各部门当月的总销售量和总销售金额分别汇总后填入表中相应的单元格内。各部门的销售业绩统计表如图 11-18 所示。

图 11-18　各部门销售业绩统计表

操作的方法如下。

① 选择单元格 B3，在其中输入公式"=Sumif(销售统计表!＄F＄3:＄F＄59,A3,销售统计表!＄D＄3:＄D＄59)"，按 Enter 键确定。

② 再次选择 B3，移动光标至 B3 的右下方，当光标变成"＋"时，按住左键向下拖动到单元格 B5。

③ 选择单元格 C3，在其中输入公式"=Sumif(销售统计表!＄F＄3:＄F＄59,A3,销售统计表!＄G＄3:＄G＄59)"，按 Enter 键确定。

④ 再次选择 C3，移动光标至 C3 的右下方，当光标变成"＋"时，按住左键向下拖动到单元格 C5 即可。完成后的界面如图 11-19 所示。

图 11-19　完成填写后的各部门销售业绩统计表

11.3.5　各产品销售量占总销量的百分比

新建一张工作表用于分析各产品销量占总销量的情况，将表名更改为"企业产品销量分析表"，统计的方法是将销售统计表中各产品的总销售量除以所有产品的总销量后填入表中相应的单元格内。各产品销售量占总销量的百分比表如图 11-20 所示。

图 11-20　各产品销售量占总销量的百分比表

操作的方法如下。

① 选择单元格 B4，在其中输入公式"=Sumif(销售统计表!$C$3:$C$59,B3,销售统计表!$D$3:$D$59)"，按 Enter 键确定。

② 再次选择 B4，移动光标至 B4 的右下方，当光标变成"+"时，按住左键向右拖动到单元格 I4。

③ 选择单元格 B5，在其中输入公式"=B4/Sum($B$4:$I$4)"，按 Enter 键确定。

④ 再次选择 B5，移动光标至 B5 的右下方，当光标变成"+"时，按住左键向右拖动到单元格 I5 即可。完成后的界面如图 11-21 所示。

图 11-21　完成各产品销售量占总销量的百分比表填写后的界面

11.3.6　用图表分析总销售额与业绩奖金的关系

分析销售员的销售额与业绩奖金之间的关系，有助于管理者更合理的调整奖金的分配方式，可以通过图表的方式直接反映出销售额与业绩奖金之间的关系。

例 11-5　通过柱形图将图 11-17 中的总销售额与业绩奖金之间的关系显示出来。

操作步骤如下。

① 单击【插入】|【图表】，弹出如图 11-22 的图表向导对话框。

图 11-22　【图表向导】对话框

②　在【标准类型】选项页中选择"图表类型"，在"图表类型"中选择"柱形图"，在"子图表类型"中选择"堆积柱形图"，单击【下一步】按钮。

③　从弹出的对话框的数据区域选项页中的数据区域输入框中输入"=销售业绩奖金！$A$3:$B$11,销售业绩奖金！$D$3:$D$11"，选择系列产生在"列"单选按钮。

④　在系列选项页中的系列 1 的名称输入框中输入"总销售额"，选择系列 2，在系列 2 的名称输入框中输入"奖金"，如图 11-23 所示。

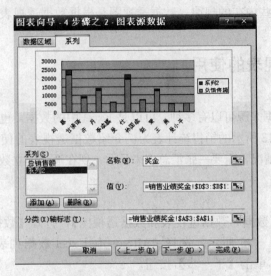

图 11-23　系列选项的界面

⑤　单击【完成】按钮；在表格中插入了总销售额与奖金关系的柱形图，如图 11-24 所示。

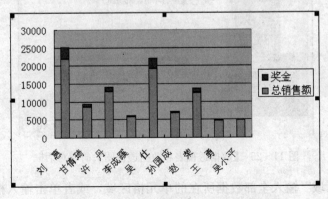

图 11-24　总销售额与奖金关系的柱形图

11.4　数据透视表和数据透视图

数据透视表是一种对大量数据快速汇总和建立交叉列表的交互式表格。数据透视表能够帮助用户分析、组织数据，利用它可以快速地从不同角度对数据进行分类汇总，从结构复杂的表格数据中显示出一些内在的规律。数据透视图是根据数据透视表制作的图，二者的数据是关联的。

11.4.1　数据透视表的使用

1. 问题的提出

数据透视表中的数据来源可以有多种，可以是 Excel 中的数据，也可以是外部数据库中的数据，下面以如图 11 - 13 所示的销售统计表为例介绍数据透视表的使用。为了更好地了解每一位销售员销售产品的情况，需要一张汇总表来显示，现在通过建立数据透视表来实现。

2. 创建数据透视表

操作步骤如下。

① 单击菜单命令【数据—数据透视表和数据透视图】，打开【数据透视表和数据透视图向导】对话框，如图 11 - 25 所示。选择"Microsoft Excel 数据列表或数据库"及下面的"数据透视表"单选项，单击【下一步】按钮。

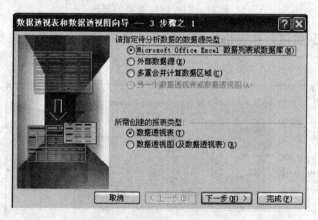

图 11 - 25　【数据透视表和数据透视图】向导对话框

② 在"选定区域"输入全部数据所在的单元格区域，或者单击输入框右侧的拾取器按钮，在工作表中用光标选定数据区域，如图 11 - 26 所示。

③ 单击【下一步】按钮，如图 11 - 27 所示，在对话框中选定"新建工作表"单选项，以便将创建的数据透视表放到一个新的工作表中。

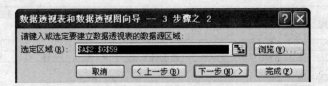

图 11-26 选定数据源区域的对话框

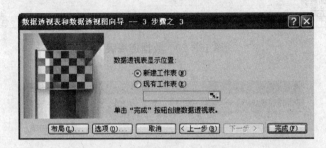

图 11-27 新建工作表界面

④ 单击【布局】按钮，如图 11-28 所示，显示数据透视表布局图，可将图右边的按钮拖到左边的图框中即可构造数据透视表。

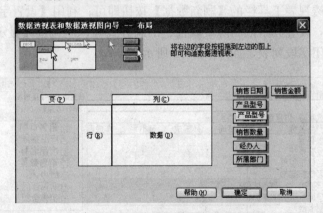

图 11-28 数据透视表布局

⑤ 分别将【产品名称】、【经办人】、【销售数量】按钮拖动到行框、列框和数据框中，再将【销售日期】按钮拖动到页框中，单击【确定】按钮即可完成数据透视表的创建。如图 11-29 所示。

3. 数据透视表的修改和使用

数据透视表的修改方法：在如图 11-29 所示的数据透视表中，右击表中的单元格，从弹出的对话框中选择菜单项【显示数据透视表工具栏】，弹出如图 11-30 所示的数据透视表工具栏。

产品名称	甘倩琦	李成蹊	刘 惠	孙国成	王 勇	吴 仕	吴小平	许 丹	赵 荣	总计
销售日期	(全部)▼									
求和项:销售数量	经办人▼									
报警器		2	6			8	4	4		24
报警系统	1				2				1	4
定位报警器		5				4				9
定位扫描枪		3	11	6				6	8	34
扫描枪	13		7	5	2	15	8	15	7	72
扫描系统			9			3		2	3	17
刷卡器	3		4	4		7		1	2	21
总计	17	10	37	15	4	37	12	28	21	181

图 11-29　数据透视表

图 11-30　【数据透视表】工具栏

　　通过工具栏可以刷新数据透视表中的数据、重新设置字段、显示字段列表等操作。当数据源的数据被修改后，数据透视表中的数据并不会自动更新，需要用户手动更新数据。更新数据时，单击数据透视表工具栏的【刷新数据】按钮即可；利用【设置字段】按钮可以对选中的字段重新设置，设置其字段的隐藏属性、汇总方式等；而通过【显示或隐藏字段列表】按钮可以打开或关闭字段列表，如图 11-31 所示。

图 11-31　显示的字段列表

　　可以通过拖动字段列表中的字段加入数据透视表，或将数据透视表中的字段拖出而删除该字段，达到修改数据透视表布局的目的。

　　在如图 11-29 数据透视表中，显示有三个下拉菜单按钮，通过这三个下拉菜单按钮，可以实现隐藏或过滤一些不需要的数据，使查看更方便。如选择销售日期页中的"2007-4-8"，则结果如图 11-32 所示。

	A	B	C	D
1	销售日期	2007-4-8 ▾		
2				
3	求和项:销售数量	经办人 ▾		
4	产品名称 ▾	甘倩琦	许 丹	总计
5	扫描枪	4	3	7
6	总计	4	3	7

图 11-32　过滤后的数据透视表

11.4.2　数据透视图的使用

数据透视表方便用户发现数据之间的关系，找到数据的规律。如果数据透视表的数据复杂，不易找出数据的规律，可借助数据透视图直观地显示数据间的关系。创建数据透视图和创建数据透视表的方法类似。下面还是以图 11-13 所示的销售统计表为例介绍数据透视图的建立和使用。

数据透视图的创建方法如下。

与数据透视表的创建方法相似，在如图 11-25 所示中选择"Microsoft Excel 数据列表或数据库"及下面的"数据透视图"单选项，然后直至"布局"完成后，单击【确定】按钮，可得如图 11-33 所示的数据透视图。

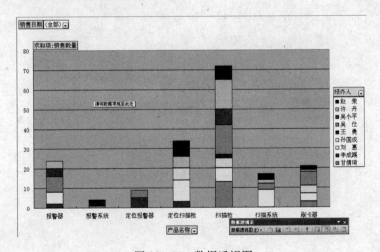

图 11-33　数据透视图

使用数据透视图进行查看数据时，可以通过图中的【销售日期】、【产品名称】、【经办人】这三个按钮右边的下拉菜单改变数据透视图的显示，查看需要显示数据的规律。

练习题

1. Vlookup 函数与 Hlookup 函数的作用分别是什么？它们之间有什么异同之处？
2. Hlookup (lookup_value, table_array, row_index_num, range_lookup) 函数的

第四个参数 range_lookup 如果为 1，那么函数是做精确匹配值查找还是近似匹配值查找？为 0 时情况又是如何？试举例检验结论。

3. Sumif 函数与 Sum 函数的作用分别是什么？它们之间有什么异同之处？

4. Dsum 函数与 Sum 函数在使用上有什么区别？试举例说明它们用法的不同之处。

5. Countif 函数与 Count 函数在使用上有什么区别？试举例说明它们用法的不同之处。

6. 数据透视表有什么作用？试举例说明其用途。

7. 数据透视图与数据透视表各有什么作用？两者之间使用的数据有什么关系？

8. 试在图 11-28 所示的界面中，分别将【产品名称】按钮拖动到行框，将【经办人】和【所属部门】按钮拖动到列框，将【销售数量】按钮拖动到数据框中，其结果是什么？

第 12 章

数据分析与线性规划的应用

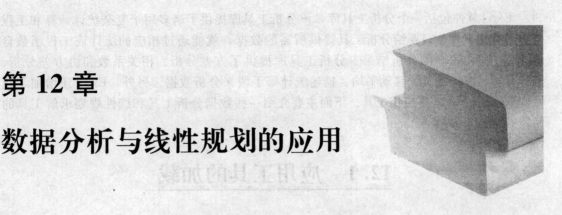

【本章概要】

本章介绍 Excel 中的分析工具库的功能和安装过程，并主要介绍分析工具库中的相关系数、回归分析、描述统计等工具和线性规划求解工具的使用方法。

【学习目标】

1. 了解分析工具库的功能和安装方法；
2. 熟练掌握运用分析工具库中的相关系数、回归分析、描述统计等工具的使用方法；
3. 熟练掌握运用线性规划求解工具的使用方法。

【基本概念】

加载宏

Excel 软件包括一个分析工具库，该分析工具库提供了诸多用于复杂统计计算和工程分析的有用工具。只要给分析工具提供所需的数据，就能通过相应的统计或工程函数自动计算，给出正确的分析结果。分析工具库提供了方差分析、相关系数和协方差分析、回归分析、统计抽样、移动平均、描述统计等手段来分析数据。另外，Excel 还增加了线性规划求解、VBA 等应用工具。下面主要介绍一些数据分析工具和线性规划求解工具的使用方法。

12.1　应用工具的加载

由于分析工具库和线性规划求解工具均为宏程序，在初装 Excel 时并没有被加载。如果用户需要使用这些功能，必须将其加载到系统中。加载宏是一组程序组件，其作用在于为 Excel 增加命令和函数，扩展 Excel 的功能。

加载宏的安装是指将加载宏从 Excel 的安装光盘中安装到用户电脑的硬盘中。在用典型模式安装 Excel 时，将有一部分加载宏安装在系统中。如果用户在电脑硬盘上找不到所需的加载宏，就必须再次启动 Excel 的安装程序，重新安装加载宏。

安装加载宏的方法如下。

① 将 Excel 2003 安装盘放入光盘驱动器中，并关闭所有打开的程序。选择【开始】|【设置】|【控制面板】，在【控制面板】窗口中双击【添加或删除程序】图标，则打开【添加或删除程序】对话框。

② 选择该对话框中"更改或删除程序"选项卡中的"Microsoft Office 2003"或"Microsoft Excel 2003"选项，然后单击【更改程序】按钮，运行 Excel 2003 的安装程序。

③ 在 Excel 2003 安装程序中，选择【添加或删除功能】选项，并在相关的选项中将所需的加载宏选中，再单击【更新】按钮，Excel 2003 安装程序就会自动将所选加载宏文件安装到 Excel 的【Library】文件夹中。

把加载宏安装到 Excel 的文件夹中后，还不能使用加载宏。要想正常使用加载宏，还必须对其进行加载。

加载宏的加载方法如下。

① 在 Excel 2003 中，单击【工具】|【加载宏】，打开【加载宏】对话框。如图 12-1 所示。

② 在该对话框的【可用加载宏】列表框中，选中待添加加载宏选项左侧的复选框，然后单击【确定】按钮即可。

加载宏被加载成功后，可能作为一个菜单项被添加在功能相关的菜单中，或作为一个功能按钮放在某一工具栏上，或直接作为一个工具栏出现在 Excel 的窗口中。

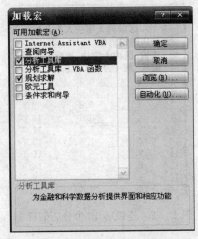

图 12-1　加载宏对话框

12.2　数据分析工具的应用

"分析工具库"中包括的方差分析、相关系数和协方差分析、回归分析、统计抽样、移动平均、描述统计等功能都是基于相应的数学理论设计的数据分析工具。下面介绍几个数据分析工具的操作方法。

12.2.1　相关系数分析

工具库中提供的相关系数工具是用来描述两个测量值变量之间的离散程度的指标，即用来判别两个变量之间的变化是否相关。如果两个变量中的值相关系数近似为 0，则两个变量不相关；相关系数接近 1，则两个变量高度相关。

例 12-1　"阿曼德披萨"是一个制作和外卖意大利披萨的餐饮连锁店，其主要客户群是在校大学生。为了研究各店铺销售额与附近地区大学生人数之间的关系，随机抽取了 10 个分店的样本，得到的数据如图 12-2 所示。

现在来计算各地区大学生人数与店铺销售额之间的相关关系。操作步骤如下。

① 单击【工具】|【数据分析】命令，弹出如图 12-3 所示的对话框。

② 在分析工具中选择相关系数菜单项，单击【确定】按钮，弹出如图 12-4 所示的相关系数对话框。

③ 在输入区域输入框中输入"＄B＄4:＄C＄14"，分组方式选择"逐列"单选按钮，在"标志位于第一行"的复选框中打钩；在输出区域输入框中输入"＄E＄5"；按【确定】按钮，得到如图 12-5 所示的结果。

	A	B	C
3	区域内大学生人数及披萨店的销售额		
4	店铺编号	区内大学生数（万人）	季度销售额（万元）
5	1	0.2	5.8
6	2	0.6	10.5
7	3	0.8	8.8
8	4	0.8	11.8
9	5	1.2	11.7
10	6	1.6	13.7
11	7	2	15.7
12	8	2	16.9
13	9	2.2	14.9
14	10	2.6	20.2

图 12-2　连锁店 10 个分店的样本

图 12-3　【数据分析】对话框

图 12-4　【相关系数】对话框

	A	B	C	D	E	F	G
3	区域内大学生人数及披萨店的销售额						
4	店铺编号	区内大学生数（万人）	季度销售额（万元）				
5	1	0.2	5.8		区内大学生数（万人）		
6	2	0.6	10.5		区内大学生数（万人）		1
7	3	0.8	8.8		季度销售额（万元）	0.950123	1
8	4	0.8	11.8				
9	5	1.2	11.7				
10	6	1.6	13.7				
11	7	2	15.7				
12	8	2	16.9				
13	9	2.2	14.9				
14	10	2.6	20.2				

图 12-5　相关分析的结果

从结果看到，相关系数为 0.950 123，即两个测量变量数据高度地相关。

12.2.2　回归分析

回归分析方法是处理多个变量之间相互关系的一种数学方法，是数理统计常用方法之一。从分析测试的观点来看，回归分析的任务就是找出响应值 y（因变量）与影响它的诸因素之间的统计关系（回归模型），利用这种统计关系在一定置信度下由各因素的取值去预测响应值的范围，在众多的预报变量中，判断哪些变量对响应变量的影响是显著的，哪些变量的影响是不显著的，根据预报变量的给定值来估计和预测精度。

常用的回归模型包括线性回归、非线性回归，前者又可分为一元线性回归、多元线性回归；后者分为可化为一元线性方程的回归方程，如幂函数、指数函数、对数函数等，以及可化为多元线性方程的回归方程，如多项式方程。传统的回归分析方法是对线性回归模型采用最小二乘法来拟合回归方程，然后计算相关系数并进行显著性检验；而对非线性方程，还得对自变量和因变量作适当的变换，把非线性方程转化为线性方程，然后再用线性回归的方法处理。这种传统的回归计算方法，求解过程非常烦琐且计算复杂；用 Excel 在回归分析中能避开复杂的计算。下面，通过例子介绍使用 Excel 进行一元线性回归分析的方法。

例 12 - 2　根据例 12 - 1 中的数据建立回归模型，并做相应的回归分析，然后再进一步根据回归方程预测一个区内大学生人数为 1.6 万的店铺的季度销售额。

从上面的操作结果看到，各店铺销售额与附近地区大学生人数这两个测量变量之间的关系是高度相关的，因此使用线性方程来建立其模型。

设附近地区大学生人数为 X，店铺销售额为 Y，则建立回归模型为：

$$Y=a+bX+\varepsilon$$

其中，ε 是一个随机变量，它是因变量 Y 的随机误差项，反映了除 X 变量以外其他因素对 Y 的影响程度和方式。

现根据如图 12 - 2 所示的数据，用 Excel 对数据进行回归分析。其操作步骤如下。

① 单击【工具】|【数据分析】命令，从弹出的【数据分析】对话框中的分析工具列表中选择"回归"选项，单击【确定】按钮打开【回归】对话框。

② 在"Y 值输入区域"输入框中输入"＄C＄4:＄C＄14"，在"X 值输入区域"输入框中输入"＄B＄4:＄B＄14"，选中"标志"复选框；选中"输出区域"单选按钮，通过输入框右边的拾取器拾取或直接输入"＄A＄16"，再选择"残差"和"线性拟合图"等复选框，如图 12 - 6 所示。

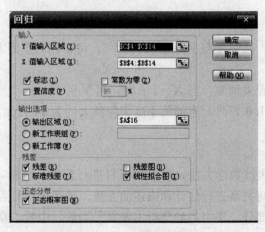

图 12 - 6　【回归】对话框

③ 单击【确定】按钮，得到如图 12-7～图 12-9 所示的结果。

	A	B
16	SUMMARY OUTPUT	
17		
18	回归统计	
19	Multiple R	0.950122955
20	R Square	0.90273363
21	Adjusted R Squ	0.890575334
22	标准误差	1.382931669
23	观测值	10

图 12-7　回归统计结果

	A	B	C	D	E	F	G	H	I
25	方差分析								
26		df	SS	MS	F	Significance F			
27	回归分析	1	142	142	74.24836601	2.54887E-05			
28	残差	8	15.3	1.9125					
29	总计	9	157.3						
30									
31		Coefficients	标准误差	t Stat	P-value	Lower 95%	Upper 95%	下限 95.0%	上限 95.0%
32	Intercept	6	0.92260348	6.5033	0.000187444	3.872472559	8.127527	3.872473	8.127527
33	区内大学生数（万人）	5	0.58026524	8.6167	2.54887E-05	3.661905963	6.338094	3.661906	6.338094

图 12-8　方差分析结果

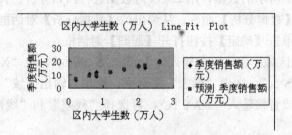

图 12-9　线性拟合图

从回归分析中看到，回归模型中的 $a=6$，$b=5$，可得回归预测方程为：

$$Y=6+5X$$

使用上面的回归方程来预测：当 $X=1.6$ 时，得 $Y=14$。
即当区内大学生人数为 1.6 万时，店铺的季度销售额大约为 14 万元。

12.2.3　描述统计

描述统计是通过图表或数学方法，对数据资料进行整理、分析，并对数据的分布状态、数字特征和随机变量之间关系进行估计和描述的方法。描述统计分为集中趋势分析、离中趋势分析和相关分析三大部分。集中趋势分析主要靠平均数、中数、众数等统计指标来表示数据的集中趋势；离中趋势分析主要靠全距、四分差、平均差、方差、标准差等统计指标来研究数据的离中趋势；相关分析探讨数据之间是否具有统计学上的关联性。

　　描述统计工具用来生成描述用户数据的标准统计量，包括平均值、标准误差（相对于平均值）、中值、众数、标准偏差、方差、峰度、偏斜度、最大值、最小值、总和、观测数和置信度等。其中，众数是指出现次数最多的值；峰度是衡量数据分布起伏变化的指标，以正态分布为基准，比其平缓时值为正，反之则为负；偏斜度是衡量数据峰度偏移的指数，根据峰度在均值左侧或者右侧分别为正值或负值；第 K 大（小）值是指输出表的某一行中包含每个数据区域中的第 K 个最大（小）值。

　　用 Excel 的描述统计工具对图 12-5 中的区内大学生人数进行统计描述。操作方法如下。

　　① 在菜单栏上单击【工具】|【数据分析】命令，在弹出的【数据分析】对话框中的分析工具列表中选择【描述统计】选项，单击【确定】按钮打开【描述统计】对话框。

　　② 单击【输入区域】文本框右侧的拾取器按钮，选择单元格区域 $B$4:$B$14，选中"标志位于第一行"复选框，选择"输出区域"单选按钮，单击文本框右侧的拾取器按钮选择单元格地址 $B$51，或直接输入 $B$51。

　　③ 选择"汇总统计"、"平均数置信度"、"第 K 大值"和"第 K 小值"等复选框，如图 12-10 所示。

　　④ 单击【确定】按钮，得到如图 12-11 所示的结果。

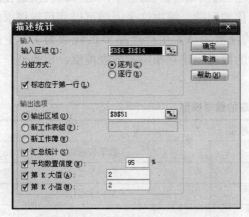

图 12-10　【描述统计】对话框

图 12-11　分析结果界面

12.3　线性规划求解的应用

　　规划求解用于解决需要通过多个变量来求得一个目标值的问题。规划求解可用于线性方程、运筹学、线性规划等问题的求解。具体到实际运用中的问题时，它可以解决最优运输路线、最大利润、最低成本等问题。

12.3.1　建立规划求解模型

下面以解决一个线性规划问题为例，介绍在建立规划求解模型后，如何用 Excel 求出解的方法。

例 12-3　某厂用甲、乙两种原料生产 A、B 两种产品，制造 1 吨 A 产品需要 2 吨甲原料和 1 吨乙原料，制造 1 吨 B 产品需要 1 吨甲原料和 3 吨乙原料。1 吨产品 A 和 B 可得的利润分别为 5 万元和 3 万元。现工厂有甲原料 14 吨，乙原料 18 吨，问需要如何组织生产才能获取最大利润？

根据题意，每种产品所需的原料、每吨利润和现有原料如表 12-1 所示。

表 12-1　每种产品所需的原料、每吨利润和现有原料

原料 所需原料	甲	乙	每吨利润/万元
产品 A	2	1	5
产品 B	1	3	3
现有原料/吨	14	18	

从上面的信息可以看到，如何组织和生产才能获取最大利润这个问题可以转换成在限制条件下求两种产品的总利润，并使其利润最大化的问题。解决这个问题可以使用规划求解的方法来实现。首先假设条件，设生产产品 A 的吨数为 X，生产产品 B 的吨数为 Y，生产两种产品所得的利润为 S 万元。根据表 12-1 中的数据，建立相应的数据模型，该模型是一个线性规划模型，如表 12-2 所示。

表 12-2　对应的数学模型

数学模型	
项　　目	数学表达式
甲原料受到的限制	$2X+Y \leqslant 14$
乙原料受到的限制	$X+3Y \leqslant 18$
生产数量限制	$X \geqslant 0$，$Y \geqslant 0$
最大利润目标	$\text{Max}\{S\}=5X+3Y$（万元）

其中 X 为 A 产品的生产数量，Y 为 B 产品的生产数量；单位（吨）

使用 Excel 来求该模型的解。将模型中的数据输入到工作表中，由于求解时约束条件对应的式子不能直接添加，因此必须将式子先放到单元格中。另外，如果还需要显示出每种产品的利润值，则必须在表中指定相应的单元格来存放。如图 12-12 所示，输入模型中的数据和设定相应的单元格位置。

	A	B	C	D	E	F
10		数学模型				
11	项目	数学表达式				
12	甲原料受到的限制	2X+Y≤14				
13	乙原料受到的限制	X+3Y≤18				
14	生产数量限制	X>0，Y>0				
15	最大利润目标	Max S=5X+3Y				
16	其中X为A产品的生产数量，Y为B产品的生产数量；单位（吨）					存放产品A的利润的单元格
17	可变单元格，存放目变量的单元格					
18		A、B产品生产高度表				
19		甲原料	乙原料	生产量	每吨利润	利润合计
20	A产品	2	1	0	5	0
21	B产品	1	3	0	3	0
22	甲原料的限制		存放产品B的利润的单元格			14
23	乙原料的限制					18
24	实际甲原料用量	存放实际用料的两个单元格				0
25	实际乙原料用量	存放两种产品的总利润的单元格				0
26	总收益					0

图 12-12　规划求解模型输入后的界面

12.3.2　实施规划模型的求解

1. 规划求解的操作

在建立完规划模型并输入数据到 Excel 的工作表中后，就可以使用工具中的"规划求解"来计算结果，规划求解的操作步骤如下。

① 指定 D20 为存放 X 的单元格，D21 为存放 Y 的单元格；F20 为存放产品 A 的利润的单元格，F21 为存放产品 B 的利润的单元格；B24 为存放实际甲原料用料的单元格，B25 为存放实际乙原料用料的单元格，B26 为存放两种产品总利润的单元格。

② 将指定好的单元格进行关联。根据表 12-2 对应的数学模型，在 F20 中输入公式"=E20*D20"，在 F21 中输入公式"=E21*D21"，在 B24 中输入公式"=B20*D20+B21*D21"，在 B25 中输入公式"=C20*D20+C21*D21"，在 B26 中输入公式"=F20+F21"。

③ 选中单元格 B26，在菜单栏中选择【工具】|【规划求解】命令，弹出【规划求解参数】对话框，如图 12-13 所示。

图 12-13　【规划求解参数】对话框

④ 在"设置目标单元格"右侧的输入框中输入＄B＄26，在"等于："中选择单选按钮"最大值"，在"可变单元格"中输入"＄D＄20:＄D＄21"，或通过输入框右边的拾取器选取这两个单元格，如图12-14所示。

图12-14 【规划求解参数】对话框

⑤ 单击【添加】按钮加入约束条件，从弹出的【添加约束】对话框中将规划模型中的条件逐个加入。

⑥ 在"单元格引用位置"输入框中输入"＄B＄24"，在逻辑关系符号下拉列表中选择"＜="，在"约束值"输入框中输入"＄B＄22"，如图12-15所示。

图12-15 【添加约束】对话框

⑦ 单击【确定】按钮添加一个约束条件。

⑧ 重复上面的添加约束条件的步骤，分别将"＄B＄25<=＄B＄23"和"＄D＄20:＄D＄21>=0"添加为约束条件，单击【确定】按钮返回【规划求解参数】对话框，如图12-16所示。

图12-16 全部条件输入后的【规划求解参数】对话框界面

⑨ 单击【求解】按钮，得到如图 12-17 所示的结果。

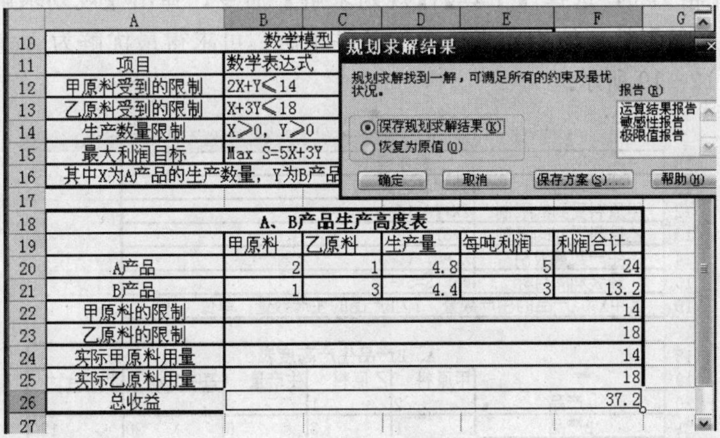

图 12-17　求解后的界面

⑩ 单击"保存规划求解结果"单选按钮后，单击【确定】按钮完成求解。最终的最优解为 37.2 万元，保存在 B26 单元格中，此时产品 A 应生产 4.8 吨，产品 B 应生产 4.4 吨。

2. 规划求解的修改

如果在实际应用中，条件发生了改变，利用已经保存的规划求解结果，可以针对改变后的条件，求出新的最优解，对变化后的环境做出快速的反应。

如例 12-3，若每吨产品 B 的利润增加到 20 万元，其他条件不变时，求其最优解。

操作方法的步骤如下。

① 打开原来保存的方案，如图 12-18 所示。

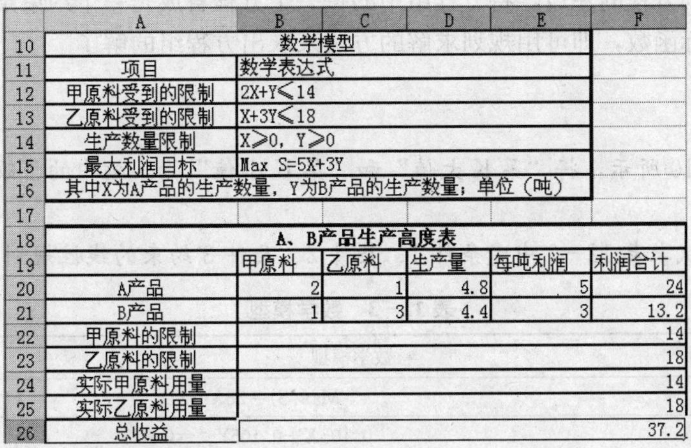

图 12-18　原来保存的方案界面

② 修改单元格 E21 中的值为 20。

③ 选择单元格 B26，选择【工具】|【规划求解】命令，弹出【规划求解参数】对话框后，直接单击【求解】按钮使用原来输入的条件求解，可求得最优解为 $X=0$，$Y=6$，$S=120$ 万元；如图 12-19 所示。

	A	B	C	D	E	F
10		数学模型				
11	项目	数学表达式				
12	甲原料受到的限制	2X+Y≤14				
13	乙原料受到的限制	X+3Y≤18				
14	生产数量限制	X≥0，Y≥0				
15	最大利润目标	Max S=5X+3Y				
16	其中X为A产品的生产数量，Y为B产品的生产数量；单位（吨）					
17						
18	A、B产品生产高度表					
19		甲原料	乙原料	生产量	每吨利润	利润合计
20	A产品	2	1	0	5	0
21	B产品	1	3	6	20	120
22	甲原料的限制					14
23	乙原料的限制					18
24	实际甲原料用量					6
25	实际乙原料用量					18
26	总收益					120

图 12-19　改变条件后求得的结果

同样地，若每吨产品 B 的利润减少为 1 万元，其他条件不变，可求得最优解为 $X=7$，$Y=0$，$S=35$ 万元，操作方法与上面相同。

12.3.3　使用规划求解求线性方程组的解

规划求解除了可以求线性规划的最优解外，还可以求线性方程组的解。只要将方程的所有变量和常量移到方程的左边，将方程组中的每一个方程看成是一个约束条件，再将其中的一个方程作为目标函数，即可用规划求解的方法来求出方程组的解了。

练习题

1. 如图 12-10 所示，将"第 K 大值"和"第 K 小值"输入框中的值改变为 3 时，结果是什么？

2. 用 Excel 试求表 12-3 中受条件 1、条件 2、条件 3 约束的线性规划方程的最优解 S。

表 12-3　数学模型

数学模型	
目标函数	$Max(S)=28X+21Y$
条件 1	$0.105X+0.105Y\le 0.075$
条件 2	$0.07X+0.14Y\le 0.06$
条件 3	$0.14X+0.07Y\le 0.06$

3. 某药物公司要生产 A、B 两种保健品，每生产 1 盒 A 产品，需要机器运转 1 小时，需要耗费原料 1.6 克，并可获得 50 元的毛利；生产 1 盒 B 产品，需要机器运转 1.5 小时、耗费原料 1.8 克，并可获得 65 元的毛利。现经研究讨论决定，每月使用 800 克原料，并分配 580 小时机器运转时间来生产这两种产品，那么公司该如何分配 A、B 两种产品的生产才能获取最高的利润？试建立相应的数据模型，并用 Excel 求其解。

4. 将第 3 题中的条件修改为"每月原料配额有 1 000 克，且每月机器运转时间增加到 600 小时"时，问公司该如何分配 A、B 两种产品的生产才能获取最高的利润？

5. 若将第 3 题中的条件修改为"限制每月固定生产 150 盒 A 产品"，问该公司如何生产产品才能获取最高的利润？

6. 设计（或找）一个线性方程组，并用 Excel 的工具将方程组的解求出，再将解代入方程中进行验证。

7. 按照例 12-1 的数据，利用 Excel 的分析工具库对数据进行相关分析、回归分析和描述统计等操作。

第 13 章

Excel 的宏与 VBA 概述

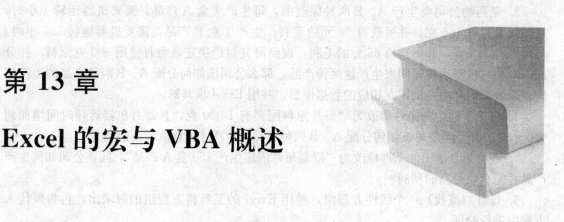

【本章概要】

　　本章介绍 Excel 中宏的概念及相关的操作，并着重介绍 Excel VBA 的开发环境及 VBA 中对象的概念、Excel VBA 中常用对象的使用方法等内容。

【学习目标】

1. 了解宏及其相关的操作；
2. 掌握 VBA 中对象的概念；
3. 掌握 VBA 中常用对象的使用方法。

【基本概念】

　　宏、VBA、对象、属性、方法、事件

　　Microsoft Office 是一套由微软公司开发的办公软件，它包含 Word、Excel、Access、Outlook、PowerPoint 等工具软件，可以进行文字处理、电子表格、收发电子邮件和数据管理。宏是微软公司为其 Office 软件包设计的一个特殊功能，目的是让用户文档中的一些任务自动化，方便用户的使用，减少用户的操作。但由于宏没有判断、循环操作的功能，无法与用户进行交互，因此微软在 Office 中又引入了 VBA。

　　Visual Basic for Application（简称 VBA）是新一代标准宏语言，是基于 Visual Basic for Windows 发展而来的。它与传统的宏语言不同，传统的宏语言不具有高级语言的特征，没有面向对象的程序设计概念和方法。而 VBA 提供了面向对象的程序设计方法，提供了相当完整的程序设计语言。VBA 易于学习掌握，可以使用宏记录器记录用户的各种操作并将其转换为 VBA 程序代码，这样用户可以容易地将日常工作转换为 VBA 的程序代码，使工作自动化。因此，掌握 VBA 有助于使日常的工作自动化，提高工作效率。另外，由于 VBA 可以直接使用 Office 软件的各项强大功能，所以可使程序设计人员的程序设计和开发更加方便快捷。后面的内容中主要介绍 Excel VBA 的设计与应用。

13.1　Excel 宏的概述

　　Office 中的 Access、Word 和 Excel 都有宏，宏是一种操作命令，它和菜单操作命令是一样的。但在使用中，很少单独使用一个基本宏命令，常常是将这些命令组合起来，按照顺序去执行，以完成一种特定的任务。

13.1.1　宏的操作

　　宏必须先定义，后使用。宏的定义可以通过录制来实现。宏的创立步骤如下。

　　1. 启动录制

　　① 单击菜单栏的【工具】|【宏】|【录制新宏】启动录制宏，从弹出的【录制新宏】对话框中为宏起一个名称，如"制表"，如图 13-1 所示。

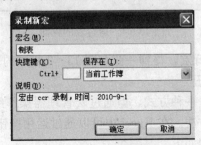

图 13-1　宏的创建

② 单击【确定】按钮开始录制。

2. 录制操作

这时当前在工作表 sheet1 上的所有操作都被记录下来，形成相应宏的指令。如在工作表 sheet1 上制作一张表格，如图 13-2 所示。

3. 结束录制

单击【工具】|【宏】|【停止录制】来停止宏的录制，如图 13-3 所示。

	A	B	C	D
1	产品型号	产品名称	销售数量	经办人
2	A03	报警器		
3	B03	报警系统		
4	A011	定位扫描枪		
5	A01	扫描枪		
6	B01	扫描系统		
7	A02	刷卡器		

图 13-2 制作的表

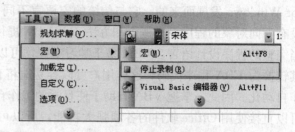

图 13-3 停止宏的录制

4. 运行录制的宏

① 打开一个新的工作表 sheet2。

② 单击【工具】|【宏】|【宏】打开【宏】管理器，选择要运行的宏，在这里选择"制表"，如图 13-4 所示。

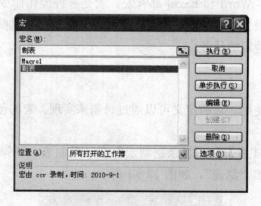

图 13-4 运行宏的界面

③ 单击【执行】即可运行宏，得到一张与图 13-2 相同的表。

5. 创建控制指定宏的按钮

使用宏管理器来执行宏是一种方式，但通过宏管理器操作经常被运行的宏或由 VBA 编写的功能模块是一种麻烦的方法。在 Excel 中可以通过运用按钮的方式来调用宏的使用。

用按钮调用宏的设定步骤如下。

① 在需要经常使用该宏的地方创建一个按钮。单击菜单栏上的【视图】|【工具栏】|【窗

体】命令，弹出【窗体】对话框，如图 13 – 5 所示。

图 13 – 5 窗体对话框

② 单击其中的按钮组件，在需要加入控制按钮的工作表上拖动光标至合适的大小即创建了一个按钮。

③ 从弹出的【指定宏】对话框中，指定按钮对应的一个宏，这里选择 "制表"，如图 13 – 6 所示。

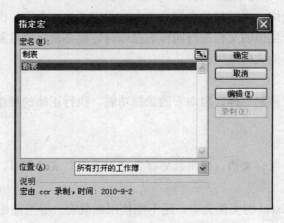

图 13 – 6 【指定宏】的界面

④ 单击【确定】按钮即可完成宏的设定。

完成按钮的创建后，系统会默认给按钮设置一个显示的名称，可以通过修改，对按钮名称重新给出。方法是：右击按钮，从弹出的对话框中选择 "编辑文字" 即可修改了。

13.1.2 宏的管理

一个工作表中的宏可以有多个，可以使用宏管理器对其进行管理，包括对宏执行、编辑、删除、单步执行等操作。

1. 宏的执行方式

宏在执行时可以有执行和单步执行两种方式。执行方式将宏完整执行一次；而单步执行方式将进入 VBE(Visual Basic Editor) 的编辑环境中，并以逐语句执行的方式去执行宏。单步执行方式在执行的过程中可以看到每执行一步后的结果，比较适合在分析和调试时使用。

2. 宏的删除

过期的或已经没用的宏可以将其删除。方法是打开宏管理器，在宏管理器中选择需要删除的宏名称，单击【删除】按钮即可。

3. 快捷键的设置

对宏的使用可以通过按钮的方式来指定，也可以通过快捷键来运行宏。快捷键的设置方法是：在宏管理器中，选择相应的宏名，单击【选项】按钮，在弹出的【宏选项】对话框中设置相应的快捷键，然后单击【确定】按钮即可。

13.1.3　运用加载宏

宏是可以重复使用的，特别是对实际工作中重复进行的操作，可以定义为宏。如需要对采购的产品价格进行查询，可以将此查询的整个过程定义为一个宏。但由于宏只能影响到所在的文档，而对在多个类似的文档进行同样的操作时，就必须将该重复使用的宏设计成加载宏，即可以被创建宏外的文档使用的宏。

1. 加载宏的设计

加载宏与一般的宏录制一样。启动宏的录制功能，执行正确的操作过程，然后停止宏的录制。

2. 保存加载宏

当录制宏完成后，保存文档，再将其另存为"加载宏"文件即可。

3. 加载宏的加载

把加载宏安装到 Excel 的文件夹中，还不能使用加载宏。要想能正常使用加载宏，还必须对其进行加载。单击【工具】，然后单击【加载宏】|【加载宏】对话框。在该对话框的"当前加载宏"列表框中，选中待添加加载宏选项左侧的复选框，然后单击【确定】按钮即可将宏加载到本文件中。

加载宏被加载成功后，可作为一个菜单项被添加在功能相关的菜单中，或作为一个功能按钮放在某一工具栏上，或直接作为一个工具栏出现在 Excel 的窗口中。

4. 加载宏的应用

在定义和保存加载宏后，可以在需要加载宏的文件中添加进去，在需要使用该宏的功能时，按相应的快捷键或通过宏管理器进行操作。

5. 宏的代码表示

录制的宏可以由系统转化为相应的 VBA 代码，如果需要时，可以通过直接修改代码来改变宏的功能。

查看和修改宏代码的方法是：打开宏管理器，选择相应的宏，单击【编辑】按钮，出现如图 13-7 所示的界面，即可进行查看和修改了。如何修改在后面的 VBA 程序设计中进行介绍。

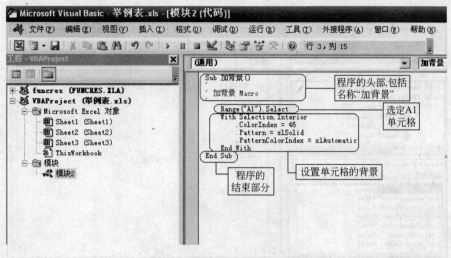

图 13 - 7　编辑和修改宏的界面

13.2　VBA　概　述

微软在 Office 软件中引入了面向对象的程序设计语言 VBA，通过 VBA 可以编制能够完成复杂操作功能的程序，并为使用者提供了方便的程序开发方法。

所有面向对象的程序设计语言，都是使用对象来模拟编程中的各个环节构造程序的，即用户不需像传统的面向过程的程序设计方法那样，用语句将程序涉及的每个环节都表示出来。在 VBA 的程序设计中，通过使用系统提供的对象，再使用 VBA 的语句将对象连接起来构成功能强大的程序。因此，使用 VBA 就是要了解 VBA 中提供了哪些对象，这些对象是做什么的，如何使用这些对象；再了解 VBA 中的程序如何定义、语句的作用和如何使用这些语句来构建程序。后面将围绕这些问题来讨论如何掌握 VBA 的程序设计方法，下面先来了解 VBA 的开发环境和使用的对象。

13.2.1　Excel VBA 开发环境

VBA 的程序是在 VBE(Visual Basic Editor) 的环境中进行编制和调试的。打开 VBE 的方法是：单击【工具】|【宏】|【Visual Basic 编辑器】命令，出现如图 13 - 8 所示的 VBE 界面。

1. VBE 界面的组成部分

1) 标题栏

标题栏是用来显示打开窗口的标题的。

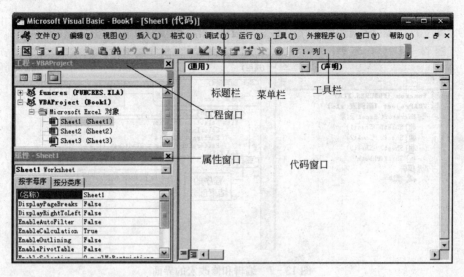

图 13 - 8　VBE 界面

2）菜单栏

菜单栏主要包括文件、编辑、视图、插入、格式、调试、运行、工具、外部程序、窗口、帮助等菜单项，每个菜单项都含有若干个命令菜单或子菜单，通过单击菜单命令可以执行相应的操作。

3）工具栏

VBE 提供了 4 种工具栏："编辑"工具栏、"标准"工具栏、"调试"工具栏、"用户窗体"工具栏。编辑栏主要是对程序代码进行缩进凸出、显示属性/方法列表、显示常数列表、显示快速列表、书签等操作的工具栏；标准栏主要显示常用的功能按钮；调试栏主要是对代码进行编译、调试、监视、切换断点、逐语句执行等操作的工具栏；用户窗体栏主要是对开发具体窗体控件进行操作的工具栏。

4）工程管理窗口

工程管理窗口显示工程的分层结构列表及所有包含并被每一个工程引用的工程项。在这里，可以很方便地管理工程中的模块、类模块与窗体，还可以很容易地在代码与对象间切换。如图 13 - 9 所示。

5）属性编辑窗口

属性编辑窗口的作用是列出选中对象的属性及当前的设置。当选取了多个控件时，属性窗口只会列出所有控件的共同属性。

6）对象浏览器

对象浏览器主要是显示对象库和工程设计过程中可用的类、属性、方法、事件及常数变量等，用户可以使用它来搜索和使用已有的对象或来源于其他应用程序的对象。

图 13-9　工程管理窗口

7) 立即窗口

立即窗口在 VBE 中使用较少，主要用于显示一些公式的计算结果，验证数据计算结果等。数据计算结果的输出利用 Debug. Print 语句来实现。

8) 代码编辑窗口

代码编辑窗口主要用来编写、显示及编辑 Visual Basic 代码的窗口。打开各模块的代码窗口后，可以查看不同窗体或模块中的代码，并做各种编辑操作。如图 13-10 所示。

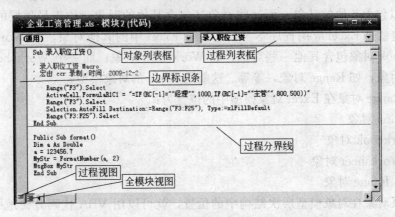

图 13-10　代码编辑窗口

在 VBE 的环境中，所有的程序代码被分类后输入到各个不同的表格对象、窗体对象或模块对应的代码编辑窗口中。一般地，每个对象代码编辑窗体中的代码与该对象有关，都是操作该对象的相关过程的集合。每个对象代码编辑窗体与文件夹类似，但保存的过程可以是对该对象操作的过程，也可以是对其他对象操作的过程。

9）工具箱窗口

工具箱窗口主要包括在设计用户界面时所需要的控件。该窗口在 VBE 中进行用户窗体设计时才会出现。

2. 退出 VBA 开发环境

完成 VBA 的代码编辑后，通过单击【文件】|【关闭并返回到 Microsoft Excel】命令即可返回到 Excel 表格的操作界面。

13.2.2　Excel VBA 中的对象

Excel VBA 中的程序都是由一个或多个对象通过语句连接构成的。在面向对象的程序设计中，对象是为了在 VBA 程序中管理数据和代码的方便提出来的，使用对象来对应编辑程序中的各个环节，可以减少代码的编写，并在程序运行中通过控制对象来达到控制操作过程的目的。

Excel VBA 中的对象都包含两种类型，即集合对象和独立对象。集合对象是由一组独立对象构成的，是一组属于同一类型的对象或相关的对象的集，集合对象作为它们的容器。如名称为 Workbooks 的集合对象，它表示所有打开的 Excel 文档。Workbooks 对象是当前打开的所有 Workbook 对象的集合，而 Worksheets 是包含在某个 Workbook 对象中的所有 Worksheet 对象的集合。即对象是有层次的，上一层对象称为父对象，下一层对象称为子对象。

Excel 的对象模型是通过层次结构很有逻辑地组织在一起的，一个对象可以是其他对象的容器，可以包含其他的对象，而这些对象又包含其他的对象。位于最顶层的是 Application 对象，也就是 Excel 应用程序本身，它包含 Excel 中的其他对象，如 Workbook 对象；一个 Workbook 对象包含其他一些对象，如 Worksheet 对象；而一个 Worksheet 对象又可以包含其他对象，如 Range 对象，等等。这就是 Excel 的对象模型。

例如，Range 对象在 Excel 对象模型中的位置为：

Application 对象

　　Workbook 对象

　　　　Worksheet 对象

　　　　　　Range 对象

知道了某对象在对象模型层次结构中的位置，就可以用 VBA 代码方便地引用该对象，从而对该对象进行操作，并以特定的方式组织这些对象，使 Excel 能够根据需要自动地完成任务。

VBA 中的对象实际上是封装有数据和代码的客体。每个对象都有不同的特征，这些特征称为对象的属性，可以通过改变对象的属性值来改变对象的特征。另外，对象的属性还可以是另外一个对象，如单元格对象是工作表对象的一个属性。

每个对象都可以有特定的动作，对象可以进行的操作或动作称为对象的方法。例如，要保存工作簿时，调用 Workbooks 对象的 Save 方法即可。方法通常都可以带有参数，这些参数指明动作是如何进行的。

事件是一个对象可以辨认的动作，像单击或按下某键等操作。面向对象的程序设计方法通过事件允许对象对指定的事件做出响应，通常编写了一些代码针对用户做出的指定动作去执行相应的代码。如对按钮对象，当其被单击或光标经过此按钮时，就发生了对该对象的单击事件或光标经过事件，可以在这些事件发生时，执行相应的代码对发生的事件做出反应。

VBA 中的事件可以是程序的代码运行导致发生的事件或系统引发的事件。VBA 是以事件为驱动的编程模型，即程序是为响应事件而执行的。每一个功能效果的实现，都需要一项或多项操作或行为（如单击）来引发相应定义的功能。因此，掌握 VBA 的编程方法，必须了解 VBA 中常用的对象、对象的层次结构及对象的属性和方法。下面对一些常用的对象及其常用的成员做一些介绍。

1. 常用的对象

1）Application 对象

Application 对象对应 Excel 应用程序本身。Application 对象的属性控制着 Excel 的状态和外观，控制该对象可以影响整个 Excel 的运行环境。

（1）Application 对象的属性

Cursor 属性：控制着光标指针的外观。

Interactive 属性：决定是否可以使用鼠标和键盘，若将 Interactive 属性的值设置为 False，则禁用鼠标和键盘，但在程序处理完后一定要将其值重新设置为 True。

ActiveCell 属性：返回活动窗口中当前活动单元格的引用。

Sheets 属性：返回活动工作簿中 Sheet 对象的集合。

Workbooks 属性：返回当前所有打开的工作簿的 Workbook 对象的集合。

DefaultFilePath 属性：用来获取或设置用于加载和保存 Excel 文件的路径。

FileDialog 属性：返回 FileDialog 对象，通过该对象允许选择一个文件并将其打开，或者选择一个文件的位置并保存当前工作簿，或者选择一个文件夹、文件名。

WorksheetFunction 属性：返回的对象提供了 Excel 工作表函数，这些函数是 VBA 函数中所没有的。

（2）Application 对象的方法

Quit 方法：关闭 Excel 应用程序。

Calculate 方法：允许强制重新计算所有打开的工作簿，或者是特定工作簿，或者是特定的范围。

（3）Application 对象的事件

WindowActivate 事件：当任何窗口被激活时发生的事件。

WindowDeactivate 事件：当任何窗口被停用时发生的事件。

SheetActivate 事件：当任何一个表被激活时发生的事件。

SheetSelectionChange 事件：当工作表上的选取区域改变时发生的事件。

SheetChange 事件：当任何工作表中的单元格发生变化时发生的事件。

2）WorkBook 对象

WorkBook 对象与 Excel 的工作簿对应；通过 WorkBook 可以对 Excel 文件进行创建、打开、保存、关闭和删除等操作。

（1）WorkBook 对象的声明

在 VBA 中，通常使用 WorkBooks 对象、ActiveWorkBook 对象和 ThisWorkBook 对象来声明一个 WorkBook 对象。

WorkBooks 对象：表示当前打开的 Excel 文档，可以通过索引号或工作簿名来对应工作簿。如：WorkBooks (2). Activate 或 WorkBooks ("book1. xls"). close。

ActiveWorkBook 对象：表示当前处于活动状态的工作簿。如：ActiveWorkBook. Save 语句对当前活动的工作簿进行保存。

ThisWorkBook：表示对包含该语句的工作簿的引用。如：ThisWorkBook. Close 语句关闭包含该语句的工作簿。

（2）WorkBook 对象的属性

Name 属性：返回工作簿的名称。

FullName 属性：返回工作簿完整的路径名称，包括工作簿文件名。

Path 属性：返回工作簿路径部分。

Sheets 属性：返回一个 Sheet 对象，该对象包含 Sheet 对象集合，其中每个对象可以是 Worksheet 对象，也可以是 Chart 对象。

（3）WorkBook 对象的方法

Close 方法：关闭一个指定的工作簿，可以选择是否保存对工作簿的修改。

Save 方法：用于保存工作簿。

Protect 方法和 UnProtect 方法：保护或取消保护工作簿。

SaveCopyAs 方法：将工作簿的一个副本保存到文件中。

SaveAs 方法：保存工作簿并允许指定名称、文件格式、路径等。

Activate 方法：激活一个工作簿，并且选定工作簿中的第一个工作表。

（4）WorkBook 对象的事件

Open 事件：在打开工作簿时发生。

WindowActivate 事件：在激活任何工作簿窗口时发生。

SheetActivate 事件：在激活任意工作表时发生。

3）Worksheet 对象

Worksheet 对象代表了工作簿中的工作表。它也提供了大量的成员，通过它的成员能对工作表进行操作。它的大多数属性、方法和事件与 Application 对象或 Workbook 对象所提供的成员相同或相似。在使用 Worksheet 时，需要指定工作表，并可以通过索引号或名称这两种方式来指定工作表，如：Worksheets ("sheet1"). name 或 Worksheets (1). Name。

（1）Worksheet 对象的属性

Cells 属性：代表工作表中的单元格。

Name 属性：代表对象的名称。

Range 属性：表示一个单元格或一个单元格区域。

Visible 属性：设置该对象是否可见。

（2）Worksheet 对象的方法

Copy 方法：该方法将工作表复制到指定的地方。

Delete 方法：该方法将指定的工作表删除。

（3）Worksheet 对象的事件

Activate 事件：当工作簿被激活时发生该事件。

Change 事件：当工作表中的单元格值更改时发生该事件。

SelectionChange 事件：当工作表上的选取区域发生改变时引发此事件。

BeforeDoubleClick 事件：当双击工作表时发生此事件。该事件先于双击的操作进行。

Calculate 事件：在对工作表进行重新计算后发生该事件。

4）Range 对象

Range 对象代表工作表中的单元格或单元格区域。对 Excel 中的单元格或单元格区域进行操作，都可以将其设置为一个 Range 对象，然后使用该 Range 对象的方法和属性，完成对单元格或单元格区域的操作。Range 对象的引用方式：Range（"单元格地址或定义的名称"）或 Range（"区域左上角单元格地址"," 区域右下角单元格地址"）。

（1）Range 对象的属性

Value 属性：对应单元格中的值。

Formula 属性：对应单元格中的公式，如：

```
Worksheets("Sheet1").Range("A1").Value=3.14159
```

下面的示例在 Sheet1 的 A1 单元格中创建一个公式：

```
Worksheets("Sheet1").Range("A1").Formula ="=10*RAND()"
```

（2）Range 对象的方法

Copy 方法：将指定范围单元格复制，不予考虑剪贴板或目的位置。

AddComment 方法：给指定单元格添加批注。

还有一些常用的对象及其属性和方法等，这将在后面的内容中做介绍，如表示单元格的对象 Cells、另一个表示工作表集合的对象 Sheets、表示工作表中的图表对象 Chart 等。其中，Sheets 与 WorkSheets 对象类似，不同的是 Sheets 还可以包含工作表中的图表对象 Chart。

2. 常用对象的集合

集合是指包含一组相似的或相关的对象的对象。有了集合，就可以将一组相似或相关的对象当作单一的对象来引用，并且可以很方便地操作集合中的某一个对象。通常，集合的名字都是对象单词的复数形式。例如，Workbooks 集合表示当前打开的所有 Workbook 对象的集合，Worksheets 集合表示指定工作簿或当前工作簿中所有的 Worksheet 对象。类似地，Sheets 集合表示工作簿中的所有工作表对象或图表对象。

另外，集合也可以是某一对象的属性，如 Workbooks 是 Application 的属性，Sheets 是 Workbook 的属性等。集合对象通常有特殊的属性和可以用来管理该对象的方法。一般地，集合对象均有 Add 方法、Item 方法和 Remove 方法，还有一个属性 Count 用来返回集合中的对象的个数。

3. 对象的使用

在对上面常用对象了解后，如何使用这些对象是下面要讨论的内容。

1）集合的引用

语法：集合（"对象名"）或 集合（对象索引号）

说明：引用集合中的某个对象，即对象名或对象索引号所代表的对象。

例如：Worksheets（"Sheet1"）引用集合 Worksheets 中的工作表 Sheet1；若 Sheet1 是集合中的第一个工作表对象，还可以写为 Worksheets（1）。

特别地，Sheets 集合由工作簿中的所有工作表（包括图表工作表）组成。若要引用工作簿中的第一个工作表，可采用语句 Sheets（1）表示。

2）通过点运算引用某对象的成员

可以用英文句点连接对象名来限定对某个对象成员的引用，同时也指定了该对象成员在对象层次结构中的位置。

语法：〈对象名〉.〈对象名〉. …

说明：后一对象是前一对象的成员，限定了对前一对象所包含的对象成员的引用。

例如：对工作簿 Book1 上的工作表 Sheet1 中单元格 A1 的引用语句。

```
Application.Workbooks("Book1.xls").Worksheets("Sheet1").Range("A1")
```

其中，Application 代表 Excel 应用程序本身，可省略。特别地，若 Book1 是当前活动工作簿，则上述语句可简写为 Worksheets（"Sheet1"）.Range（"A1"）；若 Sheet1 是当前活动工作表，则又可简写为 Range（"A1"）。因此，若在引用中省略了工作簿对象，则表明是使用当前活动工作簿；若省略了工作表对象，则表明是使用当前活动工作表。

3）设置对象变量

对象变量是代表一个完整对象的变量，如工作表或单元格区域。用 Dim 或 Public 语句来声明对象变量。

语法：Dim（或 Public）〈变量名〉AS〈对象名〉

说明：将〈变量名〉声明为一个〈对象名〉的对象。

一般可将对象名直接设为 Object，即任意对象。如果知道变量将作用到的对象，最好将其设置为具体的对象。

例如，语句

```
Dim DataArea As Range
```

将变量 DataArea 声明为一个 Range 对象。

在将变量声明为一个对象变量后，用 Set 语句将某对象赋值给该变量。

语法：Dim（或 Public）〈变量名〉AS〈对象名〉

　　　Set〈变量名〉=〈某对象〉

说明：将〈变量名〉声明为一个〈对象名〉对象后，再将某对象赋值给该变量。

现在，列举两个简单的设置对象变量的例子，其作用是在工作簿 Book1 的工作表 Sheet1 中的 A1 至 B10 单元格区域输入数值 666，并将它们格式化为粗体和斜体。

例 13 - 1　没有设置对象变量时的程序语句。

```
Sub Nosetvar()
    WorkBooks("Book1").Worksheets("Sheet1").Range("A1:B10").Value=666
    WorkBooks("Book1").Worksheets("Sheet1").Range("A1:B10").Font.Bold=True
    WorkBooks("Book1").Worksheets("Sheet1").Range("A1:B10").Font.Italic=True
End Sub
```

例 13 - 2　设置了对象变量时的程序语句。

```
Sub Setvar()
    Dim DataArea As Range
    Set DataArea=Workbooks("Book1").Worksheets("Sheet1").Range("A1:B10")
    DataArea.Value=666
    DataArea.Font.Bold=True
    DataArea.Font.Italic=True
    Set DataArea=Nothing
End Sub
```

比较这两个程序，其功能相同；但可以看出，当设置了对象变量后，不仅可减少手工输入重复的代码，而且使得代码得到了明显的简化。

此外，对于稍复杂一点的程序，设置对象变量后，由于减少了要处理的点运算符的数目，因此可使得代码的运行速度更快。

当设置的变量运行完毕后，应将该变量释放，以节省内存空间。

其语法为：Set〈变量名〉= Nothing

在引用了对象或者设置了对象变量后，就可以对该对象进行所需要的操作或设置了，即操作对象的方法和属性。

　　4）对象的方法

　　对象都有方法，一个方法就是在对象上执行的某个动作。为对象指定方法时，应将对象和方法组合在一起，中间用英文句点分隔。

　　语法：〈对象〉.〈方法〉〈参数〉

　　说明：为某对象指定方法。若该方法带有参数或需要为带参数的方法指定参数时，则指定参数以执行进一步的动作；若该参数返回值，则应在参数两边加上括号。

　　例如语句：

```
Worksheets("Sheet1").Range("A1:B2").ClearContents
```

执行 Range 对象的 ClearContents 方法，清除 A1 至 B2 单元格区域的内容，但保留该区域的格式设置。

　　而语句：

```
Worksheets("Sheet1").Range("A1:B2").Clear
```

执行 Range 对象的 Clear 方法，清除 A1 至 B2 单元格区域的内容，并删除所有的格式。

　　5）对象的属性

　　对象都有属性，用来描述或设置对象的特征。可以使用 VBA 来设置对象的属性；也可以对一个对象的某些属性进行修改，从而定制该对象；也可以引用某对象的属性值。使用对象属性时，应将对象和属性组合在一起，中间用英文句点分隔。

　　语法：〈对象〉.〈属性〉〈参数〉

　　说明：设置或引用某对象的属性。若该属性带有参数或需要为带参数的属性指定参数时，则指定参数以进一步描述该对象；若该参数返回值，则应在参数两边加上括号。

　　语法：〈变量〉=〈对象〉.〈属性〉

　　说明：将某对象的属性值赋值给一个变量，以便于在程序中使用。

　　例如，Range 对象有一个 Value 属性，可以用 VBA 代码引用该对象的属性值，也可以修改该属性，如下面的语句：

```
Worksheets("Sheet1").Range("A1").Value
```

该语句引用当前工作簿上的工作表 Sheet1 中单元格 A1 的值。

```
Worksheets("Sheet1").Range("A1").Value=666
```

语句将当前工作簿上的工作表 Sheet1 中单元格 A1 的值改为 666。

　　注意：大多数对象都有一个默认的属性，如 Range 对象的默认属性是 Value 属性。对于默认的属性可省略属性代号的书写，如 Range("A1").Value 与 Range("A1") 所表达的意思一样。即便如此，仍建议还是要将属性代号写全，以提高程序的可读性。

6）方法和属性的参数

大多数方法都带有参数，从而能进一步指明如何动作。如 Range 对象的 Copy 方法带有一个参数，用来定义将单元格区域的内容复制到什么地方。

例如语句：

```
Worksheets("sheet1").Range("A1").Copy Worksheets("sheet2").Range("A1")
```

表示将当前工作簿上的工作表 Sheet1 中单元格 A1 的内容复制到当前工作簿上的工作表 Sheet2 的单元格 A1 中。

在一些情况下，方法带有一个或多个可选的参数。如果方法使用了可选的参数，则应该为这些参数插入空白占位符。例如，工作簿对象的 Protect 方法有三个参数，即密码、结构和窗口，对应于"保护工作簿"对话框中的相应选项，其语法为：

语法：〈工作簿对象〉.Protect（Password，Structure，Windows）

说明：保护工作簿使其不致被修改。三个参数均为可选参数，其中 Password 指定密码，若省略该参数，则不用密码就可以取消对该工作簿保护；Structure 参数指定是否保护工作簿结构；Windows 参数指定是否保护工作簿窗口。

若要保护工作簿"Book1.xls"，可使用语句：

```
Workbooks("Book1.xls").Protect"AaBbCc123456",True,False
```

其中，第一个参数指定了保护该工作簿的密码，注意密码区分大小写；第二个参数为 True，表明工作簿结构受到保护；第三个参数为 False，表明不保护窗口。

若不想指定密码，可使用语句：

```
Workbooks("Book1.xls").Protect,True,False
```

该语句省略了第一个参数，表明不指定保护密码，但必须在该参数出现的位置用一个逗号占位符代表该参数。

再来看看下面的语句：

```
Workbooks("Book1.xls").Protect Structure:=True,Windows:=False
```

该语句的功能与上面语句相同，即对工作簿不指定保护密码，要保护工作簿结构，但不保护它的窗口。区别在于，该语句使用了命名的参数，对省略的参数没有使用空白占位符。因此，当某方法带有多个可选的参数，但在 VBA 语句中只需使用其中的一些参数时，使用命名的参数，可以不必对省略的参数使用空白占位符，且使代码更具可读性。

注意，在参数名和参数值之间用":="连接。

还有一种情况，对象的属性（和方法）可能返回一个值。对于返回一个值的属性（和方法）来说，必须用括号将参数括起来。例如，Range 对象的 Address 属性返回一个值即单元格区域的引用地址，该属性带有 5 个可选的参数。若写成下面的语句：

```
Range("A1").Address False
```

由于参数缺少括号，所以会出现错误。

正确的表达如下：

```
Range("A1").Address(False)
```

或使用命名的参数：

```
Range("A1").Address(rowAbsolute:=False)
```

7）对象事件的运用

在 VBE 编辑器的工程窗口中，双击 Microsoft Excel 对象模型下面的 ThisWorkbook 对象，在右侧代码窗口顶部有两个下拉列表框，其左侧为对象列表，右侧为过程列表。选择左侧对象列表中的对象，右侧列表中则相应列出响应该对象的事件。

可以利用对象的事件定制应用程序。例如，当打开工作簿时显示欢迎窗口，这需要选择 ThisWorkbook 对象的 Open 事件，在 Private Sub Workbook_Open（）过程中调用显示欢迎窗口的程序。如：

```
Private Sub Workbook_Open()
MsgBox"Welcome to using This document!"
End Sub
```

当该文件再次被打开时，显示"Welcome to using This document!"。其中 MsgBox 是输出函数，即该函数通过对话框的形式将函数后面的参数值显示出来。

练习题

1. 设计一个加载宏，利用该加载宏来制作个人履历表。
2. VBA 是基于哪种语言的？它只能在 Excel 中应用吗？
3. Excel VBA 中的对象是什么？为什么要引入对象的概念？它在编程中扮演什么角色？
4. 常用的对象有哪些？它们分别对应什么？
5. 代码窗口中的对象列表框有什么作用？
6. 如何引用一个对象？通过修改程序中对象的属性能够改变什么？
7. 对象的事件起什么作用？当事件发生时，它是如何工作的？
8. 对象的集合是什么？举例说明 VBA 中有哪些集合对象。
9. 通过各种方法，找出常用对象的其他属性、方法和事件，并指出其作用。
10. 如何使用属性窗口隐藏和显示工作表？
11. 在 VBA 的程序中，将"B2：D10"的单元格区域中的内容和格式清除的语句是什么？

第 14 章

VBA 程序设计基础

【本章概要】

本章介绍 VBA 程序设计的基本概念，以及 VBA 中的数据类型、常量、变量、数组、运算符等概念，同时通过实例的方式对常用的输入、输出函数的用法做了介绍。

【学习目标】

1. 了解函数及过程的概念及运用方法；
2. 熟练掌握输入、输出函数的使用方法；
3. 了解 VBA 的数据类型、常量、变量、数组、运算符的运用方法；
4. 了解过程及变量的作用域。

【基本概念】

函数、过程、作用域、数据类型、数组

Excel VBA 的目的就是要让系统能自动完成指定的任务。因此，在了解了对象及其功能以后，可以通过这些对象，再使用语句将其连接，就可构成完成任务的 VBA 程序，它能够承担需要的数据处理操作和复杂的管理工作等。VBA 程序由一个或多个过程来产生，而过程是 VBA 中的最小运行单元。下面主要讨论 VBA 中程序设计的基础概念和内容。

14.1 函数与过程

过程是以功能为基础进行分类的，使用过程把复杂的程序分解成小的模块来实现。过程根据程序的功能不同分为三类：过程、函数和 Property 过程。如果按有无执行的对象来分，过程又可分为过程程序和事件程序。

14.1.1 过程程序

过程是一个独立的运行单元，它由一条或多条语句构成，完成特定的操作。过程必须先定义，后使用。

1. 过程 Sub 的定义

定义的形式为：

```
[Public|Private]Sub<过程名>
    语句或语句组
End sub
```

其中的过程名是用户根据 VBA 的命名规则为过程起的过程名称。保留字 Public、Private 表示过程是公共的或私有的程序。保留字 Sub 表示过程的开始，而 End sub 则表示过程的结束。保留字指系统专门使用的标识字符串，不能再用保留字来表示其他意思的字符串。

2. 过程程序的添加

从前面的讨论可知，所有的过程和函数都是在某一代码编辑窗口中输入、编辑、调试和运行的。因此，首先选定需要输入代码的窗体，方法如下。

① 双击表格对象，如 Sheet1，或单击【插入】|【模块】命令，打开相应的代码编辑窗口。

② 在代码窗口中直接输入过程代码，或单击【插入】|【过程】命令，从弹出的【添加过程】窗口中输入一个过程的名称，如 test。

③ 在类型框中选择"子过程"，在范围框中选择"公共的"，单击【确定】按钮，则在代码窗体中加入了过程的框架，如图 14-1 所示。

3. 过程的调用

过程的调用是通过在其他过程中使用 Call 语句来实现的。

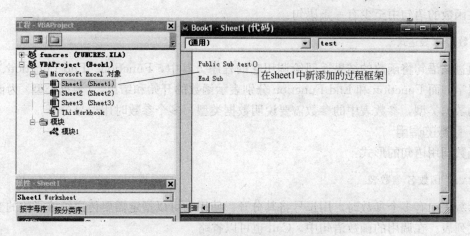

图 14-1　在 sheet1 的代码编辑窗口中添加过程 test

调用语句的形式：

Call<过程名>

或直接使用〈过程名〉即可。

例 14-1　在 test（ ）中调用过程 show（ ）。

```
Sub show( )
 MsgBox"This is a TEST!"
End Sub
```

在 test 中调用 show 过程

```
Sub test( )
 Call show( )
End Sub
```

14.1.2　函数

函数（Function）是由一条或多条语句构成，完成特定的操作后返回一个值，并且可以接收和处理参数的值。函数必须先定义，后使用。

1. 函数 Function 的定义

定义的形式为：

［Public|Private］Function<函数名>(参数表)as［<数据类型>］
　语句或语句组
　函数名=<表达式>
End Function

在函数的语句中至少有一条语句：

函数名=<表达式>

通过该语句将函数的结果返回给调用它的程序。其中，Function、End Function、as 均为保留字，而 Function 和 End Function 分别表示函数的开始和结束，〈数据类型〉为函数返回值的数据类型，参数表中的参数需要说明数据类型，多个参数时用逗号分开。

2. 函数的调用

函数调用语句的形式：

［CALL］函数名 参数表

参数表中有多个参数时，用逗号将其分开。使用它可以指定需要传递给该函数的变量或表达式列表。在调用的函数语句中，Call 也可以省略。

例 14 - 2　定义一个函数 Mabs，求参数的立方根。

```
Function CubeRoot(m as integer)
    CubeRoot=m^(1/3)
End Function
```

调用函数的过程如下：

```
Sub test( )
 A=CubeRoot(2)
 MsgBox a
End Sub
```

结果显示为 1. 259 921 049 894 87。

14.1.3　事件程序

事件程序是指当某一特定事件发生时才被执行的程序。例如，当从表格 sheet1 切换到表格 sheet2 时，则发生了表格改变的事件，可以事先定义一个事件程序对发生该事件时执行相关的操作，实现人机交互的目的。

事件程序的添加与过程程序不同，事件程序与指定的对象相关，因此在添加前必须先指定该对象，并打开该对象的代码窗口来添加事件程序。

例 14 - 3　编写相应的事件程序，当表格 sheet1 中的单元格内容改变时，给出一个提示。

操作步骤如下。

① 在 VBA 中双击 sheet1 表格对象，在打开的代码编辑窗口中，从"对象列表框"中选择 worksheet 对象。

② 再从"过程列表框"中选择 change 事件。

③ 在代码编辑窗口中出现的事件程序框架中输入语句 MsgBox "表格的内容已经改变了!",如图 14-2 所示。

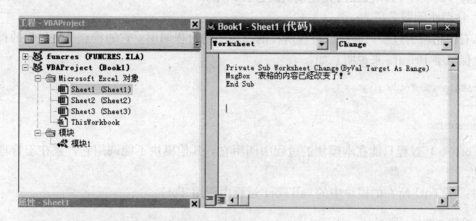

图 14-2　事件程序的输入

完成上面的程序输入后,当 sheet1 中的单元格内容被改变后,会弹出一个提示对话框提示内容已经改变了,如图 14-3 所示。

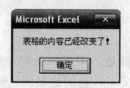

图 14-3　弹出的提示框

从上面的事件程序的结构中可知:过程的名称是选取的对象名称与对象的事件名称通过下画线连接构成的,且所得的名称不能修改,否则过程将失效;产生的事件程序框架中的参数由系统生成,也不可修改。

14.1.4　过程的作用域

同一模块中的过程之间可以相互调用,不同模块中的过程不一定能调用。作用域是指代码模块或对象代码窗口中的过程可以被其他代码窗口中的过程调用的范围。过程的作用域分公共作用域和私有作用域。

1. 公共作用域

公共作用域的过程可以让所有模块中的所有过程调用,它的特点是在过程的首部前面加上保留字 Public 来说明。如:

```
Public sub Tot( )
    语句或语句组
```

```
End sub
```

则此过程 Tot（ ）可以被任何其他模块的过程调用。

2. 私有作用域

私有作用域的过程只能让该过程所在的模块中的过程调用。它的特点是在过程的首部前面加上保留字 Private 来说明。如：

```
Private sub Tot1()
……
End sub
```

则此 Tot1（ ）过程只能在本模块的过程中调用它，其他模块不能调用它，且在宏管理器中不可见。

如：在 Tot1 所在的模块中的 callTot1 过程中调用 Tot1。

```
Public sub callTot1()
……
Call Tot1()
……
End Sub
```

14.1.5　输入输出函数

VBA 程序语言中有诸多内置的函数，可以帮助程序代码设计和减少代码的编写。这部分函数直接使用即可，不需要再定义了，它们是系统已经定义好了供用户使用的函数。因此，只要知道函数名、函数的作用和函数的参数，就可以使用它了。其中包括数学函数、字符串函数、时间函数、测试函数、转换函数、输入输出函数等。

由于程序处理的原始数据一般都是通过输入确定，程序的运行结果一般也需要以某种可视的方式输出，因此程序的输入输出函数是很重要和常用的，其中输入函数是 InputBox，输出函数是 MsgBox。下面来介绍这两个函数的用法。

1. InputBox 函数

InputBox 函数的作用是显示一个输入对话框，对话框中有一些提示信息及文本框，等待用户输入信息并按下按钮。在按钮事件发生后返回文本框的内容，返回值的类型为文本类型。

语句格式为：

```
InputBox(prompt[,title][,default])
```

其中的三个参数都是文本型。prompt 指定显示在对话框中的信息；title 设置在对话框标题栏中显示的信息，如果省略，则在标题栏中显示应用程序名；default 设置显示在文本框中的信息，如果用户没有输入数据，它就是默认值。prompt 参数是必需的，不可以省略，其他两个参数可以省略。

如:s= InputBox"请输入姓名:"

或　　s= InputBox("请输入年龄:","年龄输入",19)

2. MsgBox 函数

MsgBox 函数的作用是显示对话框,又称为消息框。通常将运行结果或者提示信息显示在对话框中,语句格式是:

```
MsgBox(prompt[,buttons][,title])
```

类似于 InputBox 函数,prompt 参数是不可以省略的,而其他两个参数可以省略。其中,prompt 参数用于设置提示信息,应该是字符串型表达式,最大可以有 1 024 个字符;title 用于设置对话框标题,也是字符串表达式,如果省略,则将应用程序名作为标题。

buttons 是一个数值型参数,用于在对话框中设置按钮。其中又包含了若干参数,用于设置按钮的数量、图标等。

MsgBox 的用法如下:

```
MsgBox"最后的结果是"& 100
```

或:

```
MsgBox 8*100+Sin(3.14/2)
```

例 14 - 4　编程使用输入、输出函数将指定的单元格地址中的数值乘积显示出来。

```
Public Sub ShowCal( )
Dim a,b As Double
Dim s1,s2 As String
s1= InputBox("请输入要计算的第一个单元格地址:")      '接收用户输入的第一地址
s2= InputBox("请输入要计算的第二个单元格地址:")      '接收用户输入的第二地址
a=Sheets("本期库存汇总").Range(s1)                  '提取相应地址的单元格值
b=Sheets("本期库存汇总").Range(s2)                  '提取相应地址的单元格值
MsgBox a*b                                         '将结果显示出来
End Sub
```

14.1.6　Property 过程

Property 过程是一系列的 Visual Basic 语句,它允许程序员去创建并操作自定义的属性。使用 Property 过程可以访问对象的属性,也可以对对象的属性进行赋值。

声明 Property 过程的语法如下所示:

```
[Public|Private][Static] Property {Get|Let|Set}<过程名>[(arguments)][As type]
过程语句
```

End Property

具体的实例和操作在此不做讨论了，有兴趣的读者可以参考 VBA 的帮助文件。

14.2   数据类型与变量、常量

14.2.1   数据类型

在计算机系统中，涉及处理的数据都占有一定的存储空间，因此产生了系统中的数据类型，它决定了系统中使用的数据占用空间的大小。

不同的系统对于数据类型的定义也有所不同，VBA 共有 12 种数据类型，具体的类型如表 14-1 所示。此外，用户还可以根据以下类型用 Type 自定义一些数据类型。

表 14-1   数据类型一览表

数据类型（名称）	大小（字节）	描 述
Boolean	2	逻辑值 True 或 False
Byte	1	0 到 255 的整数
Integer	2	—32 768 到 32 767 的整数
Long	4	—2 147 483 648 到 2 147 483 647 的整数
Single	4	单精度浮点数值 负数：—3.402 823E38 到—1.401 298E—45 正数：1.401 298E—45 到 3.402 823E38
Double	8	双精度浮点数值 负数： —1.797 693 134 862 31E308 到—4.940 656 458 412 47E—324 正数：4.940 656 458 412 47E—324 到 1.797 693 134 862 31E308
Currency	8	（放大的整数（整数除以 10 000 得到的数值，参见 VBA 帮助））使用在定点计算中： —922 337 203 685 477.580 8 到 922 337 203 685 477.580 7
Decimal	14	+/—79 228 162 514 264 337 593 543 950 335 没有小数点； +/—7.922 816 251 426 433 759 354 395 033 5 小数点后有 28 位数字； 最小的非 0 数字是 +/—0.000 000 000 000 000 000 000 000 000 1
Date	8	从 100 年 1 月 1 日到 9999 年 12 月 31 日的日期
String（变长字符串）	10 字节+字符串长度	变长字符串最多可包含大约 20 亿（ 2^{31} ）个字符

续表

数据类型（名称）	大小（字节）	描　述
String（定长字符串）	字符串长度	定长字符串最多可包含大约 65 400 个字符
Object	4	对象变量用来引用 Excel 中的任何对象
Variant（带数字）	16	最高范围到 Double 类型的任何数值
Variant（带字母）	22 字节＋字符串长度	和变长字符串的范围一样
用户定义类型（使用 Type）	成员所需的大小数	每个成员的范围和它的数据类型的范围一致

在程序中使用什么样的数据类型要根据实际情况而定，做到既不浪费存储空间又不丢失数据。例如，应用中的数据值在 1～100 之间，则使用 Byte 型数据类型的变量来存放数据即可，而不需要用到 Long 型；但如果处理的数据很大，可能会达到 1 000 000，如果使用 Integer 型的变量来存放时，会造成数据的丢失。因此，使用什么数据类型比较合适，可以按照"只要能够存放可能的数据最小空间对应的数据类型就好"的原则来确定。

14.2.2　常量与变量

1. 常量的概念

常量也称常数，是程序运行时保持不变的量。常量可以是字符串、数值、算术运算符或逻辑运算符的组合。VBA 中有很多预定义的常量，如"vbYesNo"、"vbSunday"、"vbSunday"等，用户也可以通过 Const 语句来定义常量，然后可在程序代码的任何地方使用常量代替实际的值。常量必须在声明时进行初始化。

声明一个常量的语句格式是：

Const 常量名［As 类型名］＝表达式

如：

Const pi As Double＝3.14,strname＝"David"

例 14-5　求半径为 2 的圆的面积。

```
Public Sub test()
Const pi=3.145,r=2                    '也可以如此声明常量
s=2*pi*r^2
MsgBox s
End Sub
```

在下面两种情况下可以使用常量。

① 某个值多次出现在过程中。如果某个值多次出现，那么可以使用常量来取代该值参与运算，它的优点是方便编辑、修改。

例如，某值为 12 345 678，它在一个过程或者多个过程中分别出现多次，如果用户需要

修改这个值为 87 654 321 时，则需要在多个地方修改；但是如果使用常量来取代它，只需要对常量的赋值语句修改一次即可，从而提升工作效率，也提升了准确度。

② 某个值较长，不便于输入或者记忆。如果一个数值在过程中出现多次，且该值较长，如 3.141 592 6，那么可以利用常量 A 或者 pi 等等字符来取代它，以后录入代码时只需要录入 A 或者 pi，而不是 3.141 592 6 即可。

可见，使用常量可以让代码的输入效率更高，同时不容易出错。

2. 变量的概念

变量是指在程序的运行过程中可以随时发生变化的量，它是程序中数据的临时存放场所。可以对变量进行赋值，并可以多次对同一变量赋值。在程序代码中可以没有一个变量，也可以有一个或多个变量。不同类型的变量中可以保存不同类型的数据。变量可以保存程序运行时用户输入的数据、特定运算的结果等。

在编写 VBA 程序并声明变量时，用户可以指定其数据类型，也可以不指定数据类型。如果用户不指定数据类型，则 VBA 会默认将其看成变体型 Variant，而在特定的情况下根据实际的需要自动转换成相应的其他数据类型。然而让 VBA 自己转换数据类型会使过程的执行效率更低，也就是虽然编写代码的时候方便些，但程序运行的速度会较慢。

变量名称里可以包含字母、数字和一些标点符号，但要除了下面这些字符以外：

,　#　$　%　&　@　!

变量的名称不可以数字开始，也不可含有空格。如果想在变量名称里包含多于一个词语，可以使用下划线。虽然变量名称最多可以包含 254 个字母，但是，最好使用短而简单的变量名称。使用短名称将会节省编程者的输入时间，如果需要在 VBA 过程里多次引用该变量的话。VBA 在变量名称里可使用大写字母或小写字母，然而，大多数编程者使用小写字母。中文也可以作为变量名称使用，但是，不建议使用中文名称。

可以通过一个专门的语句来声明变量，或者也可以直接在语句里使用变量（而不需要声明）。当声明变量时，实际上是让 VBA 知道该变量的名称和数据类型，这种方式称为"显式声明变量"。

如果在使用变量前不告诉系统关于该变量的任何信息，即隐式创建这个变量。没有明确声明的变量会自动地分配为 Variant 数据类型。虽然不声明变量很方便（可以随意创建变量，并且不用事先知道被赋值的数值的数据类型就可以赋值给该变量），但是，它会导致很多问题。

显式声明变量的好处如下。

① 显式声明变量加速过程的执行。因为 VBA 知道数据类型，它只会占用实际储存数据需要的内存量。

② 显式声明变量使编程者的代码可读性和可理解性增加，因为所有的变量都已列在过程的最前面。

③ 显式声明变量帮助预防由于变量名称拼写错误而导致的错误。VBA 根据变量声明里的拼写自动更正变量名称。

隐式声明变量的坏处如下。

① 如果编程者错误拼写了一个变量名称，VB 会显示运行时间错误，或者产生一个新的变量。这就需要浪费很多时间来做故障排除。然而，如果在过程前声明了变量，这些问题就可很容易避免。

② 因为 VBA 不知道要保存的变量的数据类型，它将分配给它 Variant 数据类型。这导致过程运行要慢一些，而且 VBA 每次在处理这个变量时不得不检查数据类型。Variant 可以储存任何一种数据类型，这就使得过程不得不占用更多的内存来储存该数据。

因此在编写程序时，良好的习惯是在使用变量前声明变量，并指定其数据类型。

显式声明变量的格式为：

Declare　<变量名>　as　<数据类型>

其中，Declare 为 Dim、Static、Redim、Public、Private 之一。

如：Dim tname As String

tname="I am a strong man!"

例 14 - 6　以下程序使用了四个变量，每个变量在程序中被赋值一次，其中，前三个变量说明了数据类型；最后一个变量不做说明，但程序照样可以执行。

```
Sub 三角形( )
Dim a As Integer,b As Integer,c As Integer,周长
a=10
b=20
c=15
周长=a+b+c
MsgBox 周长
End Sub
```

变量是将值存入内存中的，而 VBA 读取任何对象的属性值或者计算一个表达式的时间都会远远大于读取内存中数据的时间。基于这个特点，当某个对象在表达式多次出现时，尽量使用变量来表示它。

假设表达式"Cells（2，1）* Cells（2，1）* Cells（2，1）"要在某过程中多次出现，那么它会进行多次三个单元格的乘法运算。如果使用变量代替该表达式，那么在过程中仅仅在对变量赋值时计算一次，以后的几次调用，都不再需要计算，而是直接获取变量的值即可。

1）固定长度的字符串变量

即在声明时指定变量能够包含的字符数。

例如，语句：

```
Dim strFixedLong As String*100
```

声明了一个保存 100 个字符的字符串变量，即无论赋予该变量多少个字符，总是只包含 100 个字符，这种固定长度的字符串变量的字符串最长不能超过 65 526 个字符。

2）动态字符串变量

声明字符串变量的语句：

```
Dim strDynamic As String
```

可以给 strDynamic 变量任意赋值，最多可包含 20 亿个字符。

3）数值型数据变量

```
Dim i As Integer
Dim rl as Long
i=100              '正确的使用
i=65536            '错误的使用,已经超过变量的存储范围
rl=1048576         '正确的使用
```

4）Date 日期型变量

日期型变量中的数据在赋值时必须用 # 号把数据括起来。如：

```
Dim myDate As Date
myDate=#8/15/07#
myDate=#June 6,2009#
```

5）Boolean 布尔型变量

只有两个值 True、False 如：

```
Dim bl As Boolean
bl=True
```

3. 变量的作用域

变量的作用域是指变量的使用范围。变量在不同的位置或使用不同的 Declare 来声明时，它能够被访问的范围也是不同的。变量的作用域分为过程作用域、私有作用域和公共作用域。

1）过程作用域

该作用域的变量只能在创建它的过程或模块内使用，并随过程的结束而消失。如：

```
Sub n_Total()
Dim I as integer
……
End Sub
```

其中，变量 I 在过程运行时能够在过程中的语句被访问，过程结束时变量所占的空间也

就跟着被释放，变量也就消失了。

2）私有作用域

对于私有作用域的变量，局限在模块内的所有过程使用，可以起到在模块内的过程或函数之间传递数据的作用。如：

```
Private aa As String
Sub n_Total( )
Dim i As Integer
……
End Sub
```

变量 aa 在整个模块的所有过程中都能够被访问。由于在变量前面加入了 Private，因此其他模块中的过程不能访问该变量。一般地，在模块的前面声明，且不是在某一过程中说明的变量是模块内的公共变量，模块中的所有过程都可以访问该变量。

3）公共作用域

公共作用域的变量可以让所有模块中的所有过程使用，可以在模块之间传递数据。必须注意的是，此声明公共作用域变量的语句一般在模块的前面，且不能是在某一过程中说明的，并在声明该变量时前面使用保留字 Public 来说明。如：

```
Public pnt As String
Sub Tot( )
……
End Sub
```

变量 pnt 在所有模块的所有过程中都能够被访问，其他模块的过程访问该变量时，必须在变量名前面加上定义该变量的模块名称才能调用它。

例 14 - 7 创建输入工作时间，计算工龄的函数。

```
Option Explicit                                    '强制变量声明的语句
Dim checkin,workyear As Integer
Public Function Calcom( )As Integer
    Workyear=Year(Date)-checkin
End Function
Sub WorkCheckin( )
    checkin=InputBox("请输入你的工作年份")
    Call Calcom
    MsgBox workyear
End Sub
```

此例中的代码均在同一模块中。第一条语句说明了在整个模块中，所有的变量都必须显式声明；第二条语句说明了整个模块中的公共变量 checkin 和 workyear，在模块的前面和所有过程的外面说明的变量与私有变量类似，可以被模块的所有过程访问，在程序运行时起到模块中过程之间传递数据的作用。当运行 WorkCheckin 时，输入的工作年份存入变量 checkin 中，它在 Calcom 中也能被访问，因此可以与系统时间中的年份 Year（Date）进行比较，算出工作的实际年数，存入变量 workyear 中，而 workyear 也是模块中的公共变量，所以可以由 WorkCheckin 过程将变量 workyear 的值显示出来。

14.3　数组与运算符

14.3.1　数组

数组是按顺序存储的一组索引数据值，这些值存储在连续的内存空间中，也可以说数组是具有相同数据类型并共同享有同一个名字的一组变量的集合。数组中的元素通过索引数字加以区分，数组与变量一样，也是通过 Dim 进行声明的。声明时在数组名称的后面加上一对括号，括号中可以指定数组的大小，也可为空。对于括号内有值的数组，称为固定数组，否则称为动态数组。

1. 数组的定义

定义数组的方法如下：

`Dim array_name(n) As <数据类型>`　　　　　　　　　　（其中 n 是数组元素的个数）

例如：

```
Dim myArray(20)   As Long                    'MyArray 为固定数组
Dim myName( )   As Integer                   'MyName 为动态数组
```

上面两个语句分别定义了一个具有 20 个元素的固定数组和一个动态数组。

声明数组时的另一种方法是不给定数组的大小，而是在程序运行时再说明其大小，这可以通过创建动态数组来实现。例如，程序需要保存表格中某列的所有数据，可以通过动态获取这组数据的个数后再定义数组的个数。

声明动态数组的语法如下：

`Dim dyn_array( ) As <数据类型>`

对数组声明后可以在程序运行时用 ReDim 语句指定数组的大小。如：

`ReDim dyn_array(array_size)`

参数 array_size 代表数组的新大小。如果要保留数组的数值，请在 ReDim 语句后使用保留字 Preserve，具体语法如下：

```
ReDim Preserve dyn_array(array_size)
```

引入数组的目的主要是可以与循环语句结合起来实现对数组元素循环的操作。

2. 数组的使用

使用数组即是对数组中的每一个元素进行操作，通过数组的名称加上括号和元素的索引值就可以访问相应的元素。默认的情况下，第一个元素的索引数字是 0。如：

```
Dim myArray(20) As Long
```

则可以执行下面的语句：

```
myArray(0)=1
myArray(1)=2
myArray(3)=3
……
myArray(19)=20
```

14.3.2　运算符

运算符是编程语言的基本要素。与 SQL 语言一样，VBA 也有运算符，它是连接数据构成表达式的符号。

1. 常用的 VBA 的运算符

① 赋值运算符：＝

② 数学运算符：＋（加）、－（减）、Mod（取余）、\（整除）、*（乘）、/（除）、－（负号）、^（指数）

③ 逻辑运算符：Not（非）、And（与）、Or（或）、Xor（异或）、Eqv（相等）、Imp（隐含）

④ 关系运算符：＝（相同）、〈〉（不等）、＞（大于）、＜（小于）、＞＝（不小于）、＜＝（不大于）、Like、Is

⑤ 字符连接符：&、＋

2. 运算符的使用

赋值运算符将一个常量、变量或表达式的值赋予一个变量；字符连接符将字符串连接起来得到一新的字符串；数学运算符运算的结果为数值；逻辑运算符、关系运算符连接的式子运算的结果为逻辑值。

如：

```
Dim chksign As Boolean
chksign="A" Like "A"                          '结果 True
chksign="a" Like "A"                          '结果 False
chkFlag="A" Like "AAA"                        '结果 False
```

例 14 - 8 编程判断产品基本信息表中 B3 单元格中的值是否为"XXml 百年"的名称。

```
Public Sub testif( )
Dim a As Boolean,s1 As String
s1=Sheets("产品基本信息").Range("b3")
a=s1 Like "*ml 百年"
MsgBox s1 & a
End Sub
```

结果为：

100 ml 百年 True

使用逻辑表达式可以用来表示比较复杂的条件，一般都用逻辑运算符连接多个关系表达式的构成。

例如，使用变量 age 保存年龄，若条件为 10＜age≤30（大于 10 岁且小于 30 岁），其对应的逻辑表达式的写法如下：

（age>10）　And　（age<=30）

其中，（age＞10）和（age＜＝30）两者为关系表达式，两者间利用 And 逻辑运算符连接。

同样，逻辑表达式的运算结果只有真（True）或假（False）这两个值之一。

例如，若 a 值为 6，求下列式子逻辑运算后的结果：

（a>1）　And　（a<=10）	检查是否 1<a≤10,结果为 True
（a<1）　Or　（a>=5）	检查 a 是否小于 1 或大于 5,结果为 True

3. 表达式中运算符的执行次序

表达式是由数据与运算符连接得到的有意义的式子，并按特定次序对数据进行运算。因此，VBA 将运算符分成不同的优先级，如果在一个式子中包含多个运算符，则按优先级的顺序执行运算。

运算符优先顺序如下。

在一个表达式中进行若干操作时，每一部分都会按预先确定的顺序进行计算求解，称这个顺序为运算符的优先顺序。

在表达式中，当运算符不止一种时，要先处理算术运算符，接着处理比较运算符，然后再处理逻辑运算符。所有比较运算符的优先顺序都相同，因此要按它们出现的顺序从左到右进行处理。而算术运算符和逻辑运算符则必须按表 14 - 2 优先顺序进行处理，表中在上面的运算符优先顺序高于同列下面的运算符。

表 14 - 2　运算符优先顺序

算术运算符	比较运算符	逻辑运算符
指数运算（^）	相等（＝）	Not
负数（－）	不等（<>）	And
乘法和除法（＊、/）	小于（<）	Or
整数除法（\）	大于（>）	Xor
求模运算（Mod）	小于或相等（<＝）	Eqv
加法和减法（＋、－）	大于或相等（>＝）	Imp
字符串连接（&）	Like、Is	

当乘法和除法同时出现在表达式中时，每个运算符都按照它们从左到右出现的顺序进行计算；当加法和减法同时出现在表达式中时，每个运算符也都按照它们从左到右出现的顺序进行计算。可以用括号改变优先顺序，强令表达式的某些部分优先运行。括号内的运算总是优先于括号外的运算。但是，在括号之内，运算符的优先顺序不变。

字符串连接运算符（&）不是算术运算符，但是，就其优先顺序而言，它在所有算术运算符之后，而在所有比较运算符之前。

Like 的优先顺序与所有比较运算符都相同，实际上它是模式匹配运算符。

Is 运算符是对象引用的比较运算符。它并不将对象或对象的值进行比较，而只确定两个对象引用是否参照了相同的对象。

练习题

1. 什么是过程程序和事件程序？过程程序和事件程序有什么区别？

2. 程序中在什么情况下才定义一个常量？

3. 创建一个使用输入、输出函数的过程，当输入一单元格地址后能够显示该单元格中的值。

4. 编程当启动工作本后，能够弹出一个带有显示文字的窗体。

5. 定义一个有 5 个元素的数组，并对数组进行随机赋值后用输出函数将它们逐一显示出来。

6. 编程实现模糊查找，求在输入一个单元格地址后判别其中值是否"XXml 百年"的文本。

7. 编程测试不同类型和不同作用域变量的使用方法。

8. 用 Private 说明的过程是什么？它是在什么范围内被使用的？

9. 设计一个小程序，将某一区域的数据复制到指定区域。

10. 设计一个例子，测试 Public 与 Private 说明的过程的区别。

第 15 章

控制语句的使用

【本章概要】

本章介绍 VBA 程序设计的基本流程控制语句的使用，主要介绍判断语句、循环语句与转向语句的使用方法，并通过实例对循环语句做进一步的介绍。

【学习目标】

1. 熟练掌握判断语句 If、Select Case 的使用方法；
2. 熟练掌握循环语句 For、Do、While 的使用方法；
3. 了解转向语句 Goto 的使用方法。

【基本概念】

流程控制

所有的程序语言中，语句都是按照先后的顺序来执行的。但在实际应用中，经常需要改变程序执行的顺序和重复某些操作来实现人机交互和流程的控制等重要的功能，而实现这些功能的语句就是控制语句。流程控制语句主要有选择判断语句和循环语句两种。下面对 VBA 中的这两种语句进行介绍。

15.1 选择与判断语句

在程序运行的过程中，经常需要进行各种判断和选择，并且根据判断的情况返回不同的结果或执行不同的操作。VBA 程序中实现选择判断的语句有 If 语句和 Select 语句。

15.1.1 If 语句

If 语句有两种形式：If…Then…语句和 If…Then…ElseIf…Then…Else…语句。

1. If…Then…End If 语句

语法结构为：

```
If <条件表达式> Then
  语句块
End If
```

该语句根据条件表达式的值是 True 还是 False 来决定语句块是否被执行。当条件表达式的值是 True 时，执行语句块中的语句，否则不执行任何语句。

但有时候需要根据某个条件成立与否，从两个语句块（组）中选择一个块（组）来执行，即从两个语句块（组）选一个块（组）来执行。如果条件成立，执行一组语句；如果条件不成立，则执行另外一组语句。这种情况下需要用到 If…Then…Else…End If 语句。

其语法格式如下：

```
If <条件表达式> Then
  语句块 1
Else
  语句块 2
End If
```

执行时，语句首先判断条件表达式的结果，如果为真，则执行语句块 1，否则执行语句块 2。

例 15 - 1 编一个程序，对输入的整数进行判断，根据整数的奇偶性给出提示。

```
Public Sub is even( )
Dim a As Integer
```

```
a=InputBox("Please input a data:")          '将输入的整数存在变量a中
If a/2=a\2 Then                             '判断a是否偶数,偶数使两边相等
 MsgBox a &"is a even!"                      'a是偶数时显示的结果
Else
 MsgBox a &"is not a even!"                  'a是奇数时显示的结果
End If
End Sub
```

2. If 语句的嵌套

如果需要判断 3 种或 3 种以上的条件,即在设计程序时,若碰到需要判别的条件为"如果… 那么… 否则如果… 那么… 否则…",就需要通过 If 语句的嵌套来实现。

其形式为:

```
If <条件表达式 1> Then
   语句块 1
ElseIf <条件表达式 2> Then
   语句块 2
[ElseIf
    ……
ElseIf <条件表达式 n>
     语句块 n]
Else
     语句块 n+1
End If
```

其中的条件表达式 1、…、n 的值均为逻辑值,用中括号括起来的部分是可选的。执行时,若条件表达式 1 的结果为 True,则执行语句块 1,接着转至 End If 后面的语句继续执行;若条件表达式 1 的结果为 False,则检查条件表达式 2 的结果,若为 True 则执行语句块 2,然后转到 End If 后面的语句继续执行;如果还是 False,则判断下一个条件表达式的结果,一直到所有结果的条件都不满足时,才执行 Else 后面的语句块 n+1。

例 15-2 税务部门核收个人所得税时规定,假设当综合收入小于等于 400 元时,国家免收税款。若在 400 元至 600 元之间时,其超过 400 元部分税率为 30%,600 元以上的,除收 30%外,其超过 600 元部分再核收 20%税,外加 80 元手续费,试编写计算这一税收的程序。

算法如下。

设 X 为个人收入, Y 为应缴的税款,则有:

$$Y=\begin{cases} 0 & x\leqslant 400 \\ (x-400)\times 0.3 & 400<x\leqslant 600 \\ (x-400)\times 0.3+(x-600)\times 0.2+80 & x>600 \end{cases}$$

程序如下：

```
Public Sub calctax()
Dim x,y As Double
y=0
x=InputBox("请输入你的收入:")
If x<=400 Then
    MsgBox "免税!"
ElseIf x<=600 Then
    MsgBox "税款为" & (x-400)*0.3
Else
    MsgBox "税款为" & (x-400)*0.3+(x-600)*0.2+80
End If
End Sub
```

执行时：

输入 400,结果"免税!";

输入 500,结果"税款为 30";

输入 623,结果"税款为 151.5"

15.1.2 Select 语句

从上面的讨论可以看到，如果需要判断的条件比较多，则需要书写的分支也较多。使用 If 语句的嵌套就比较烦琐，并且程序的可读性也比较差。VBA 提供了一种更加简洁的多分支结构语句——Select Case 供使用。

其语法格式如下：

```
Select Case 表达式
Case 表达式列表 1
    语句块 1
Case 表达式列表 2
    语句块 2
……
Case 表达式列表 n
    语句块 n
Case Else
    语句块 n+1
End Select
```

其中表达式可以是任何数值表达式或字符串表达式。而表达式列表的形式为：

值,值 To 值,Is 比较运算符 值

的一个或多个组成的分界列表。To 关键字可用来指定一个数值范围。如果使用 To 关键字,则较小的数值要出现在 To 之前。使用 Is 关键字时,则可以配合比较运算符(除 Is 和 Like 之外)来指定一个数值范围。如果没有提供,则 Is 关键字会被自动插入。

执行时,根据表达式的值,来决定执行几组语句块中的其中之一。如果表达式匹配某个 Case 后的表达式列表时,则在 Case 子句之后,直到下一个 Case 子句之间的语句块会被执行;如果是最后一个子句,则会执行到 End Select 之前,然后控制会转移到 End Select 之后的语句。如果表达式匹配一个以上的 Case 子句中的表达式列表,则只有第一个匹配的 Case 子句后面的语句会被执行。

Case Else 子句用于指明语句块 n+1,当表达式和所有的 Case 子句中的表达式列表都不匹配时,则会执行这个语句块。虽然不是必要的,但是在 Select Case 区块中,最好还是加上 Case Else 语句来处理不可预见的表达式值。如果没有 Case 后的表达式列表匹配表达式,而且也没有 Case Else 语句,则程序会从 End Select 之后的语句继续执行。

可以在每个 Case 子句中使用多重表达式或使用范围。例如,下面的语句是正确的:

```
Case 1 To 4,7 To 9,11,13,Is>MaxNumber
```

例 15-3 使用 Select Case 来判断变量内的值的语句。

```
Dim Number As Integer
Number=8                              '设置变量初值。
Select Case Number                    '判断 Number 的值。
Case  1 To 5                          'Number 的值在 1 到 5 之间,包含 1 和 5。
   Msgbox "Between 1 and 5"
Case  6,7,8                           'Number 的值在 6 到 8 之间。
   Msgbox "Between 6 and 8"
Case  9 To 10                         'Number 的值为 9 或 10。
   Msgbox "Greater than 8"
Case Else                            '其他数值。
   Msgbox "Not between 1 and 10"
End Select
```

其中,第二个 Case 子句包含了变量的值,故只有此区块内的语句会被执行。

例 15-4 编程显示指定的表中指定单元格的内容。

```
Sub TestSelect()
Dim s1 As String,se1 As Integer
se1=InputBox("请输入需要提取数据的表的序号:")
Select Case se1
   Case 1
```

```
  s1="产品基本信息"
  Case 2
  s1="入库管理"
  Case 3
  s1="出库管理"
  Case 4
  s1="出库汇总分析"
  Case else
  s1="本期库存汇总"
End Select
  MsgBox Sheets(s1).Cells(5,4)
End Sub
```

执行时，输入需要提取数据的表的序号，存入变量 se1 中，然后由 Select Case 语句判别后将相应的表名存入变量 s1 中，再将对应表中的第 5 行第 4 列中的数据显示出来。

15.2 循 环 语 句

在程序执行时，需要重复执行某些语句多次时，则需要使用循环结构的语句来实现。循环结构语句是有条件地重复执行一段代码的语句。VBA 提供了三类循环结构，分别是 For…Next、Do…Loop 和 While…Wend。每种结构均由三部分组成：循环开始部分（如 For、Do、While）、循环体部分（语句块）和循环结束部分（如 Next、Loop、Wend）。

15.2.1 FOR 语句

1. For…Next 语句
以指定次数来重复执行一组语句。
语法格式：

```
For counter=start To end [Step step]
  statements
  [Exit For]
  statements
Next [counter]
```

For 语句的语法具有以下几个部分。
● counter：必要参数。用作循环计数器的数值变量。这个变量不能是 Boolean 或数组元素。

- start：必要参数。counter 的初值。
- End：必要参数，counter 的终值。
- Step：可选参数。counter 的步长。如果没有指定，则 step 的缺省值为 1。
- Statements：可选参数。放在 For 和 Next 之间的一条或多条语句，它们将被执行指定的次数。

说明：step 参数可以是正数或负数。step 参数值决定循环的执行情况，如下所示：

值	循环执行,如果
正数或 0	counter<=end
负数	counter>=end

当所有循环中的语句都执行后，step 的值会加到 counter 变量中。此时，循环中的语句可能会再次执行（基于循环开始执行时同样的测试），也可能是退出循环并从 Next 语句之后的语句继续执行。

可以在循环中任何位置放置任意个 Exit For 语句，随时退出循环。Exit For 经常在条件判断之后使用，如放在 If...Then 语句中，并将控制转移到紧接在 Next 之后的语句。

可以将一个 For...Next 循环放置在另一个 For...Next 循环中，组成嵌套循环。不过在每个循环中的 counter 要使用不同的变量名。

下面的体系结构是正确的：

```
For I=1 To 10
    For J=1 To 10
        For K=1 To 10
        ...
        Next K
    Next J
Next I
```

例 15 - 5　求 1 至 100 的和。

```
Public Sub sum100()
Dim i,sum1 As Integer
sum1=0
For i=1 To 100
sum1=sum1+i
Next
MsgBox sum1
End Sub
```

2. For Each...Next 语句

For...Next 语句的另一种形式为 For Each...Next 语句，它针对一个数组或集合中的每个元素，重复执行一组语句。

其语法形式如下所示：

```
For Each element In group
    语句块 1
    [Exit For]
    语句块 2
Next
```

其中，element 为一个变量名称，用来在集合或数组中遍历每个元素。element 的数据类型必须是 group 中元素的数据类型，group 为一个对象集合或数组的名称。

执行到语句时，当 group 内至少有一个元素，就能进入 For Each...Next 循环。一旦进入循环，便会针对 group 内的第一个元素来执行循环一次；若 group 内有更多元素，则循环内的语句块就会针对每个元素继续执行一次。当各元素都执行一次后，循环便结束，转去执行 Next 语句后面的语句。

在循环中可以在任何位置放置任意个 Exit For 语句，随时退出循环。Exit For 经常在条件判断之后使用，并将控制转移到紧接在 Next 之后的语句。

例 15 - 6 用户在 Excel 工作表中选定单元格的数量是不固定的，若需统计所选单元格中所有数值之和，可使用 For Each 循环来进行处理，对选中区域中的每个单元格的值进行判断，然后再累加单元格内的数值，得出结果。

程序如下：

```
Sub 求和( )
    Dim r As Object
    Dim t As Long
    For Each r In Selection
        If IsNumeric(r.Value)Then
            t=t+r.Value
        End If
    Next
        MsgBox "所选区域内的数值之和为:"& t
End Sub
```

程序执行时，由于 Selection 对象对应于用户在表格中选择的区域，因此在循环中使用变量 r 遍历 Selection 中的每一元素（对应每一单元格）；然后使用 IsNumeric 函数判别 r 中的值是否是数值，如果是，则将其值加到变量 t 中，最后将 t 的值，即所选单元格中的值的和显示出来。

15.2.2 DO 语句

Do 语句的形式有：Do While...Loop、Do Until...Loop、Do...Loop While、Do...Loop

Until 等。

1. Do While...Loop 语句

Do While...Loop 循环语句是 VBA 中最基本的循环语句。当循环语句中的条件表达式为真（True）时，重复执行循环体代码。

其语法格式如下：

```
Do While <条件表达式>
    语句块 1
    [Exit Do]
    语句块 2
Loop
```

在执行上述循环语句时，系统首先计算条件表达式的值，如果为真（True）时，则执行 Do While 到 Loop 之间的语句，即循环体；否则跳过循环体，执行 Loop 后面的语句。在执行语句到达 Loop 时，再返回至 Do While 处判断条件表达式的值，如果仍然为真，则重复执行循环体；否则结束循环。因此，循环体内必须要有语句修改条件表达式的值，且在某一时刻会将该值变为 False，否则循环会无限执行而无法终止。如果在循环体内加上 Exit Do 语句，则系统执行到该语句时也会立即跳出循环。因此，常常将 Exit Do 语句放在判断语句中，当某个条件满足时强行退出循环。

例 15 - 7　将库存汇总分析表中的期初库存金额计算后填入表中，如图 15 - 1 所示，即填入表中从第 4 行开始到 15 行中的每行的第 6 列的单元格中。

	A	B	C	D	E	F	G	H	I	J	K	L
1				本　期　库　存　汇　总　分　析								
2	品码	品名	数量 单位	期　初　库　存			本　期　入　库			本　期　出　库		
3				数量	单价	金额	数量	单价	金额	数量	单价	金额
4	001	100ml百年	瓶	19	12.2							
5	002	125ml五年	瓶	56	13							
6	003	200ml百年	瓶	3	15.2							
7	004	620雪花啤酒	瓶	22	2.9							
8	005	江苏红赤霞珠	瓶	2	26							
9	006	江苏红解百纳	瓶	10	40							
10	007	老百年	瓶	5	52							
11	008	妙酸乳	瓶	35	5.8							
12	009	100%牵手	瓶	22	7.9							
13	010	三星迎驾	瓶	5	20							
14	011	五粮春	瓶	3	60							
15	012	燕京无醇啤酒	瓶	33	6							

图 15 - 1　库存汇总分析表

程序的思路如下。

动态取得表格有数据的最大行数，将从第 4 行开始到有数据的最后一行中的每行第 4 列的值与第 5 列的值取出相乘后，写入同一行的第 6 列的单元格中。因此，需要使用循环语句来实现从第 4 行开始到有数据的最后一行的重复的相乘操作。

程序代码如下：

```
Public Sub total()
    Dim aa,i As Integer
    aa=Worksheets("本期库存汇总").Range("a65536").End(xlUp).Row
    i=4
    Do While i<=aa
    Cells(i,6)=Cells(i,4)*Cells(i,5)
    i=i+1
    Loop
End Sub
```

其中，Worksheets（"本期库存汇总"）.Range（"a65536"）.End（xlUp）.Row 是取得表中有数据的最大行数的语句。变量 i 为控制循环的次数，即对应处理的行号，初值为 4。

执行程序后结果如图 15-2 所示。

2/3	品码	品名	数量单位	期 初 库 存			本 期 入 库			本 期 出 库		
				数量	单价	金额	数量	单价	金额	数量	单价	金额
4	001	100ml百年	瓶	19	12.2	231.8						
5	002	125ml五年	瓶	56	13	728						
6	003	200ml百年	瓶	3	15.2	45.6						
7	004	620雪花啤酒	瓶	22	2.9	63.8						
8	005	江苏红赤霞珠	瓶	2	26	52						
9	006	江苏红解百纳	瓶	10	40	400						
10	007	老百年	瓶	5	52	260						
11	008	妙酸乳	瓶	35	5.8	203						
12	009	100%牵手	瓶	22	7.9	173.8						
13	010	三星迎驾	瓶	5	20	100						
14	011	五粮春	瓶	3	60	180						
15	012	燕京无醇啤酒	瓶	33	6	198						

图 15-2 执行后的结果

2. Do Until...Loop 语句

此语句和 Do While...Loop 语句都属于前测试循环语句，两者使用上的差异在于：前者为不满足条件时才进入循环，即条件表达式为 False 时，执行 Do Until...Loop 语句；而当条件表达式为 True 时，语句 Do While...Loop 才会被执行。

Do Until...Loop 语句语法形式如下：

```
Do Until <条件表达式>
    语句块 1
    [Exit Do]
    语句块 2
Loop
```

执行语句时，当条件表达式的结果为 False 时，进入循环体运行语句；当条件表达式的结果为 True 时，跳出循环，转去执行 Loop 后的语句。Do Until…Loop 语句可以与 Do While…Loop 语句相互替换。修改例 15-7 的循环语句为 Do Until…Loop，执行的结果还是相同的。

即将上例中循环语句改为如下程序段即可：

```
i=4
Do Until i>aa
Cells(i,6)=Cells(i,4)*Cells(i,5)
i=i+1
Loop
```

3. Do…Loop While 语句

有时候需要让循环体至少被执行一次，则可以使用 Do…Loop While 语句来实现。其语法格式如下：

```
Do
  语句块 1
  [Exit Do]
  语句块 2
Loop While <条件表达式>
```

执行语句时，语句块 1 到语句块 2 的语句首先被运行一次，然后再判断条件表达式的结果：如果为 True，则继续执行循环体语句，否则退出循环，因此这种语句中的循环体至少被执行一次。此语句与前面的两种循环语句不同，它是属于后测试循环语句。

例 15-8　在如图 15-2 所示的表格中查找指定的商品期初库存数量。

算法如下。

首先获取用户输入的商品名称，然后计算表格中有商品名称的最大行号，再提取第一个商品名称与输入的名称进行比较，如果相等，则输出相应的商品名称及数量，否则循环查找表格中的商品名称，找到时显示，找不到时就终止程序。

程序如下：

```
Public Sub find()
    Dim a,b As Integer,ss As String
    b=3
    ss=InputBox("请输入要查询的品名")
    a=Sheets("本期库存汇总").Range("a65536").End(xlUp).Row
    Do
    b=b+1
    If Cells(b,2)=ss Then
```

```
    MsgBox ss &"现有"& Cells(b,4)&"瓶"
    Exit Do
    End If
    Loop While b<=a
End Sub
```

4. Do...Loop Until 语句

该语句与 Do...Loop While 语句类似，不同之处在于继续循环的条件。当条件表达式的结果为 False 时，语句继续循环；为 True 时则终止循环语句的执行。

其语法形式如下：

```
Do
    语句块 1
    [Exit Do]
    语句块 2
Loop Until <条件表达式>
```

在实际应用中，只需将条件表达式做个变换，前两种 Do 语句可以相互替换，同样后两种 Do 语句之间也可以相互替换。

15.2.3　WHILE 语句

只要指定的条件为 True，则会重复执行一系列的语句。

语法：

```
While condition
    statements
Wend
```

While...Wend 语句的语法具有以下几个部分。

- condition：必要参数。数值表达式或字符串表达式，其计算结果为 True 或 False。如果 condition 为 Null，则 condition 会视为 False。
- statements：可选参数。一条或多条语句，当条件为 True 时执行。

说明：如果 condition 为 True，则所有的 statements 都会执行，一直执行到 Wend 语句。然后，再回到 While 语句，并再一次检查 condition，如果 condition 还是为 True，则重复执行；如果不为 True，则程序会从 Wend 语句之后的语句继续执行。

While...Wend 循环也可以是多层的嵌套结构。每个 Wend 匹配最近的 While 语句。

例 15-9　求 1 至 9 的和。

```
Public Sub w()
a=1
```

```
s=0
While a<10
s=s+a
a=a+1
Wend
MsgBox s
End Sub
```

15.3   转 向 语 句

使用转向语句来强制改变程序的流程方向，跳过程序的某一部分语句直接去执行另一部分语句，也可使程序返回已执行过的语句使之重复被执行。

语法形式：Goto   标号

其中，标号是一个合法的字符串，并且放在需要跳转到的语句前面，使用"："与后面的语句分隔，如下面程序中的标号 a100。

例 15 - 10   求 1～100 的和。

```
Public Sub GotoSub()
Dim i,sum1 As Integer
sum1=0
i=1
a100:i=i+1
sum1=sum1+i
If i<=100 Then
Goto a100
End If
MsgBox sum1
End Sub
```

上面讨论的循环语句可以分为两类：一类是先判断条件再执行循环，如 Do While、For 等；另一类是先执行循环后再判断决定是否继续循环，如 Do...Loop while、Goto 等。所有的第一类循环语句可以相互替换；同样的，所有的第二类循环语句也可以相互替换。因此，在众多的循环语句中，只需要对每一类型的循环语句，熟悉其中的一种语句即可。

15.4   循环语句的实例

上面多个不同形式的循环语句，只要掌握了它们的特点后，就可以对实际应用中的问题，选择其中合适的循环语句来编程应用。下面对工资管理应用中还未讨论的问题，使用 VBA 编程的方法来解决。

15.4.1 工资系统中的税率计算

例 15-11 在前面讨论的工资管理的应用中，由于税率的计算需要做大于 7 种以上的判断，使用 If 函数的嵌套最多只能是 7 层，因此只能采用其他方式来计算税率。下面介绍通过 VBA 编程的方法来实现税率的计算。

算法如下。

对如图 15-3 所示的"工资发放明细表"，首先动态地获取表格中有数据的最大行号，循环执行从第 3 行开始到有数据的最大行号数，对表中每一行工资的数据，取出该行的第 M 列的"应发合计"中的值，再根据"工资计算各种比率表"中的"个人应税所得税"税率计算方法进行判断，将得到的结果写入 S 列中。

	B	C	D	E	F	G	H	I	J	K	L	M	N	O	P	Q	R	S	T	U
1							企业员工工资发放明细表													
2	员工姓名	性别	所属部门	职位	基本工资	职位工资	奖金	住房补贴	伙食补贴	交通补贴	医疗补贴	应发合计	住房公积金	养老保险	医疗保险	失业保险	考勤与奖罚款	个人所得税	应扣合计	实发合计
3	刘勇	女	办公室	经理	1200	1000	1000	600	400	200	150	4550	220	176	44	22	7.5		469.5	4080.5
4	李南	女	办公室	职员	1200	500	400	300	150	80	80	2710	170	136	34	17	30		387	2323
5	陈双双	女	人事部	经理	1200	1000	1000	600	400	200	150	4550	220	176	44	22	0		462	4088
6	叶小米	女	办公室	职员	1200	500	400	300	150	80	80	2710	170	136	34	17	50		407	2303
7	林佳	男	销售部	经理	800	1000	1000	600	400	200	150	4150	180	144	36	18	15		393	3757
8	彭力	男	销售部	主管	800	800	700	450	260	150	120	3280	160	128	32	16	0		336	2944
9	范琳琳	女	财务部	职员	1300	500	400	300	150	80	80	2810	180	144	36	18	15		393	2417
10	易昊亮	女	研发部	经理	1500	1000	1000	600	400	200	150	4850	250	200	50	25	0		525	4325
11	黄海燕	女	人事部	职员	1200	500	400	300	150	80	80	2710	170	136	34	17	0		357	2353
12	张浩	男	人事部	职员	1200	500	400	300	150	80	80	2710	170	136	34	17	45		402	2308
13	曾春林	男	研发部	主管	1500	800	700	450	260	150	120	3980	230	184	46	23	245		728	3252

图 15-3 工资发放明细表

在设计程序时，用变量 n 表示有数据的最大行号数，变量 i 表示当前正在处理的行号、变量 a 表示在处理每行的数据时存放应发合计单元格中取出的值、变量 tax 表示每一行工资计算后应交的税率；程序中选用 Select Case 语句来判断和计算应交的所得税。

程序如下：

```
Public Sub calctax()
Dim a,tax As Double,i,n As Integer
n=Worksheets("工资发放明细表").Range("a65536").End(xlUp).Row
i=3
Do While i <=n
a=Worksheets("工资发放明细表").Cells(i,13)
a=a-500
Select Case a
    Case Is<=500
    tax= (a-500)*Sheets(4).Range("C14")
```

```
        Case Is <=2000
        tax= (a-500)*Sheets(4).Range("C15")+25
        Case Is <=5000
        tax= (a-2000)*Sheets(4).Range("C16")+175
        Case Is <=20000
        tax= (a-5000)*Sheets(4).Range("C17")+625
        Case Is <=40000
        tax= (a-20000)*Sheets(4).Range("C18")+3625
        Case Is <=60000
        tax= (a-40000)*Sheets(4).Range("C19")+8625
        Case Is <=80000
        tax= (a-60000)*Sheets(4).Range("C20")+14625
        Case Is <=100000
        tax= (a-80000)*Sheets(4).Range("C21")+21625
        Case Else
        tax= (a-100000)*Sheets(4).Range("C22")+29625
    End Select
Worksheets("工资发放明细表").Cells(i,19)=tax
i=i+1
Loop
End Sub
```

15.4.2 复制工资条

工资发放明细表是一个单位发放工资的依据，而工资条则是通知职工工资的凭据。有许多单位在发放工资时也制作工资条。下面介绍编辑一个 VBA 程序，根据已经完成的工资发放明细表来制作工资条的方法，工资条制作完成后的结果如图 15-4 所示。

算法如下。

图 15-4 工资条制作完成后的表格

　　首先将已完成的工资发放明细表中有数据的最大行号数取出，放在变量 n 中，再将工资发放明细表的第 2 行开始直至变量 n 指定的行中的数据复制到工资条表的相同区域，然后将工资条表第一行的空行删除，再从工资条表中将有数据的最大行号数取出，放在变量 n 中，循环操作将此时表中的第一行数据复制到第 3，5，7…，直至大于 $2*n-1$ 为止时停止循环，完成工资条表的生成。完成后，将它们打印出来再剪开，分别发放给每个员工即可。

　　程序如下：

```
Public Sub incomeitem( )
Dim n,i As Integer
n=Worksheets("工资发放明细表").Range("a65536").End(xlUp).Row
Sheets("工资发放明细表").Range("a2:u"& n).Copy Destination:= Sheets("工资条").Range
("a2:u"& n)
Rows(1).Delete
n=Sheets("工资条").Range("a65536").End(xlUp).Row
i=3
Do While i<2*n-1
Rows(i).Insert
Rows(1).Copy Destination:=Sheets("工资条").Rows(i)
i=i+2
Loop
End Sub
```

练习题

　　1. 编写一个程序，对任一单元格中取出来的数据进行判断，如果是数值，则显示出来。

　　2. 用 VBA 编程的方法，求出工作表中有数据的最大行的行号。

　　3. 用各种循环语句将上面求和的程序用不同的方法来实现。

　　4. 用各种循环语句求 1～100 内的偶数之和。

　　5. 前测试循环语句与后测试循环语句的区别是什么？举例说明。

　　6. 编写一个程序，根据用户输入的产品名称，将找到的产品信息显示出来，找不到时，给出一个提示。

　　7. 比较 If 语句与 Select Case 语句的特点，指出它们在什么情况下使用更合适。

　　8. 定义一个数组，并对有 10 个元素的数组，依次对每一元素赋予一个随机值，然后再求数组元素的和，并显示出来。

　　9. 编写一个程序，求某一区域内所有数据和的过程。

第 16 章

调查问卷的设计

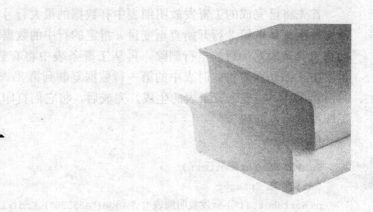

【本章概要】

　　本章介绍调查问卷的设计方法和电子化调查问卷制作过程使用的相应控件，并通过一个实例讲解了实际制作的步骤和方法，包括电子化调查问卷的制作，回收后的数据汇总和处理，以及使用图表的方式给出统计的结果。

【学习目标】

1. 熟练掌握窗体控件的使用方法；
2. 掌握电子化调查问卷的设计、制作的方法；
3. 了解回收数据的汇总、处理及统计的方法。

【基本概念】

　　窗体控件

调查问卷又称调查表或询问表，它是市场调查的一种重要工具，用以记载和反映调查内容和调查项目的表格。按照调查方法的不同，问卷分为访问问卷、电话问卷、发送问卷、邮政问卷、报刊问卷等，各种方式有其特点和适用的情况。借用电子化的手段进行市场调查有其独到的特点，可以快速方便地收集用户的反馈和进行数据的分析，并依据结果适时地调整策略和作出决策。

16.1　调查问卷表设计的问题

问卷的设计是市场调查的重要一环，特别是在商机瞬息万变的时代里。为了有利于数据的统计和处理，调查问卷最好能直接被计算机读取，甚至是直接使用电子化的手段，可以节省时间，提高统计的准确性。下面介绍使用 Excel 的工具来设计电子化问卷的方法。

16.1.1　调查问卷的设计

1. 问卷的组成部分

一份正式的调查问卷一般包括以下三个组成部分。第一部分，前言。主要说明调查的主题、调查的目的、调查的意义，以及向被调查者表示感谢。第二部分，正文。这是调查问卷的主体部分，一般设计若干问题要求被调查者回答。第三部分，附录。这一部分可以将被调查者的有关情况加以登记，为进一步的统计分析收集资料。

2. 问卷设计的原则

1）有明确的主题

根据调查主题，从实际出发拟题，问题目的明确，重点突出，没有可有可无的问题。

2）结构合理、逻辑性强

问题的排列应有一定的逻辑顺序，符合应答者的思维习惯。一般是先易后难、先简后繁、先具体后抽象。

3）通俗易懂

问卷应使应答者一目了然，并愿意如实回答。问卷中语气要亲切，符合应答者的理解能力和认识能力，避免使用专业术语。对敏感性问题采取一定的技巧调查，使问卷具有合理性和可答性，避免主观性和暗示性，以免答案失真。

4）控制问卷的长度

回答问卷的时间控制在 20 分钟左右，问卷中做到不浪费、也不遗漏一个问句。

5）便于资料的校验、整理和统计

问卷资料的校验、整理和统计是一项烦琐且容易出错的工作，在问卷设计，也要考虑好后续相应的汇总和统计的手段和过程。

16.1.2　电子化的工具使用

电子化的调查问卷的设计，通常是使用单选按钮、多选按钮、下拉列表、滚动条等组件组合构成的界面。目的是使被调查者能方便、快速地对问题做出选择，方便收集到的数据整理和汇总。

1. 窗体控件

使用 Excel 的设计工具来设计调查问卷表时，首先必须打开工具窗口，方法是单击菜单栏中的【视图】|【工具栏】|【窗体】命令，打开如图 16-1 所示的界面。

图 16-1　【窗体】工具栏的界面

窗体工具栏包括 12 个控件和 4 个编辑设置及执行按钮，它们的作用如下所述。

1) 控件

① 标签控件：主要作用是显示文字信息。与编辑框控件不同的是，标签控件显示的文字不能直接进行修改。

② 编辑框控件：在表格中插入的 Excel 对话框中使用的控件，用于接收文本的输入和编辑，也可用于文本的显示。

③ 分组框控件：是一个控件的容器，可以将多个控件分组后放入不同的分组框中。

④ 按钮控件：提供一个按钮的设计。

⑤ 复选框控件：提供多个选项选择的控件。

⑥ 选项按钮控件：提供多个选项，从中选择其中的一个控件。

⑦ 列表框控件：以列表的方式显示多个供选择的控件。

⑧ 组合框控件：提供通过下拉列表方式供选择的控件。

⑨ 组合式列表编辑框控件：在表格中插入的 Excel 对话框中使用的控件，是由编辑框和列表框组合的一个控件，以列表的方式提供选择，输入指定单元格一个序数。

⑩ 组合式下拉编辑框控件：在表格中插入的 Excel 对话框中使用的控件，以下拉选项列表的方式提供选择，输入指定单元格一个序数。

⑪ 滚动条控件：通过滚动条的方式输入数字的控件，可以设定上下限和步长等。

⑫ 微调项控件：与滚动条功能相似，但不能设置页步长。

2) 编辑设置和执行的按钮

① 控件属性按钮：选定控件后，单击按钮可以对控件的属性进行设置。

② 编辑代码按钮：选定控件后，单击按钮可以对控件的事件进行编写代码。

③ 切换网格按钮：表格中的网格切换的按钮。

④ 执行对话框按钮：运行对话框的按钮。

2. 窗体控件的应用

窗体控件是构造电子调查问卷表的重要元素，下面对调查表中使用的控件应用方法作介绍。

1）选项按钮控件的应用

"选项按钮"也就是我们通常所说的"单选"按钮。现在以"年龄"调查项为例，来看看具体的设计过程。

第一步：单击【窗体】工具栏上的【分组框】按钮，然后在工作表中拖拉出一个分组框区域，并将分组框名改为"年龄"，如图 16 - 2 所示。

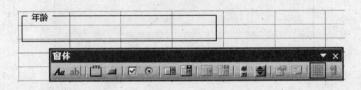

图 16 - 2　加入分组框

第二步：单击【窗体】工具栏上的【选项按钮】，然后在"年龄"分组框中拖拉出一个单选按钮来，并将按钮名称改为相应的调查项字符，如"20 岁"。

第三步：重复上述操作，再添加若干【选项按钮】，或选中第 1 个【选项按钮】，在按住 Ctrl 键的同时，拖动一下鼠标，复制一个选项按钮，修改一下其中的字符即可快速制作出另一个【选项按钮】来，其余按钮类似加入，如图 16 - 3 所示。

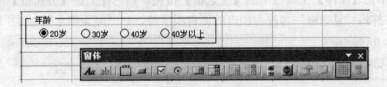

图 16 - 3　加入选项按钮

第四步：右击其中任意一个【选项按钮】，从弹出的菜单中选择【设置控件格式】对话框，如图 16 - 4 所示。

切换到"控制"标签下，在"单元格链接"右侧的输入框中键入或使用拾取器输入一个单元格地址，如"＄A＄2"，按【确定】按钮返回。

此步操作的目的是设置将"年龄"调查项的选择结果保存在 A2 单元格中；在使用时，如果选择了第 1 个、第 2 个、……、第 n 个选项按钮，则该单元格中的值分别显示出 1，2，…，n。

第五步：调整好"分组框"、"选项按钮"的大小和位置即完成设计。

图 16-4 【设置控件格式】对话框

注意：如果不用分组框将选项按钮分组后放在一起的话，则在使用时整个表格中的选项按钮只能有一个被选中。

2）复选框控件的应用

"复选框"在应用中允许用户对同一个调查项可以有多个选项的选择。现在以"存在哪些质量问题"调查项为例，看其具体的设计过程。

第一步：加入一个"存在哪些质量问题"的分组框。

第二步：单击【窗体】工具栏上的【复选框】按钮，然后在上述【分组框】中拖拉出一个"复选框"来，并将"复选框"名改为相应的调查项字符，如"屋面渗水"，如图 16-5 所示。

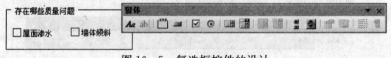

图 16-5　复选框控件的设计

第三步：右击刚才添加的第 1 个【复选框】按钮，打开【设置控件格式】对话框，如图 16-6 所示，切换到"控制"标签下，在"单元格链接"右侧的方框中输入"＄B＄2"，单击【确定】按钮返回。

第四步：重复上述第二、第三步操作，根据调查内容，添加其他复选框。

由于"复选框"的每一个选择结果是 True 或 False 之一，因此对每一个复选框需要有一个单元格存放其选择的结果，所以"单元格链接"地址是不同的，需要逐一设置其指向不同的单元格。

第五步：调整好"分组框"、"复选框"的大小和位置即完成设置。

3）组合框控件的应用

"组合框"即通常所指的"下拉列表框"。现以"学历"调查项为例，看其具体的设计过程。

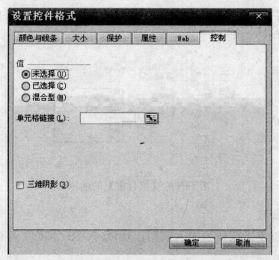

图 16 - 6　【设置控件格式】对话框

　　第一步：设在 A1 至 A11 单元格区域内输入了各学历分类，如图 16 - 7 所示。

　　第二步：单击【窗体】工具栏上的【组合框】按钮，然后在表格相应的位置中拖拉出一个【组合框】来。

　　第三步：右击刚才添加的【组合框】，从弹出的菜单中选择【设置控件格式】菜单项，弹出【对象格式】对话框。

　　第四步：在"数据源区域"右侧的输入框中输入"＄A＄2:＄A＄9"，在"单元格链接"右侧的方框中输入"＄D＄9"，单击【确定】按钮返回，如图 16 - 8 所示。

	A	B
1	学历	家庭人口
2	博士	1
3	硕士	2
4	学士	3
5	大专	5
6	中专	3
7	高中	3
8	初中	5
9	小学	5

图 16 - 7　数据界面　　　　　　　图 16 - 8　对象格式设置界面

　　第五步：调整好【组合框】的大小和位置即可。

使用时，单击【组合框】，从中选择一个学历，则选择的结果对应的序数会存入 D9 单元格中，如图 16 - 9 所示。

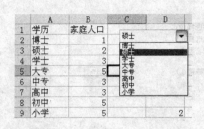

图 16 - 9 【组合框】的使用

4) 微调项控件的应用

"微调项"可以通过单击按钮来输入数据。现以"工作年限"调查项为例，看其具体的设计过程。

第一步：首先确定好输入数据的单元格，如 B2，在 A2 中输入"工作年限"。

第二步：单击【窗体】工具栏上的【微调项】按钮，然后在确定好的单元格边相应的位置拖拉出一个【微调项】来。

第三步：右击刚才添加的【微调项】，从弹出的菜单中选择【设置控件格式】菜单项，弹出【对象格式】对话框，如图 16 - 10 所示。

第四步：在"最小值"、"最大值"、"步长"右侧的输入框中分别输入 0、50、1，在"单元格链接"右侧的输入框中输入"＄B＄2"，单击【确定】按钮返回。

使用时，通过单击【微调项】即可输入数据，如图 16 - 11 所示。

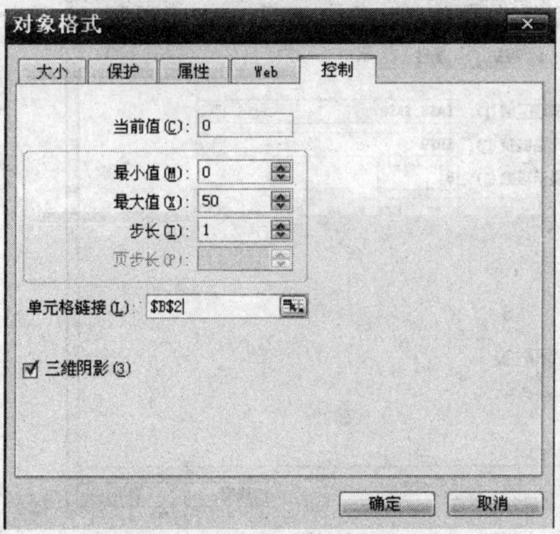

图 16 - 10 【对象格式】对话框

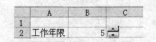

图 16 - 11 【微调项】的使用

16.2 问卷的设计制作与数据的收集和统计

新产品、新应用在进入市场时，需要对市场进行充分调研，掌握消费者的接受程度，从而制定出符合市场需求的策略。现要设计一张调查问卷表，调查用户对电脑电视一体机的看法和接受的情况。

16.2.1 问卷表的设计

1. 建立表头信息

新建工作簿，并将其命名为"新产品市场调查表"，把其中的 Sheet1 重命名为"调查问卷"。将 A1 至 A7 单元格合并为标题栏。其方法是：选中 A1 至 A7，单击【格式】|【单元格】，然后从弹出的【单元格格式】对话框中选择"对齐"选项页，从"文本控制"项中将"合并单元格"选上即可，输入表头"电脑电视一体机调查问卷"；再将 B1 至 B7 单元格合并，输入前言，完成后的界面如图 16-12 所示。

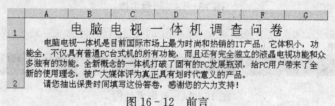

图 16-12 前言

2. 制作问卷主体

问卷主体是调查问卷的主要部分，其内容需要事先规划和拟定好，尽量将相关问题设计成单选或多选按钮的形式，并将每一问题放在同一分组框中。

问卷主体和相应的选择按钮输入如图 16-13 所示。

加入分组框是为了保证每一问题的单选按钮不会相互干扰。在问卷主体和相应的选择按钮输入完成后，必须将用户的选择存入到指定的单元格。

其方法是：将 Sheet2 表作为收集用户选择结果的表，修改表格 Sheet2 的名称为"收集表"，其结构如图 16-14 所示。

将选项按钮结果存入指定单元格的步骤如下。

① 首先选择"调查问卷"表，在第一个分组框，即性别框中右击单选按钮，从弹出的菜单中选择【设置控件格式】对话框。

② 再切换到"控制"标签下，在"单元格链接"右侧的输入框中键入或使用拾取器输入存放用户选择结果的单元格地址，在这里指定其为"收集表! ＄A＄3"，按【确定】按钮返回。

3	1、您的性别：
4	○男　　　　○女
5	2、您属于下列哪个年龄段：
6	○20以下　　○21～30　　○31～50　　○50以上
7	3、您的职业是？
8	○国家公务员　○专业技术人员　○高级管理人员　○工人　○自由职业
9	4、您日常使用计算机的用途？
10	□工作需要　　□上网浏览　　□收发邮件、在线聊天　□其他
11	5、您了解一体机这种新产品吗？
12	○了解　　　○只是知道而已　　○不清楚
13	6、如果您想购买一体机，主要是看中产品的什么特性？
14	□技术先进　　□功能丰富　　□时尚新颖　　□配置合理　□其他
15	7、如果您购买一体机，主要用途是什么？
16	○升级换代　○商务办公　○家庭娱乐　○其他
17	8、您认为液晶一体机定价多少为合理？
18	○4000～5500　○5501～7000　○7001～8500　○8501以上
19	9、您会购买液晶电脑电视一体机吗？
20	○会购买　　　○不会购买

图 16-13　问卷主体

图 16-14　收集表结构

③ 重复上面的两个步骤，即在第二个分组框（"年龄段"分组框）中右击单选按钮，设置其选择结果存放的单元格，这里将其结果指定到"收集表！$B$3"单元格中。

④ 依次设置其他按钮，其中每个单选按钮分组框的按钮指向同一单元格，而对于多选按钮分组框中的每一个按钮都与一个单元格对应，如第四个分组框（"使用计算机用途"框）中的"工作需要"选项与"收集表！$D$3"单元格对应，"上网浏览"与"收集表！$E$3"单元格对应，……

用户的选择结果存入表后的界面如图 16-15 所示。

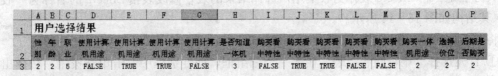

图 16-15　用户的选择结果

完成上面的设计后，就可以将调查表通过各种方式发送给用户，然后将收集到的表格中的数据汇集到其中一张表格里，汇集后的结果如图 16-16 所示。

	A	B	C	D	E	F	G	H	I	J	K	L	M	N	O	P
1	用户选择结果															
2	性别	年龄	职业	使用计算机用途	使用计算机用途	使用计算机用途	使用计算机用途	是否知道一体机	购买看中特性	购买看中特性	购买看中特性	购买看中特性	购买看中特性	购买一体机用途	选择价位	后期是否购买
3	2	2	5	FALSE	TRUE	TRUE	FALSE	3	FALSE	TRUE	TRUE	FALSE	FALSE	2	2	2
4	2	2	1	TRUE	TRUE	TRUE	FALSE	1	TRUE	TRUE	FALSE	TRUE	FALSE	2	1	2
5	1	3	1	TRUE	TRUE	TRUE	TRUE	2	TRUE	TRUE	FALSE	TRUE	FALSE	2	1	1

图 16-16 所有用户选择结果的汇总收集表

16.2.2 问卷表数据的收集

汇集所有调查表中的数据也是一项很费时的工作，可以有两种方式来汇集用户反馈回来的问卷表数据：一种是手工操作，另一种是编程的方式。

1. 手工汇集数据

手工汇集数据的方法是：将收集回来的数据文件逐一打开，然后将用户的数据复制到其中的一张表中，即将每一打开的文件中"收集表"的第三行数据选取后，粘贴到指定的一张表中的其他行中，每一个文件中的数据占一行，最后构成一张汇总收集表。

2. 编程的方式收集数据

使用 VBA 程序，将用户反馈的文件中数据汇集到一张表中。方法是：通过程序中的循环语句，逐一打开每一返回的文件，将文件中的"收集表"第三行数据复制到一张指定的汇总收集表中即可。由于需要使用循环语句来对每一文件进行相同的重复操作，因此需要将返回的文件放在同一文件夹中，并且将所有的文件名修改为相同名称和不同的序号构成的文件名，才能实现循环的操作，如文件名为"新产品市场调查表 1"、"新产品市场调查表 2"、"新产品市场调查表 3"等。也可以在调查问卷表制作完成后，由 VBA 的程序产生这些有序号的相同名称文件再分发给用户进行调查。下面给出产生调查文件的 VBA 程序。

① 将制作好的 Excel 文件复制为多个相同名称的文件的程序。首先打开"新产品市场调查表.xls"，在 VBE 中输入下面的程序，运行后就可得到需要的文件数。

程序如下：

```
Public Sub saveasfile()
Dim i,a As Integer,tmp As String
a=InputBox("请输入要生成的文件个数:")
For i=1 To a
tmp="E:\book\"+"新产品市场调查表"+CStr(i)+".xls"
Workbooks("新产品市场调查表.xls").SaveCopyAs tmp
Next
End Sub
```

其中，变量 a 存放要生成的文件个数，路径"E：\book\"是生成文件存放的目录，程序通过循环调用 Workbooks 对象的 SaveCopyAs 方法，将当前文件"新产品市场调查表.xls"复制生成指定个数的相同内容的文件。

　　② 将其他文件中的数据汇总到同一个文件的一个表中，便于做统计。汇总之前，必须将回收的文件重新按顺序存放到指定的文件夹中，这里是"E：\book\"，然后通过循环语句将文件逐一打开，复制其中的数据到指定工作簿（即新产品市场调查表．xls）的"汇总收集表"中，按行逐一排列。

　　程序如下：

```
Public Sub openfilemodi()
Dim filename,ar,tmp As String,i,a As Integer
Application.DisplayAlerts=False
a=InputBox("请输入要复制数据的文件个数：")
i=1
Do While i<=a
filename="E:\book\"
tmp="新产品市场调查表"+CStr(i)+".xls"
filename=filename+tmp
Workbooks.Open filename
ar="a"+CStr(3+i)+":"+"p"+CStr(3+i)
ActiveWorkbook.Worksheets("收集表").Range("a3:p3").Copy Workbooks("新产品市场调查表.
xls").Worksheets("汇总收集表").Range(ar)
Workbooks(tmp).Close
i=i+1
Loop
Application.DisplayAlerts=True
End Sub
```

　　其中，变量 a 存放要复制数据的文件个数；ar 存放第 i 次循环时复制的数据将要存放到的行地址；Application 对象的 DisplayAlerts 属性设置将操作提示关闭；通过 Workbooks 对象的 Open 方法打开要复制数据的文件；变量 tmp 存放要打开的文件名，而变量 filename 存放包括路径的文件名。

16.2.3　问卷表的统计操作

　　数据收集完成后，需要先进行整理再做统计。在这里，主要从样本组成、购买因素、产品定价、潜在消费者和购买用途这几个方面进行统计分析。

　　1. 数据的整理

　　由于回收后的数据表中的数据是以序号来表示用户的选择的，为了更方便和直观地处理数据，也为了以后的查询需要，可以将原始数据处理成如图 16 - 17 所示的结果。

　　为了实现上面的处理结果，需要建立一张编码选项对应表，以便能够将编码与选项对

	A	B	C	D	E	F	G	H	I	J	K	L	M	N	O	P	Q
1									问卷结果统计								
2	序号	性别	年龄	职业	工作需要	上网浏览	收发邮件在线	其他	是否知道一体机	技术先进	功能丰富	时尚新颖	合理配置	其他	购买一体机用途	选择价位	后期是否购买
3	1	女	31~50	国家公务员	1	1	1	0	知道而已	0	1	0	0	1	升级换代	5501~7000	会购买
4	2	男	31~50	专业技术人员	1	0	0	1	了解	1	1	0	1	0	家庭娱乐	5501~7000	会购买
5	3	女	50以上	国家公务员	1	0	0	1	知道而已	1	0	0	0	1	家庭娱乐	4000~5500	不会购买
6	4	女	21~30	高级管理人员	1	0	1	0	了解	1	1	1	0	1	其他	7001~8500	会购买
7	5	女	50以上	国家公务员	1	0	1	0	了解	1	1	0	0	1	家庭娱乐	4000~5500	会购买
8	6	男	21~30	自由职业	0	1	0	1	不清楚	0	0	0	0	0			不会购买
9	7	男	31~50	高级管理人员	1	0	1	0	知道而已	0	1	1	0	0	其他	8501以上	会购买
10	8	男	31~50	国家公务员	1	1	0	0	知道而已	1	1	0	0	1	升级换代	5501~7000	会购买
11	9	男	50以上	高级管理人员	1	0	1	0	了解	1	1	1	0	1	商务办公	5501~7000	会购买
12	10	男	31~50	国家公务员	1	1	0	0	了解	1	1	1	0	1	升级换代	5501~7000	会购买
13	11	男	31~50	专业技术人员	1	0	1	0	了解	1	1	1	0	1	家庭娱乐	5501~7000	会购买
14	12	男	20以下	工人	0	1	0	1	不清楚	0	0	0	0	0			不会购买
15	13	女	21~30	高级管理人员	1	0	1	0	了解	1	0	0	0	1	其他	7001~8500	会购买
16	14	女	50以上	国家公务员	1	0	1	0	知道而已	1	0	0	0	1	家庭娱乐	4000~5500	会购买
17	15	女	50以上	国家公务员	1	0	1	0	知道而已	1	0	0	0	1	家庭娱乐	4000~5500	会购买
18	16	男	31~50	高级管理人员	1	0	1	0	知道而已	1	0	0	0	1	其他	8501以上	会购买
19	17	女	31~50	国家公务员	1	1	0	0	知道而已	1	0	0	0	0	升级换代	5501~7000	会购买
20	18	男	50以上	高级管理人员	1	0	1	0	知道而已	1	0	0	0	0	商务办公	8501以上	会购买
21	19	男	31~50	国家公务员	1	1	0	0	了解	1	1	0	0	0	升级换代	5501~7000	会购买
22	20	男	31~50	专业技术人员	1	0	0	1	了解	1	1	0	0	1	家庭娱乐	5501~7000	会购买
23	21	男	20以下	工人	1	0	1	0	不清楚	0	0	0	0	0			不会购买
24	22	男	21~30	高级管理人员	1	0	0	1	了解	1	0	0	0	0	其他	7001~8500	会购买
25	23	女	50以上	国家公务员	1	0	0	1	知道而已	1	0	0	0	1	家庭娱乐	4000~5500	会购买
26	24	女	31~50	国家公务员	1	1	0	0	知道而已	1	0	0	0	1	升级换代	5501~7000	会购买
27	25	女	31~50	高级管理人员	1	0	1	0	知道而已	1	0	0	0	0	家庭娱乐	8501以上	会购买
28	26	男	31~50	国家公务员	1	1	0	0	知道而已	1	1	0	0	1	升级换代	5501~7000	会购买

图 16-17　处理后的部分数据

应，按如图 16-18 所示建立相应的对应表。

	A	B	C	D	E	F	G	H	I	J
1	编码设置									
2	代码	性别	年龄	职业	使用计算机用途	是否知道一体	购买看中特性	购买一体机用途	选择价位	后期是否购买
3	1	男	20以下	国家公务员	工作需要	了解	技术先进	升级换代	4000~5500	会购买
4	2	女	21~30	专业技术人员	上网浏览	知道而已	功能丰富	商务办公	5501~7000	不会购买
5	3		31~50	高级管理人员	收发邮件、在线聊天	不清楚	时尚新颖	家庭娱乐	7001~8500	
6	4		50以上	工人	其他		配置合理	其他	8501以上	
7	5			自由职业			其他			

图 16-18　编码选项对应表

有了对应表后，就可以将如图 16-16 中所示的数据转换成形式为如图 16-17 所示的用户选项了。操作的方法是：选择一张新表，将其命名为"用户选项结果"表，然后在需要转换编码的列后面插入一新列，并输入如图 16-17 所示的表头，再将光标定位到该列的第 3 行，使用同一行前面列单元格的编码和 Vlookup 函数查找"编码选项对应表"中相应的选项值填入单元格，完成后将公式复制到同一列的最后一行，同时将编码列删除，其他各列类似操作。但对"使用计算机用途"和"购买看中特性"的相关选项值对应的列必须做特别的处理，因为由于用户选择的随意性，相应的单元格中可能是"TRUE"、"FALSE"或是空的。将单元格中等于"TRUE"的改为"1"，将不等于"TRUE"的改为"0"，方法是在其后插入一新列时，输入表头后，在下面的第三行输入公式，如在第五列"工作需要"后的单元格中输入公式"= IF(E3,1,0)"，再将其复制到该列的最后一行，如图 16-19 所示。处理完成后将前面的列删除即可。

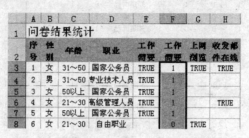

图 16-19　处理多选值对应列中数据的方法

2. 样本组成分析

在数据的收集完成后，对数据整理后的"用户选项结果"表（如图 16-17）进行统计分析，建立存入统计结果的工作表，并将工作表命名为"统计结果"。由于样本分析的结果能够给出样本的代表性，因此在进行统计分析之前，首先对样本进行分析。操作方法如下。

① 如图 16-20 所示，在"统计结果"表中建立样本分析表 1。

② 在 B3 单元格中输入"=Countif(用户选项结果!＄B＄3:＄B＄77,A3)"，按回车确定。

③ 选中 B3，将光标移到单元格的右下角，当光标指针变为"＋"时，向下拖动。或在B4 中做类似的操作，输入"=Countif(用户选项结果!＄B＄3:＄B＄77,A4)"，按回车确定，完成数据的汇总。

④ 如图 16-21 所示，在"统计结果"表中建立样本分析表 2。

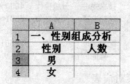

图 16-20　样本分析表 1

图 16-21　样本分析表 2

⑤ 在 B7 单元格中输入"=Countif(用户选项结果!＄C＄3:＄C＄77,A7)"，按回车确定。

⑥ 选中 B7，将光标移到单元格的右下角，当光标指针变为"＋"时，向下拖动到 B10 单元格即可。

⑦ 在 B11 中输入"=Sum(B7:B10)"，按回车确定，完成数据的汇总。

完成数据的汇总后，可以插入相应的统计图表，方法如下。

① 单击【插入】|【图表】，弹出【图表向导】对话框，在"标准类型"选项页中选择"图表类型"，在"图表类型"中选择"柱形图"，在"子图表类型"选择"簇状柱形图"，单

击【下一步】按钮。

② 从弹出的对话框的数据区域选项页中的数据区域输入框中输入 "=统计结果! ＄A＄2:＄B＄4"，选择系列产生在 "列" 单选按钮，单击【下一步】按钮。

③ 从弹出的图表向导对话框的 "图表选项" 中，在 "数据标志" 选项页中的 "数据标签包括" 选择项中将 "类别名称" 和 "值" 选中，如图 16-22 所示。

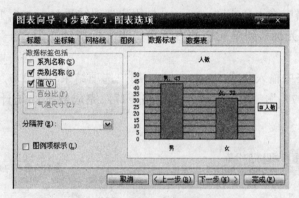

图 16-22 【图表向导】对话框

④ 单击【完成】按钮完成性别组成分析图表的插入，如图 16-23 所示。

⑤ 单击【插入】|【图表】，弹出【图表向导】对话框，在 "标准类型" 选项页中选择 "图表类型-饼图"，在 "子图表类型" 中选择 "饼图"，单击【下一步】按钮。

⑥ 从弹出的对话框的数据区域选项页中的数据区域输入框中输入 "=统计结果! ＄A＄7:＄B＄10"，选择系列产生在 "列" 单选按钮。

⑦ 选择 "系列" 选项页，在 "系列" 框中选择 "系列 1"，在名称输入框中输入 "年龄结构分析"，单击【下一步】按钮。

⑧ 从弹出的图表向导对话框的 "图表选项" 中，在 "数据标志" 选项页中的 "数据标签包括" 选择项中将 "类别名称" 和 "百分比" 选中。

⑨ 单击【完成】按钮完成年龄结构分析图表的插入，如图 16-24 所示。

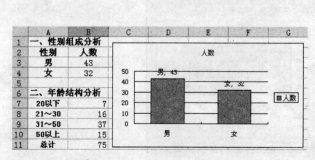

图 16-23 性别组成分析图表

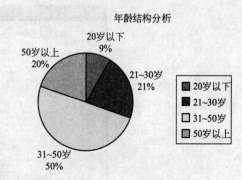

图 16-24 年龄结构分析图表

3. 消费者购买因素分析

新产品市场定位分析包括影响消费者购买因素的分析、可接受价格分析等。而消费者购买因素的分析，可以通过对调查问卷表中消费者"购买看中特性"的选择进行统计，即对用户看中因素被选中的次数进行计数和分析。具体操作方法如下。

① 如图 16 - 25 所示，在"统计结果"表中建立存放结果的空间。

② 在 B16 单元格中输入公式"=Countif(用户选项结果!J3:J77,1)"，按回车确定。

③ 选中 B16，将光标移到单元格的右下角，当光标指针变为"＋"时，向右拖动到单元格 F16。

④ 在 B17 单元格中输入公式"=Countif(用户选项结果!J3:J77,1)/Count(用户选项结果!＄A＄3:＄A＄77)"，向右拖动到单元格 F17，完成数据的统计，结果如图 16 - 26 所示。

	A	B	C	D	E	F
14	影响消费者购买因素的分析					
15	影响因素	技术先进	功能丰富	时尚新颖	配置合理	其他
16	人数					
17	百分比					
18						

	A	B	C	D	E	F
14	影响消费者购买因素的分析					
15	影响因素	技术先进	功能丰富	时尚新颖	配置合理	其他
16	人数	45	53	27	16	38
17	百分比	0.6	0.7066667	0.36	0.2133333	0.5066667

图 16 - 25　消费者购买因素分析表　　　　图 16 - 26　消费者购买因素分析结果

当完成数据的统计后，插入相应的统计图表，方法如下。

① 单击【插入】|【图表】，弹出图表向导对话框，在"标准类型"选项页中选择"图表类型-柱形图"，在"子图表类型"选择"簇状柱形图"，单击【下一步】按钮。

② 从弹出的对话框的数据区域选项页中的数据区域输入框中输入"=统计结果!＄A＄15:＄F＄16"，选择系列产生在"行"单选按钮，单击【下一步】按钮。

③ 从弹出的【图表向导】对话框的"图表选项"中，在"数据标志"选项页中的"数据标签包括"选择项中将"值"选中。

④ 再从"标题"选项页中的"图表标题"输入框中输入"消费者购买因素分析表"，如图 16 - 27 所示。

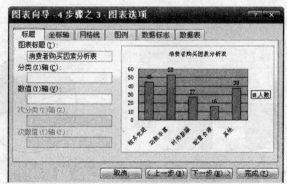

图 16 - 27　图表向导设置界面

⑤ 单击【完成】按钮，完成统计图表的制作，如图 16-28 所示。

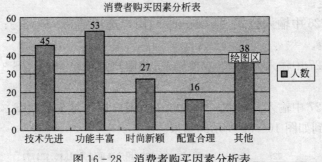

图 16-28 消费者购买因素分析表

4. 产品定价分析

通过对产品定价的分析，能够了解用户对产品可接受的心理价位。方法是对调查表中各个定价范围被选中的次数进行统计，具体操作方法如下。

① 首先在"统计结果"表中建立存放结果的空间，结构如图 16-29 所示。

② 在 B21 单元格中输入公式"=Countif(用户选项结果!＄P＄3:＄P＄77,统计结果! B20)"，按回车键确定。

③ 再选中 B21，将光标移到单元格的右下角，当光标指针变为"＋"时，向右拖动到单元格 E21。

④ 在 B22 单元格中输入公式"=B21/Count(用户选项结果!＄A＄3:＄A＄77)"，向右拖动到单元格 E22，完成数据的统计，结果如图 16-30 所示。其中的 4 项百分比的合计不等于 100％，那是因为有些用户对该选项没有选择。

	A	B	C	D	E
19			产品定价分析		
20	选择价位	4000~5500	5501~7000	7001~8500	8501以上
21	选择人数				
22	百分比				

图 16-29 产品定价分析表

	A	B	C	D	E
19			产品定价分析		
20	选择价位	4000~5500	5501~7000	7001~8500	8501以上
21	选择人数	10	29	13	11
22	百分比	0.133333333	0.386666667	0.173333333	0.14666667

图 16-30 产品定价分析结果

完成数据的统计后，也可以插入相应的图表，方法与上面相似。

5. 潜在消费者分析

潜在消费者分析可以让生产者了解用户对新产品的认同度有多大，通过对"后期是否购买"选项进行统计即可知。其具体操作方法如下。

① 在"统计结果"表中建立存放结果的空间，结构如图 16-31 所示。

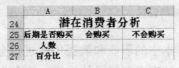

	A	B	C
24		潜在消费者分析	
25	后期是否购买	会购买	不会购买
26	人数		
27	百分比		

图 16-31 潜在消费者分析表

② 在单元格 B26 中输入公式 "=Countif (用户选项结果! ＄Q＄3: ＄Q＄77, "会购买")"，按回车确定。

③ 在单元格 C26 中输入公式 "=Countif (用户选项结果! ＄Q＄3: ＄Q＄77, "不会购买")"，按回车确定。

④ 在单元格 B27 中输入公式 "=B26/Count (用户选项结果! ＄Q＄3: ＄Q＄77)"，按回车确定。

⑤ 在单元格 C27 中输入公式 "=C26/Count (用户选项结果! ＄Q＄3: ＄Q＄77)"，按回车键确定。最后得到如图 16－32 所示的结果。

C27	fx =C26/COUNTA(用户选项结果!$R$3:$R$77)					
	A	B	C	D	E	F
24	潜在消费者分析					
25	后期是否购买	会购买	不会购买			
26	人数	55	20			
27	百分比	0.73333333	0.26666667			

图 16－32　潜在消费者分析结果

插入图表的方法与上面相同，单击【插入】|【图表】，弹出【图表向导】对话框，在"标准类型"选项页中选择"图表类型"，在"图表类型"中选择"饼图"，在"子图表类型"选择"饼图"，单击【下一步】按钮；在弹出的对话框的数据区域选项页中的数据区域输入框中输入 "=统计结果! ＄A＄25: ＄C＄26"，选择系列产生在"行"单选按钮，单击【下一步】按钮；从弹出的【图表向导】对话框的"图表选项"中，在"标题"选项页中的"图表标题"输入框中输入"潜在消费者分析表"，在"数据标志"选项页中的"数据标签包括"选择项中将"值"和"百分比"选中；按如图 16－33 所示完成分析图表的设置，然后单击【完成】按钮，结果如图 16－34 所示。

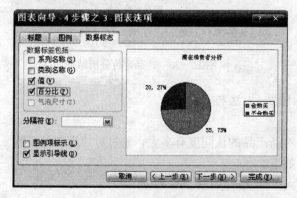

图 16－33　图表选项对话框的设置

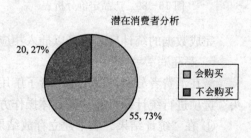

图 16－34　潜在消费者分析结果

企业还可以根据需要，对样本中的职业和购买用途进行分析，方法与前面讨论的类似，通过全面的分析就能够掌握用户的需求和接受的价位，使企业在推出新产品时做到定位更准确、目标更明确。

练习题

1. 调查问卷的设计主要包括哪些部分？在设计时有一些什么原则必须考虑？

2. 上面的讨论中，存放用户的选择结果是按行来收集数据的，如果按列来收集每一用户的数据时，对数据的处理和统计是否会有困难？

3. 在使用 Excel 进行市场调查问卷的数据收集中，可以有什么方法来汇总数据？

4. 为什么在问卷表数据收集后还要进行处理？哪些选项的结果需要进行处理？

5. 在调查问卷的制作中，建立编码选项对应表是否是必需的？它能起到什么作用？

6. 设计一张调查问卷表，对客户的满意度进行调查，相应的指标如表 16-1 所示。并给出收集和处理数据的方法和步骤，完成满意度的调查统计。

表 16-1 满意度调查所需指标

一	产品	1. 产品功能；2. 产品性能指标；3. 产品外包装；4. 方案配套的完整性；5. 技术研发能力；6. 可靠性与稳定性
二	质量体系	1. 客户投诉响应的及时性；2. 纠正预防措施；3. 质量体系的支持；4. 可靠性工程的支持
三	交货	1. 交货及时性（周期、按期交付等）；2. 交货准确性（数量、种类等）；3. 订单变更的响应能力；4. 运输方式、交货地点的灵活性
四	服务	1. 问题响应的及时性；2. 现场处理能力；3. 方案开发能力；4. 资料、数据的完整性；5. 服务态度；6. 现场支持——数据的记录；7. 问题处理结果

第 17 章

库存管理系统的设计

【本章概要】

本章通过一个简单的库存管理系统的设计过程，介绍在 VBA 中开发应用管理系统的方法，为以后设计和开发功能强大的应用管理系统打下基础。

【学习目标】

1. 熟练掌握窗体界面的设计方法；
2. 熟练掌握窗体和事件过程的设计及运用方法。

【基本概念】

窗体对象

在 Excel 中通过 VBA 的语句、窗体、对象和事件可以编写出功能强大、使用方便的应用系统。本章以开发基于 Excel 的库存管理系统为例，讲解如何利用 VBA 中的窗体、对象和事件构建一个简单的应用管理系统。通过对应用系统的设计开发，在熟悉了系统开发方法后，就能根据应用的需要开发任何功能强大的应用管理系统了。

17.1　库存管理系统的应用

很多企业习惯于用 Excel 作为工具来存放各种数据，这是由于它的通用性和具有强大的数据管理和处理功能，并且还可以生成各种电子表格；同样，企业也在使用它进行商品库存的管理、营销管理、企业工资的管理等。使用 VBA 还可以开发应用管理系统，克服在应用系统工具时存在的操作不方便、效率低和容易出错等问题，如在工作表中输入的一行信息较长时，用户需要不断地通过移动滚动条来定位输入的单元格，或汇总统计时烦琐、重复的操作等。

为了解决上述使用中的问题，可以通过开发基于 Excel 的应用管理系统来实现，在管理系统中通过 VBA 提供的窗体作为操作界面，以表格为数据的存放空间，以事件为驱动来管理数据。

使用管理系统的优点如下。

① 通过管理系统能够对数据进行方便的操作。

② 对管理系统中一些特殊的操作要求可以由管理系统的程序来实现。

③ 对用户来说，可以避免一些操作失误，如容错操作，数据有效性和一致性操作等。

一般地，管理系统的主要功能有数据的输入输出、数据的查找、数据的统计和汇总、报表的生成等。下面通过一个简单库存管理系统来讲解应用系统的开发方法。

17.2　库存管理系统的设计开发

基于 Excel 的库存管理系统使用表格来存储数据，因此设计开发系统前必须首先构造存放数据的表格结构。现在以开发一个简单的库存管理系统为例，说明应用系统开发的方法。假设它具有商品基本信息的管理功能，如输入、输出记录的功能，查询商品信息的功能和库存商品汇总的功能等。

新建一个工作簿，并命名其为"商品库存管理"，将其中的 sheet1 命名为"基本商品名称表"，表中的第一行输入"商品基本信息"为标题，第二行为商品属性名称，如图 17-1 所示。

该表主要用于商品基本信息的存放，包括品码、品名、数量单位、入库单价、出库单价等，所有企业已经入库的商品基本信息存放于此表。增加一个新商品时，则在表格的后面输

商 品 基 本 信 息

品码	品名	数量单位	入库单价	出库单价
001	100ml百年	瓶	12.2	20
002	125ml五年	瓶	13	24
003	200ml百年	瓶	15.2	30
004	620雪花啤酒	瓶	2.9	5
005	江苏红赤霞珠	瓶	26	48
006	江苏红解百纳	瓶	40	68

图 17-1　商品基本信息表

入一条该商品相应的记录。

再新建一个工作表，并命名为“入库管理表”，按时间的流程顺序保存入库商品的信息，结构如图 17-2 所示。

货 品 入 库 明 细 表

日　期	品码	品名	数量单位	入库数量	入库单价	入库金额	备注
2007-2-25	001	100ml百年	瓶	100	12.2		
2007-2-25	002	125ml五年	瓶	80	13		
2007-2-20	003	200ml百年	瓶	200	15.2		
2007-2-20	038	华夏五千年解百纳	瓶	15	22		

图 17-2　入库管理表

该表主要用于记录存入仓库的商品信息，表中第一行设为标题，第二行为入库商品的日期、品码、品名、数量单位、入库数量、入库单价、入库金额和备注等属性名称，从第三行开始用于记录入库商品的信息，每入库一次则增加一行数据，每一商品在此表都可以有多行数据记录该商品入库的信息。

按相同的结构建立一个商品“出库管理表”，用于记录按时间的流程顺序出库商品的信息，结构如图 17-3 所示。

货 品 出 库 明 细 表

日　期	品码	品名	数量单位	出库数量	出库单价	出库金额	备注
2007-3-1	009	100%牵手	瓶	20	12	240	
2007-3-1	002	125ml五年	瓶	5	24	120	
2007-3-1	008	妙酸乳	瓶	30	8.5	255	
2007-3-1	025	新地球	瓶	6	158	948	
2007-3-1	024	新月亮	瓶	6	48	288	
2007-3-1	012	燕京无醇啤酒	瓶	10	10	100	
2007-3-2	003	200ml百年	瓶	8	30	240	
2007-3-2	007	老百年	瓶	5	73	365	

图 17-3　出库管理表

该表第一行设为标题，第二行为出库商品的日期、品码、品名、数量单位、出库数量、出库单价、出库金额和备注等属性名称，从第三行开始用于记录出库商品的信息，每出库一次则增加一行数据，每一商品在此表都可以有多行数据记录该商品出库的信息。

17.2.1　启动界面的设计

打开“商品库存管理”工作簿，进入 VBE 界面，如图 17-4 所示。

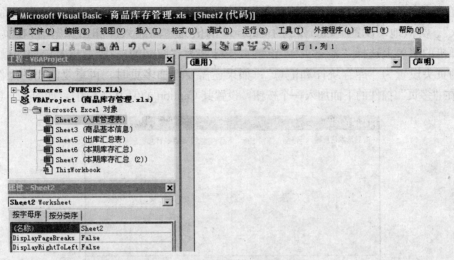

图 17-4　商品库存管理工作簿 VBE 界面

在此界面中设计管理系统程序。思路是：当打开"商品库存管理"工作簿时，首先弹出一个窗体，用户通过此窗体对表格中的数据进行操作。

插入窗体的操作步骤如下。

① 在 VBE 界面上，单击【插入】|【用户窗体】命令，插入一个名称为"UserForm1"的窗体，如图 17-5 所示。

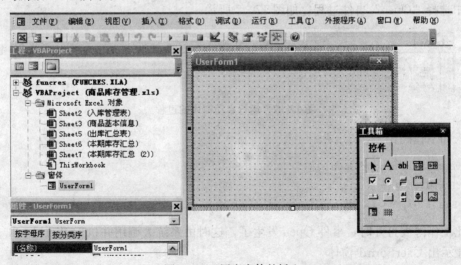

图 17-5　用户窗体的插入

② 通过拖动调整窗体的大小，选中窗体后在属性栏中设置窗体的 Caption 属性，输入"商品库存管理"，在工具箱中选择"多页"控件，在窗体窗口中拖动光标加入该控件，并调整到合适的大小。

③ 在控件的页头上选择"Page1"，在相应的属性窗口中设置其 Caption 的值为"商品基本信息输入"。类似地，设置"Page2"的 Caption 的值为"商品入库和出库"，再在页头上右击，从弹出的菜单上选择"新建页"，设置页头标题为"商品的查找"，重复前面的操作，并将新建的页头设置为"库存统计和汇总"；如果还需要增加多页时，再重复前面的操作即可。

④ 在"多页"控件的下面加入一个按钮，设置其 Caption 的值为"关闭"，如图 17-6 所示。

图 17-6　设置后的窗体界面

当工作簿打开时，此窗体弹出并为用户提供一个操作的界面，因此需要设置其在程序运行时首先出现。设置的方法是：选择 VBE 的【工程管理】窗口中的 ThisWorkBook 对象并双击，打开对应的代码编辑窗口，在【对象】栏中选择"Workbook"对象，在右边的【过程】栏中选择"Open"事件过程，如图 17-7 所示。

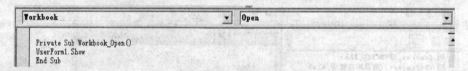

图 17-7　运行启动窗体的过程

输入如下代码：

```
Private Sub Workbook_Open()
UserForm1.Show
End Sub
```

当此工作簿被打开时，事件 Open 发生了，这时由系统去调用并执行 Workbook _ Open 过程，显示出 UserForm1 窗体。

再双击【关闭】按钮，在对应的代码窗口中输入如下代码：

```
Private Sub CommandButton1_Click()
UserForm1.Hide
End Sub
```

则当单击该按钮时，可将窗体隐藏起来。

17.2.2 输入功能的设计

完成启动窗体的设置后，就可以在窗体上增加操作数据的功能对应的控件了。方法是在窗体上，对"多页"控件的每一页逐个进行设计即可。

1. 商品基本信息输入功能的设计

选择窗体中"多页"控件上的"Page1"，在页面上加入多个标签控件和文字框控件，在标签控件的 Caption 属性上输入提示文字，加入两个命令按钮，并分别设置按钮的 Caption 属性值为"重置"和"输入"，结果如图 17-8 所示。

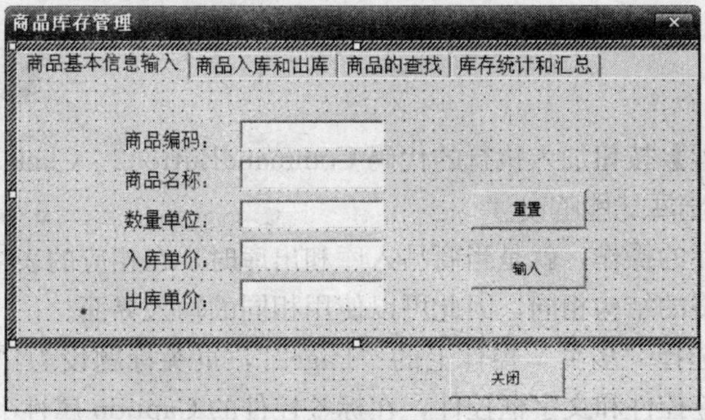

图 17-8 商品基本信息输入界面

在此界面上可以将商品基本信息输入到图 17-1 所示的商品基本信息表中，单击【输入】按钮将文字框中的数据作为一行记录输入到表中的最后面。

因此，需要加入对单击【输入】按钮发生的事件做出反应的程序代码。方法是：双击【输入】按钮，在打开的"UserForm1"窗体对应的代码编辑窗口中输入如下程序代码：

```
Private Sub CommandButton3_Click()
Dim n As Integer
n=Sheets("商品基本信息").Range("a65536").End(xlUp).Row
Sheets("商品基本信息").Cells(n+1,1)="'"+TextBox1.Text
Sheets("商品基本信息").Cells(n+1,2)=TextBox2.Text
Sheets("商品基本信息").Cells(n+1,3)=TextBox3.Text
Sheets("商品基本信息").Cells(n+1,4)=TextBox4.Text
Sheets("商品基本信息").Cells(n+1,5)=TextBox5.Text
Call CommandButton2_Click
End Sub
```

从上面的程序名称看到，该程序当名为 CommandButton3 的【输入】按钮被单击时开始执行，将文字框中的数据输入到表中的最后一行。其中程序中的变量 n 用于存放商品基本信息表中已有数据的最大行号，语句中的 TextBox1. Text 前面连接的单引号是将文字框内的数据以字符的形式写入到单元格中。

代码中的 CommandButton2 _ Click 为单击【重置】按钮时执行的程序的名称，它将此界面中的所有文字框置为空。

程序代码如下：

```
Private Sub CommandButton2_Click()
TextBox1.Text=""
TextBox2.Text=""
TextBox3.Text=""
TextBox4.Text=""
TextBox5.Text=""
End Sub
```

同样，可为【重置】按钮加入执行的代码 CommandButton2 _ Click（）过程。

2. 商品的入库和出库功能的设计

商品的入库和出库的操作，就是当商品入库和出库时，在相应的表格中加入一行记录的操作。由于这两个表格的结构相同，因此可以使用相同的输入界面。

设计的方法是：选择"多页"控件上的"Page2"，页头标题设为"商品入库和出库"，在页面上加入多个标签控件和文字框控件，在标签控件的 Caption 属性上输入提示文字，然后再加入两个命令按钮，并分别设置按钮的 Caption 属性值为"重置"和"输入"，再增加一个框架控件，设置框架控件的 Caption 属性为"请选择输入数据的表格："，并在框架控件内加入两个选项按钮，分别设置它们的 Caption 属性值为"入库管理表"、"出库管理表"，再选中第一个选项按钮，在属性窗口中设置其 Value 属性值为 True，这样做的目的是保证一定有一个表是要输入数据的，完成后入库和出库管理界面如图 17-9 所示。

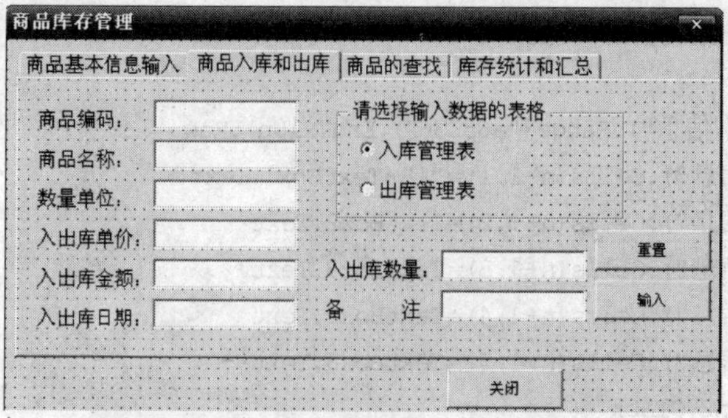

图 17-9　商品入库和出库操作界面

界面布局完成后，应该为按钮添加响应的程序，即单击按钮后被执行的过程。操作的方法是：双击【重置】按钮，在打开的代码窗口中输入如下代码：

```
Private Sub CommandButton7_Click()
TextBox11.Text=""
TextBox12.Text=""
TextBox13.Text=""
TextBox14.Text=""
TextBox15.Text=""
TextBox16.Text=""
TextBox17.Text=""
TextBox18.Text=""
End Sub
```

该程序只是将界面中的所有文字框置为空。再为【输入】按钮添加响应的程序，双击该按钮，在打开的代码窗口中输入如下代码：

```
Private Sub CommandButton8_Click()
Dim n As Integer,tname As String
If OptionButton1 Then
tname="入库管理表"
Else
tname="出库管理表"
End If
n=Sheets(tname).Range("a65536").End(xlUp).Row
Sheets(tname).Cells(n+1,2)="'"+TextBox11.Text
Sheets(tname).Cells(n+1,3)=TextBox12.Text
Sheets(tname).Cells(n+1,4)=TextBox13.Text
Sheets(tname).Cells(n+1,6)=TextBox14.Text
Sheets(tname).Cells(n+1,7)=TextBox15.Text
Sheets(tname).Cells(n+1,1)=TextBox16.Text
Sheets(tname).Cells(n+1,5)=TextBox17.Text
Sheets(tname).Cells(n+1,8)=TextBox18.Text
Call CommandButton7_Click
End Sub
```

过程执行时，首先对选项按钮 OptionButton1 进行判断，如果其值为 True，则向"入库管理表"输入数据，否则向"出库管理表"输入数据。

上面在设计时只是包括了输入界面中的最基本的功能，其实还可以作进一步的设计，如加上设计在输入商品的编码后，通过在"基本商品名称表"中对编码的查找，实现自动地在输入窗口填入商品的名称和数量单位、入库或出库单价等数据；控制文字框中输入的值，如限制其只能输入数字型数据，提高程序的容错能力；在窗体中加入日历控件，通过单击日历控件的日期向文字框中输入日期等功能（这些功能不做讨论，留作课后进行练习）。

17.2.3　查询功能的设计

查询功能是所有管理系统都具有的主要功能之一，根据实际应用的需求来进行设计。在这里，只针对入库管理表设计一个查询，当输入某一商品编号后，将其对应的入库总数显示出来。

选择窗体中"多页"控件中的"商品的查找"页，加入多个标签和文字框控件，再加入一个按钮，设置其 Caption 属性为"查找"，并设置如图 17 - 10 所示其他标签的 Caption 属性值。

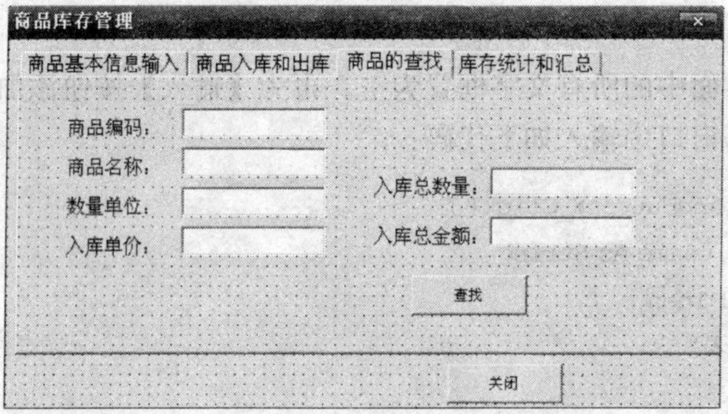

图 17 - 10　"商品的查找"页界面

完成查询操作界面的布局后，为【查找】按钮添加响应的过程，其算法如下。

首先取得入库管理表当前有数据的最大行号，并获取编号（品码）和入库数量这两列对应的区域地址，然后循环地将文字框输入的商品编号在编号列中查找，找到时则用 SumIf 函数求该编号商品的所有入库数量之和，在循环的过程中，若循环变量的值大于有数据的最大行号，则说明找不到需要查询的商品。

具体的程序如下：

```
Private Sub CommandButton4_Click()
Dim a,b As String,n,i As Integer
Dim area1,area2 As Range
n=Sheets("入库管理表").Range("a65536").End(xlUp).Row
Set area1=Sheets("入库管理表").Range("b3:b"& n)
Set area2=Sheets("入库管理表").Range("e3:e"& n)
a=TextBox6.Text
i=3
Do While i<=n
b=Sheets("入库管理表").Cells(i,2)
If a<>b Then
```

```
i=i+1
Else
TextBox10.Text=Application.WorksheetFunction.SumIf(area1,a,area2)
TextBox7.Text=Sheets("入库管理表").Cells(i,3)
TextBox8.Text=Sheets("入库管理表").Cells(i,4)
TextBox9.Text=Sheets("入库管理表").Cells(i,6)
TextBox20.Text=Sheets("入库管理表").Cells(i,7)
Exit Do
End If
Loop
If i>n Then
TextBox6.Text=TextBox6.Text+"找不到!"
End If
End Sub
```

17.2.4　汇总和统计功能的设计

汇总和统计功能是库存管理系统中的重要功能，由于每过一段时间商家或企业都会对库存的商品进行统计，因此可以建立如图 17－11 所示的本期库存汇总表，该表反映了当前商品库存的状况。

	A	B	C	D	E	F	G	H	I	J	K	L	M	N	O
1	本 期 库 存 汇 总 分 析														
2	品码	品名	数量单位	期 初 库 存			本 期 入 库			本 期 出 库			期 末 库 存		
3				数量	单价	金额	数量	单价	金额	数量	单价	金额	数量	单价	金额
4	001	100ml百年	瓶	12	12.2		131	12.2							
5	002	125ml五年	瓶	56	13		936	13							
6	003	200ml百年	瓶	3	15.2		311	15.2							
7	004	620雪花啤酒	瓶	22	2.9		90	2.9							
8	005	江苏红赤霞珠	瓶	2	26		110	26							
9	006	江苏红解百纳	瓶	10	40		30	40							
10	007	老百年	瓶	5	52		68	52							
11	008	妙酸乳	瓶	35	5.8		0	5.8							
12	009	100%牵手	瓶	22	7.9		0	7.9							

图 17－11　本期库存汇总表

本期库存汇总表包括品码、品名、数量单位、期初库存、本期入库、本期出库、期末库存等项。下面通过编程的方式将入库、出库和期末库存等数据进行汇总后填入表格中。

由于在汇总表中的品码、品名、数量单位、期初库存是相应固定的数据，因此可以直接从商品基本信息表和上期库存汇总表中复制过来即可，并保持品码、品名的顺序与商品基本信息表中的品码、品名顺序一致。表格中的本期入库、本期出库、期末库存等项则通过程序进行汇总和统计。设计思路分三步执行操作：第一步，将入库管理表中的数据整理汇总后写入本期入库相应的列中；第二步，将出库管理表中的数据整理汇总后写入本期出库相应的列中；第三步，将前面列中整理后的数据相加减（即期末库存＝期初库存＋本期入库－本期出库）后写入期末库存相应的列中。

入库管理表和出库管理表的结构相同，汇总数据的方法也类似，因此在这里只介绍入库管理表中数据的汇总。方法是：按商品基本信息表中的商品目录来汇总和统计数据，即对商品基本信息表中的每一商品，查找在入库管理表中是否有相应的数据，若有则将该商品的所有记录中的入库数量相加起来，写入到本期库存汇总表相应该商品所在行的第7列中，再将该商品的入库单价从基本信息表中复制写入即可。设计时的用产操作界面如图17－12所示。

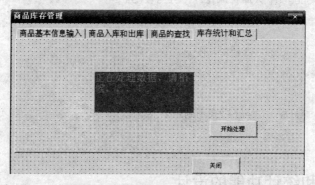

图17－12　库存统计和汇总操作界面

程序的算法是：首先获取商品基本信息表中已有数据行的最大行号，再获取入库管理表中入库的商品品码和入库数量所在的区域，将商品基本信息表中的每一个商品品码与入库管理表中的商品品码逐一进行比较，若有相等的品码，则用系统提供的 SumIf 函数将其数量汇总，写入到本期库存汇总表的第7列对应行中，然后退出循环，继续下一品码的查找，直到商品基本信息表中的每一品码都与入库管理表中的品码比较过后才退出循环，并显示"数据处理完成！"，结束过程。

程序代码如下：

```
Private Sub CommandButton9_Click()
Dim n,i,j As Integer,sum1 As Double,s1,s2 As String
Dim area1,area2 As Range
n=Sheets("商品基本信息").Range("a65536").End(xlUp).Row
Set area1=Sheets("入库管理表").Range("b3:b"&n)
Set area2=Sheets("入库管理表").Range("e3:e"&n)
Label22.Visible=True
i=3
Do While i <=n
s1=Sheets("商品基本信息").Cells(i,1)
j=3
Do While j <=n
s2=Sheets("入库管理表").Cells(j,2)
If s1=s2 Then
```

```
sum1=Application.WorksheetFunction.SumIf(area1,s1,area2)
Sheets("本期库存汇总").Cells(i+1,7)=sum1
Exit Do
End If
j=j+1
Loop
Sheets("本期库存汇总").Cells(i+1,8)=Sheets("商品基本信息").Cells(i,4)
i=i+1
Loop
Label22.Caption="数据处理完成!"
End Sub
```

程序执行的界面如图 17 - 13 所示。

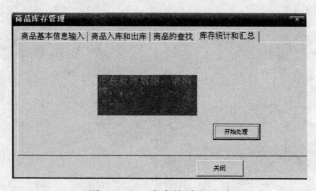

图 17 - 13　库存统计和汇总

在设计程序时，可以将汇总数据的三步程序合在同一过程中，只要运行一次就可以将"本期库存汇总"表中的数据处理完毕。为了能够让初学者容易读懂程序，才将程序分为三部分来介绍，第二步和第三步的程序就不在这里讨论了。

练习题

1. 做一练习，在入库管理表中加入日历控件，使用户通过单击日历控件来输入日期。

2. 为了不让非法用户看到文档的信息，在启动时将应用程序隐藏起来，用户通过启动界面输入口令后才能进行其他操作。设计一个启动窗体，使用 Application.Visible 属性来实现这个功能。

3. 按照上面的讨论，写出汇总"出库管理表"中的数据汇集到"本期库存汇总"表中相应的单元格中的程序。

4. 如果在文字框中输入数据时，限制只能输入数字数据，应如何在该程序中增加此功能？

5. 通过手工和编程方法使用 SumIf 函数对上面的"本期库存汇总"表进行填表操作，看每一种方法各自的优缺点是什么。

6. 编写一个程序，通过单击窗体中的按钮，然后在窗体的标签控件中显示一个有 12 位数的随机数。

7. 设计一个程序，运行时能弹出一个窗体，并在窗体上有一个显示结果的输入框、一个获取单元格地址的输入框、可以选择不同工作表的单选框和一个【显示】按钮；当单击该【显示】按钮后，可以将指定的工作表中指定单元格的数据读取并在显示输入框中显示出来。

第 18 章

Excel 与外部数据的交换

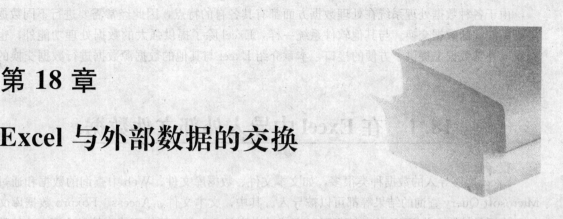

【本章概要】

　　本章介绍 Excel 与外部数据的交换方式与操作方法，重点讲解 Excel 导入文本文件数据、数据库文件数据和 Web 中数据的操作步骤，并对导入数据过程中涉及的 ODBC、DSN、外部数据区域等概念进行介绍。

【学习目标】

　　1. 了解 ODBC、DSN 和外部数据区域的概念；
　　2. 熟练掌握在 Excel 中导入文本文件数据、数据库文件数据的方法；
　　3. 掌握在 Excel 中导入 Web 中数据的方法。

【基本概念】

　　ODBC、DSN、外部数据区域

由于各种数据处理系统在处理数据方面都有其各自的特点，因此经常需要进行不同数据处理系统间的数据交换。与其他软件系统一样，Excel除了提供强大的数据处理功能外，也在获取外部数据上提供了方便的接口。本章介绍Excel与其他的数据源数据进行数据交换的方法。

18.1　在Excel中导入外部文件数据

Excel能够导入的数据种类很多，如文本文件、数据库文件、Web中查询的数据和通过Microsoft Query查询的结果等都可以被导入。其中，文本文件、Access、Foxpro数据库文件，特别是扩展名为DBF的文件都可以直接导入到Excel中，其他不能直接导入Excel的数据库数据则可以通过ODBC之类的数据库接口软件来实现。下面介绍一些常用的导入数据的方法。

18.1.1　导入文本文件数据

文本文件作为常用的保存原始数据的工具有其方便性和通用性，很多系统都可以直接将其数据导出为文本文件的数据。因此，如果在两个交换数据的系统中不能或较难进行数据交换时，可以将数据导出为文本文件数据再进行交换。下面来讨论在Excel中导入文本文件数据的方法。

现需要将如图18-1所示的文本文件中的数据导入到Excel中。其操作步骤如下。

图18-1　将要被导入的文本文件中的数据

① 新建或打开用来存放导入数据的工作簿，单击用来放置文本文件数据的单元格，如A1单元格。

② 单击【数据】|【导入外部数据】|【导入数据】命令，弹出【选取数据源】对话框，在"文件类型"选择框中，选择"文本文件"。

③ 然后在"查找范围"列表中，选择需要导入的文本文件，如图 18-2 所示，单击【打开】按钮。

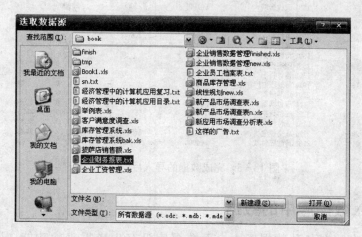

图 18-2　【选取数据源】对话框

④ 从弹出的【文本导入向导】对话框中，选择"原始数据类型"中的"分隔符号"单选按钮，单击【下一步】按钮。

⑤ 在弹出的【文本导入向导】对话框中，选择"分隔符号"中的"逗号"，如图 18-3 所示，单击【完成】按钮。

⑥ 再从弹出的【导入数据】对话框中，在"数据的放置位置"选择"现有工作表"，并在输入框中输入"=＄A＄1"，如图 18-4 所示。

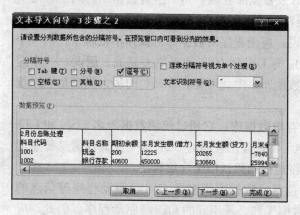

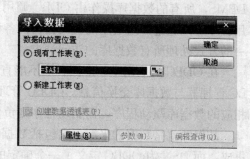

图 18-3　【文本导入向导】对话框　　　　图 18-4　【导入数据】对话框

⑦ 单击【确定】按钮，完成数据的导入。结果如图 18-5 所示。

	A	B	C	D	E	F
1	2月份总账处理					
2	科目代码	科目名称	期初余额	本月发生额(借方)	本月发生额(贷方)	月末余额
3	1001	现金	200	12225	20265	-7840
4	1002	银行存款	40600	450000	230660	259940
5	1009	其他货币资金	0	0	0	0
6	1111	应收票据	2150	0	0	2150
7	1131	应收账款	58100	220000	209000	69100
8	1133	其他应收款	2100	0	0	2100
9	1141	坏账准备	-400	0	550	-950
10	1211	原材料	118000	220000	0	338000
11	1243	库存商品	70000	60000	255000	-125000
12	1301	待摊费用	20000	0	2200	17800
13	1501	固定资产	400000	0	0	400000
14	1502	累计折旧	-57300	0	0	-57300
15	1911	待处理财产损溢	400	0	0	400
16	2101	短期借款	-70000	0	50000	-120000
17	2111	应付票据	-34650	22000	0	-12650
18	2121	应付账款	-20800	155500	220000	-85300
19	2161	应付股利	-22000	0	10000	-32000
20	2171	应交税金	-32000	36500	45891.22	-41391.22
21	2181	其他应付款	-400	0	0	-400

图 18-5 完成数据的导入后的结果

18.1.2 导入数据库中的数据

大量的数据存放在各种数据库中，而数据库没有生成报表的功能，因此可以利用 Excel 来生成数据库中相应数据的报表。但由于不同的数据库系统产品由不同软件公司开发，各种产品的数据存储方式也各不相同，因此应用程序在获取数据时的方式方法也不相同。

虽然 Excel 可以直接读取某些类型数据库中的数据，但另外的一些数据库中的数据必须通过数据库接口软件去获取，ODBC 就是一种数据库接口软件。

1. ODBC 简介

ODBC（Open DataBase Connectivity，开放数据库互联）是一组对数据库访问的标准应用程序编程接口（API），基于 ODBC 的应用程序可以通过 API 使用 SQL 语言来完成其对各种不同的数据库操作的大部分任务。也就是说，应用程序对数据库的操作不依赖于任何一个 DBMS，所有的数据库操作由 ODBC 调用对应的 DBMS 的驱动程序去完成。因此，一个应用程序可以通过一组通用的代码去访问各种数据库。由此可见，ODBC 的最大优点是能以统一的方式处理所有数据库的访问请求。

在 ODBC 的应用中，应用程序不能直接存取数据库，它通过使用数据源名 DSN 和 ODBC 管理器与数据库交换信息。ODBC 管理器负责将应用程序的 SQL 语句及其他信息传递给相应的数据库驱动程序，而驱动程序则负责将运行结果送回给应用程序。

数据源就是数据的来源，它包括数据库位置、数据库类型及 ODBC 驱动程序等信息的集成，而 DSN 为 ODBC 定义了一个确定的数据库和必须用到的 ODBC 驱动程序。因此，应用之前必须创建一个 DSN，以后的应用程序就能够通过 ODBC 管理器中的数据源名直接操纵数据库了。

一个 DSN 可以定义为以下三种类型中的其中一种。

① 用户 DSN：该数据源对于创建它的计算机来说是局部的，并且只能被创建它的用户使用。

② 系统 DSN：该数据源属于创建它的计算机，并且是属于这台计算机，而不是创建它的用户。任何用户只要拥有适当的权限都可以访问这个数据源。

③ 文件 DSN：该数据源可以被任何安装了合适的驱动程序的用户使用。

2. 数据库中数据的导入

Excel 导入数据库数据的方法有很多。下面以 Access 数据库中的数据导入为例，介绍通过 ODBC 将数据库中的数据导入到 Excel 的方法。

首先，创建连接数据库的数据源，操作方法如下。

① 单击【开始】|【设置】|【控制面板】命令，打开控制面板，双击【管理工具】|【数据源（ODBC）】图标，弹出【ODBC 数据源管理器】对话框，如图 18-6 所示。

② 单击【添加】按钮，从弹出的【创建新数据源】对话框中，选择 "Microsoft Access Driver（*.mdb)" 驱动程序，单击【完成】按钮，如图 18-7 所示。

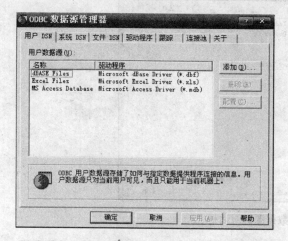

图 18-6　【ODBC 数据源管理器】对话框　　　　图 18-7　【创建新数据源】对话框

③ 从弹出的【ODBC Microsoft Access 安装】对话框中，为数据源起个名称，如 "datalink"。

④ 单击 "数据库" 选项中的【选择】按钮，从打开的文件选择对话框中选择与此数据源名对应的 Access 数据库 data.mdb，如图 18-8 所示。

⑤ 单击【确定】按钮后，完成数据源的创建，如图 18-9 所示。

⑥ 再单击【确定】按钮即可。

创建数据源后，就可以导入数据了。其操作步骤如下。

① 打开需要导入数据库数据的工作表，单击【数据】|【导入外部数据】|【导入数据】命令，弹出【选取数据源】对话框，如图 18-10 所示。

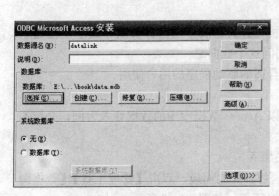

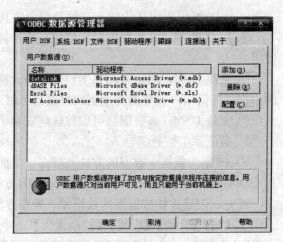

图 18-8 【ODBC Microsoft Access 安装】对话框   图 18-9 新建的一个数据源名

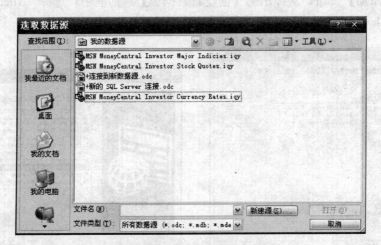

图 18-10 【选取数据源】对话框

② 单击【新建源】按钮，弹出【数据连接向导】对话框，选择列表中的"ODBC DSN"选项，单击【下一步】按钮，如图 18-11 所示。

③ 弹出【连接 ODBC 数据源】对话框，选择列表中的"datalink"选项，单击【下一步】按钮，如图 18-12 所示。

④ 从弹出的【数据连接向导】中的【选择数据库和表】对话框中指定需要导入数据的表，这里选择"日常账务"表，如图 18-13 所示。

⑤ 单击【下一步】按钮，弹出【保存数据连接文件并完成】对话框，使用默认名称"data 日常账务 .odc"保存数据连接文件，单击【完成】按钮。

⑥ 从弹出的【选取数据源】对话框中，选择"data 日常账务 .odc"，单击【打开】按钮，如图 18-14 所示。

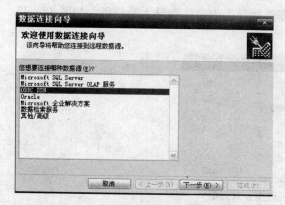

图 18-11 【数据连接向导】对话框

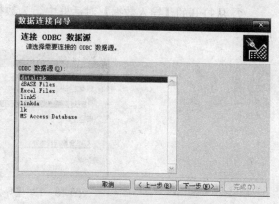

图 18-12 【数据连接向导】对话框

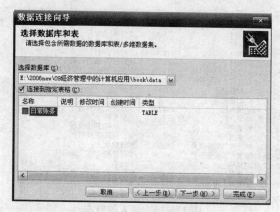

图 18-13 选择数据库和表

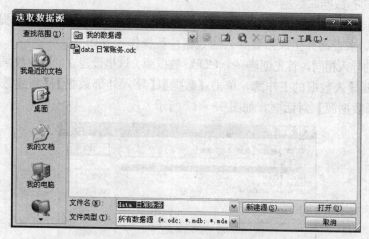

图 18-14 【选取数据源】对话框

⑦ 从打开的【导入数据】对话框中，为数据选择导入的表格和导入的位置，如图 18-15 所示。

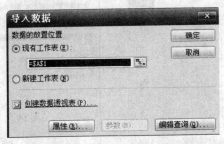

图 18-15　【导入数据】对话框

⑧ 单击【确定】按钮，完成数据的导入，如图 18-16 所示。

	A 记账编号	B 日期	C 摘要	D 科目代码	E 科目名称	F 方向	G 借方金额	H 贷方金额
1								
2	001	2007-2-1 0:00	购材	121102	原材料-乙材料	借	40000	
3	001	2007-2-1 0:00	购材	212101	应付账款-春风公司	贷		40000
4	002	2007-2-1 0:00	购材	121101	原材料-甲材料	借	80000	
5	002	2007-2-1 0:00	购材	212102	应付账款-威力公司	贷		80000
6	003	2007-2-2 0:00	支付上月所得税	217106	应交税金-应交所得税	借	36500	
7	003	2007-2-2 0:00	支付上月所得税	100202	银行存款-中国工商银行	贷		36500
8	004	2007-2-6 0:00	出售废品	1001	现金	借	225	
9	004	2007-2-6 0:00	出售废品	5301	营业外收入	贷		225
10	005	2007-2-9 0:00	借入款	100204	银行存款-招商银行	借	50000	
11	005	2007-2-9 0:00	借入款	2101	短期借款	贷		50000
12	006	2007-2-12 0:00	偿欠	212102	应付账款-威力公司	借	15500	
13	006	2007-2-12 0:00	偿欠	100204	银行存款-招商银行	贷		15500
14	007	2007-2-12 0:00	支付预提修理费	2191	预提费用	借	1860	
15	007	2007-2-12 0:00	支付预提修理费	100202	银行存款-中国工商银行	贷		1860
16	008	2007-2-13 0:00	提现	1001	现金	借	12000	
17	008	2007-2-13 0:00	提现	100202	银行存款-中国工商银行	贷		12000
18	009	2007-2-14 0:00	发付工资	550201	管理费用-管理人员工资	借	20000	
19	009	2007-2-14 0:00	发付工资	1001	现金	贷		20000

图 18-16　导入的数据

3. 查询方式的数据库数据导入

以查询的方式来导入数据库中的数据时，可以将涉及的数据从多张表中提取出来，还可以使用 SQL 语句来查询并生成需要导入的数据。其操作步骤如下。

① 与前面的导入相同，首先创建一个 ODBC 数据源。这里设建立的用户数据源名为 datalink。

② 打开需要导入数据的工作簿，单击【数据】|【导入外部数据】|【新建数据库查询】命令，打开【选择数据源】对话框，如图 18-17 所示。

图 18-17　【选择数据源】对话框

③ 选择"数据库"列表框中的"datalink *"，单击【确定】按钮，打开【Microsoft Query】界面，如图 18 - 18 所示。

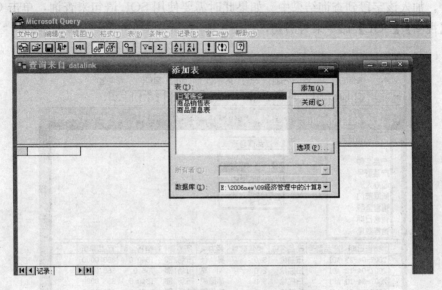

图 18 - 18　【Microsoft Query】界面

④ 在弹出的【添加表】对话框中，选择"商品销售表"和"商品信息表"，并将其添加到查询界面中，如图 18 - 19 所示。

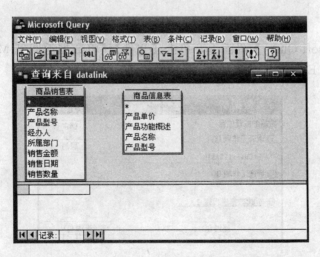

图 18 - 19　在【Microsoft Query】添加表后的界面

⑤ 由于这两张表的数据是按产品型号这个字段相互关联的，因此需要将它们连接起来，方法是选中其中一张表的"产品型号"字段，拖动该字段将它与另一张表的"产品型号"字

段连接。

⑥ 双击【商品销售表】中的【 * 】加入表中的所有字段，再双击【商品信息表】中的
产品单价，加入该字段到查询结果中。如果此时需要使用 SQL 语句来查询，单击 Query 菜
单中的【视图】|【SQL】命令来写语句，如图 18 - 20 所示。

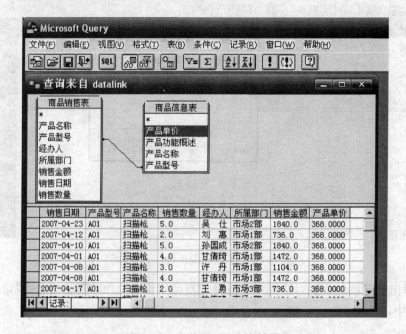

图 18 - 20   设置后的查询结果

⑦ 在【Microsoft Query】界面上，单击【文件】|【将数据返回到 Microsoft Office Ex-
cel】命令，返回到 Excel 中，如图 18 - 21 所示。

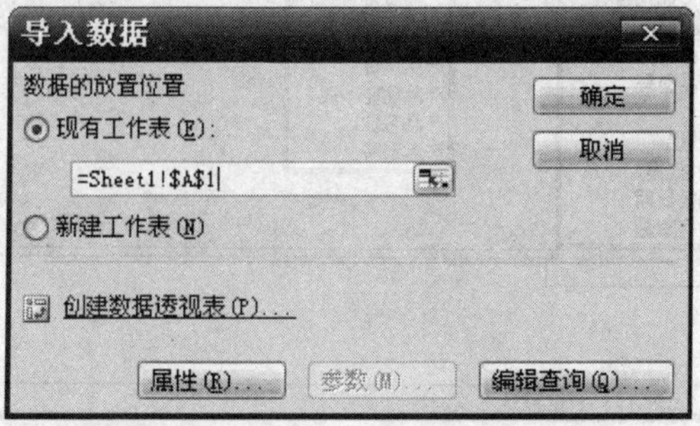

图 18 - 21   【导入数据】对话框

⑧ 从弹出的【导入数据】对话框中指定导入数据存放的位置，单击【确定】按钮完成
数据的导入，结果如图 18 - 22 所示。

	A	B	C	D	E	F	G	H
	G23	▼	fx					
1	销售日期	产品型号	产品名称	销售数量	经办人	所属部门	销售金额	产品单价
2	2007-4-23 0:00	A01	扫描枪	5	吴 仕	市场2部	1840	368
3	2007-4-12 0:00	A01	扫描枪	2	刘 惠	市场1部	736	368
4	2007-4-10 0:00	A01	扫描枪	5	孙国成	市场2部	1840	368
5	2007-4-1 0:00	A01	扫描枪	4	甘倩琦	市场1部	1472	368
6	2007-4-8 0:00	A01	扫描枪	3	许 丹	市场1部	1104	368

图 18-22 导入后的数据

18.1.3 外部数据区域的属性

从外部数据库导入到 Excel 工作表中的数据都是外部数据源在工作表中的映射，该数据区域称为外部数据区域。导入到工作表中的数据格式是按默认的格式显示的，可以对其进行格式设置和刷新。如果需要修改这些格式，可以通过设置外部数据区域的属性来实现。

如果 Excel 工作簿中包含外部数据，那么只要数据库发生数据更改，就可以刷新数据及更新基于这些数据的统计分析。每次刷新数据后，查看到的都是数据库中的最新数据，包括对数据所做的更改，因此不必重新创建汇总报表和图表。例如，可以在工作表中创建每月销售汇总的外部数据区域，并在每个月的销售数字存入数据库后再刷新它。

1. 外部数据区域属性的设置

调整外部数据区域的属性，方法是：选中导入的外部数据区域中的任意一个单元格，单击【数据】|【导入外部数据】|【数据区域属性】命令，弹出【外部数据区域属性】对话框，如图 18-23 所示。

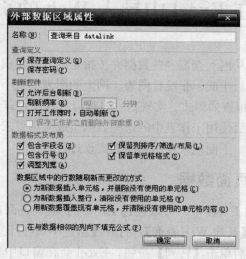

图 18-23 "外部数据区域属性"对话框

其中各选项的含义如下。

① 名称：外部数据区域的名称，可以根据需要更改。

② 查询定义：选中此选项组中的"保存查询定义"复选框，Excel 将存储先前对外部数据区域的查询定义。

③ 刷新控件：控制 Excel 刷新数据的方式及频率。

④ 数据格式及布局：设置数据的显示方式和格式。

⑤ 数据区域中的行数随刷新而更改的方式：设置数据刷新后数据行的显示方式。

2. 外部数据区域的数据编辑

可以对导入到 Excel 中的外部数据区域中的数据进行刷新、修改、删除等操作。

1）刷新

当数据源中的数据发生改变时，通过刷新操作可以保持导入的数据与数据源中数据的一致性。方法是在外部数据区域中右击，从弹出的快捷菜单中选择【刷新数据】命令即可。

2）修改

如果需要在导入的数据区域中增加或减少字段，可以通过修改查询命令来实现。方法是在外部数据区域中右击，从弹出的快捷菜单中选择【编辑查询】命令，在弹出的【查询向导】界面中，根据需要增删查询结果中的字段，完成后单击【将数据返回 Excel】按钮即可。

3）删除

在外部数据区域中删除数据时，可以像删除普通数据一样来操作，即选中需要删除的数据后，按 Delete 键来实现。

18.2　在 Excel 中导入 Web 的页面数据

日常生活中经常需要从网上查询一些数据并按指定的方式生成相应的图表，如对股票信息对应数据的查找和统计后生成一张统计图表。网上的图表形式不一定符合应用的要求，因此可以利用 Excel 来定制报表的形式。实现这一过程分为两步：首先动态获取网上页面的数据，存放到工作表中；然后使用工作表中的这些数据生成应用要求的图表，并且能够根据数据的改变动态地修改图表。下面就来介绍具体的实现过程。

18.2.1　导入网上页面数据

将网上的数据导入到 Excel 中，可以通过 Excel 的 Web 查询功能来实现。方法是单击【数据】|【导入外部数据】|【新建 Web 查询】，打开【新建 Web 查询】对话框，在地址栏中输入要获取数据的网址，然后单击【转到】按钮，Excel 会在窗口中显示该页面，通过指定需要导入的数据区域后即可导入需要的数据。

现用一具体的例子来说明操作过程。其步骤如下。

① 在浏览器的地址栏中输入：

http://app. finance. ifeng. com/hq/stock _ bill. php? code＝sh600595

打开"中孚实业（600595）大单追踪"页面，然后再将搜索结果的页面地址复制到剪贴板中。

② 新建一个工作簿，并将工作表中的第一行和第二行合并，在其中输入标题"中孚实业（600595）大单追踪"，再设置合适的字体、大小、颜色及位置。

③ 选中 A3 单元格，然后单击【数据】|【导入外部数据】|【新建 web 查询】命令。

④ 在【新建 Web 查询】界面的地址栏中，输入前面需要获得的数据页面的链接地址。

⑤ 单击【转到】按钮，这时可以看到刚才的股票搜索结果页面出现在该界面中，并且在窗口左侧出现了许多含有黑色箭头的黄色小方框，如图 18－24 所示。

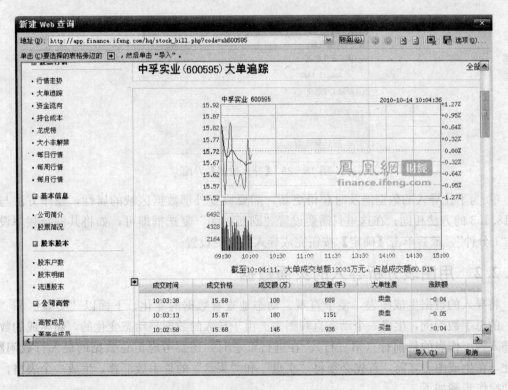

图 18－24　【新建 Web 查询】界面

⑥ 当将光标指向其中的一个含有黑色箭头的黄色小方框并单击时，方框颜色将变为绿色，并且箭头将变成"√"。在这里，只需选中并单击含有需要的股票数据的方框即可，如图 18－25 所示。

⑦ 单击【导入】按钮，此时会出现【导入数据】界面，如图 18－26 所示。在此可以指定将获得的 Web 数据放置到"现有工作表"或者"新建工作表"中。

⑧ 当单击【确定】按钮后将会出现正在导入数据的提示。

截至10:06:23，大单成交总额12613万元，占总成交额59.88%

成交时间	成交价格	成交额(万)	成交量(手)	大单性质	涨跌额
10:05:56	15.79	247	1569	买盘	0.07
10:05:33	15.80	135	855	买盘	0.08
10:05:13	15.78	196	1245	买盘	0.06
10:03:38	15.68	108	689	卖盘	-0.04
10:03:13	15.67	180	1151	卖盘	-0.05
10:02:58	15.68	148	936	买盘	-0.04
10:01:53	15.70	238	1520	卖盘	-0.02

图 18-25   选中需要的股票数据的界面

图 18-26   【导入数据】界面

⑨ 为了让导入的数据能及时获得更新，需要设置外部数据区域的属性，操作方法与前面 18.1.3 的方法相同；在这里只需要设置"刷新频率"复选框即可，如将其刷新频率设置为"1 分钟"，最后单击【确定】按钮完成导入数据的设置。

18.2.2   用图表分析导入的页面数据

将导入的数据生成图表，便于直观、动态地查看数据的变化。下面以"卖盘"和"买盘"的总手数为例，生成一个动态直观图表。由于导入的数据是动态变化的，新生成的数据被插入到工作表的最前行（第三行）。在进行汇总时，还要考虑汇总数据的最大行数问题。因此，在生成图表之前，首先必须将"卖盘"和"买盘"的总手数汇总，生成一个表格，实现的操作步骤如下。

① 分别选择单元格 H5、I5，并分别输入"买盘总手数"和"卖盘总手数"，选择单元格 H7，输入"总手数"。

② 再选择单元格 H6，输入公式"=Sumif(E4:E65536,"买盘",D4:D65536)"，选择单元格 I6，输入公式"=Sumif(E4:E65536,"卖盘",D4:D65536)"。

③ 选择单元格 H8，输入公式"=Sum(D4:D65536)"，如图 18-27 所示。

在表格数据生成后，可以制作图表。其操作步骤如下。

① 单击【插入】|【图表】命令，打开【图表向导】对话框。

	A	B	C	D	E	F	G	H	I
1				中孚实业 (600595) 大单追踪					
2									
3	成交时间	成交价格	成交额(万)	成交量(手)	大单性质	涨跌额	涨跌幅		
4	10:38:13	15.98	120	751	买盘	0.26	1.65%		
5	10:37:58	15.95	119	747	卖盘	0.23	1.46%	买盘总手数	卖盘总手数
6	10:37:13	15.99	139	874	卖盘	0.27	1.72%	131133	90330
7	10:36:13	16	150	937	卖盘	0.28	1.78%	总手数	
8	10:36:08	16.02	109	685	买盘	0.3	1.91%	228970	

图 18-27　生成的汇总表格

② 在"标准类型"选项卡的"图表类型"列表中选择"饼图",然后在"子图表类型"列表中选择"饼图"。

③ 单击【下一步】按钮,在弹出的【源数据】对话框中选择"数据区域"选项页,然后在"数据区域"输入框中输入"=Sheet1!$H$5:$I$6",在"系列产生在"选项按钮中选择"行"单选按钮。

④ 单击【下一步】按钮,在弹出的【图表向导】对话框中选择"数据标志"选项页,在"数据标签包括"框中选择"百分比"。

⑤ 单击【完成】按钮完成制作,所作的股票分析图表如图 18-28 所示。

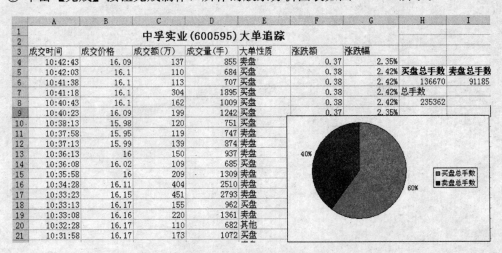

图 18-28　股票分析图

注意:只要表格中的数据变化,图表也跟着变化,因此不用担心因表格中的数据被更新而所制作的图表不跟着变化。

练习题

1. 在 Excel 中导入数据时,外部数据区域是指什么?

2. ODBC 是什么?它在数据的导入过程中起什么作用?

3. 试将一文本文件中的数据导入到 Excel 中。

4. 在 Excel 中导入数据库中的数据时，是否一定需要通过 ODBC 来实现？

5. 试将一数据库中的数据导入到 Excel 中，并对其外部数据区域属性进行设置，修改其刷新频率为 1 分钟，再去修改数据库中的数据，看看有什么变化。

6. 试将两个关联的数据库表中的数据导入到一张 Excel 的工作表中。

7. 如何导入页面中的数据？找一个页面，将其数据导入到 Excel 中。

8. 导入的页面数据是否能够在"编辑查询"操作中将一些列（字段）删除？试一试。

附录 A　SQL 语言的相关函数

函数名	功能
● 字符函数	
ASC	返回字符表达式最左端字符的 ASCII 码值
CHR	将 ASCII 值转换到字符的函数
FORMAT	按指定格式转化参数的函数
MID	从文本型数据的字符串中截取指定的子字符串作为返值
LOWER	将字符串全部转为小写
UPPER	将字符串全部转为大写
STR	转换数值型数据为字符型数据
LTRIM	去除字符串前面的空格
RTRIM	去除字符串尾部的空格
TRIM	去除字符串前面、尾部的空格
LEFT	截取字符表达式左边的 n 个字符
RIGHT	截取字符表达式右边的 n 个字符
REPLACE	返回被替换了指定子串的字符串
SPACE	返回一个有指定长度的空白字符串
STRCOMP	比较两个字符串是否内容一致的函数
STUFF	用另一子串替换字符串指定位置、长度的子串
UCASE	将字符串转换成大写字符串的函数
LCASE	将字符串转换成小写字符串的函数
LEN	返回字符串长度的函数
INSTR	查询子串在字符串中位置的函数
● 日期时间函数	
DAY	返回参数中的日期值
MONTH	返回参数中的月份值
YEAR	返回参数中的年份值
WEEKDAY	取出时间日期数据中的星期数的函数
DATEADD	返回指定日期加上指定的额外日期间隔后产生的新日期
DATEDIFF	返回两个指定日期间的差距值

函数名	功能
DATENAME	以字符串的形式返回日期名称
DATEPART	以整数值的形式返回日期的指定部分
GETDATE	以 DATETIME 的缺省格式返回系统当前的日期和时间
NOW	返回系统当前日期时间的函数
DATE	返回系统当前日期的函数
HOUR	返回时间日期数据中小时数的部分
MINUTE	返回时间日期数据中分钟的部分
SECOND	返回时间日期数据中秒数的部分
TIME	返回系统当前时间的函数

● 统计函数

AVG	返回参数的平均值
COUNT	返回记录的行数（不包括 NULL 值）
MAX	返回参数对应列的最大值
MIN	返回参数对应列的最小值
STDEV	求参数的标准差（对总体样本抽样进行计算）
STDEVP	求参数的标准差（对总体样本进行计算）
SUM	返回某列的总和
VAR	返回参数的方差（计算总体样本抽样）
VARP	返回参数的方差（计算总体样本）
FIRST	返回在查询的结果集中的第一个记录的字段值
LAST	返回在查询的结果集中的最后一个记录的字段值

● 算术函数

ABS	返回参数的绝对值
ATN	反正切函数
TAN	正切函数
SIN	正弦函数
COS	余弦函数
EXP	返回 e 的给定次幂
FIX	返回数字的整数部分（即小数部分完全截掉）
INT	将数字向下取整到最接近的整数（与 FIX 相似）
LOG	返回以 e 为底的对数值
RND	返回一个 0 到 1 之间的随机数值
SGN	返回数字的正负符号（正数返回 1，负数返回 -1，0 值返回 0）

函数名	功能
SQR	返回平方根值
RAND	随机数产生器
ROUND	按参数规定的精度四舍五入

● **转换函数**

CSTR	转换参数为文本型数据的函数
CBYTE	转换参数为字节型数据的函数
CINT	转换参数为整数型数据的函数
CLNG	转换参数为长整数型数据的函数
CDBL	转换参数为实型数据的函数
CDATE	转换参数为日期型数据的函数

附录 B　Excel 中的相关函数

函数名   功能

● 数学函数

函数名	功能
ABS	返回参数的绝对值
ACOS	返回参数的反余弦值
ACOSH	返回参数的反双曲余弦值
ASIN	返回参数的反正弦值
ASINH	返回参数的反双曲正弦值
ATAN	返回参数的反正切值
ATAN2	从 X 和 Y 坐标返回反正切
ATANH	返回参数的反双曲正切值
CEILING	将参数舍入为最接近的整数，或最接近的有效数字的倍数
COMBIN	返回给定数目对象的组合数
COS	返回参数的余弦值
COSH	返回参数的双曲余弦值
DEGREES	将弧度转换为度
EVEN	将参数向上舍入为最接近的偶型整数
EXP	返回 e 的指定数乘幂
FACT	返回参数的阶乘
FACTDOUBLE	返回参数的双阶乘
FLOOR	将参数朝着零的方向向下舍入
GCD	返回最大公约数
INT	将参数向下舍入为最接近的整数
LCM	返回最小公倍数
LN	返回参数的自然对数
LOG	返回参数的指定底数的对数
LOG10	返回参数的常用对数
MDETERM	返回数组的矩阵行列式
MINVERSE	返回数组的逆矩阵
MMULT	返回两数组的矩阵乘积

函数名	功能
MOD	返回两数相除的余数
MROUND	返回参数按指定基数舍入后的数值
MULTINOMIAL	返回一组参数的多项式
ODD	将参数向上舍入为最接近的奇型整数
PI	返回 Pi 值
POWER	返回数的乘幂结果
PRODUCT	将所有以参数形式给出的数字相乘
QUOTIENT	返回商的整数部分
RADIANS	将度转换为弧度
RAND	返回 0 到 1 之间的随机数
RANDBETWEEN	返回指定参数之间的随机数
ROMAN	将阿拉伯数字转换为文本形式的罗马数字
ROUND	将参数舍入到指定位数
ROUNDDOWN	将参数朝零的方向舍入
ROUNDUP	将数朝远离零的方向舍入
SERIESSUM	返回基于公式的幂级数的和
SIGN	返回参数的符号
SIN	返回给定角度的正弦值
SINH	返回参数的双曲正弦值
SQRT	返回正平方根
SQRTPI	返回某数与 Pi 的乘积的平方根
SUBTOTAL	返回数据库列表或数据库中的分类汇总
SUM	将参数求和
SUMIF	按给定条件将指定单元格求和
SUMPRODUCT	返回相对应的数组部分的乘积和
SUMSQ	返回参数的平方和
SUMX2MY2	返回两个数组中相对应值的平方差之和
SUMX2PY2	返回两个数组中相对应值的平方和之和
SUMXMY2	返回两个数组中相对应值差的平方之和
TAN	返回参数的正切值
TANH	返回参数的双曲正切值
TRUNC	将参数截尾取整

- **统计函数**

AVEDEV	返回数据点与其平均值的绝对偏差的平均值

函数名	功能
AVERAGE	返回参数的平均值
AVERAGEA	返回参数的平均值，包括数字、文本和逻辑值
BETADIST	返回 Beta 累积分布函数
BETAINV	返回指定 Beta 分布的累积分布函数的反函数
BINOMDIST	返回一元二项式分布概率
CHIDIST	返回 chi 平方分布的单尾概率
CHIINV	返回 chi 平方分布的反单尾概率
CHITEST	返回独立性检验值
CONFIDENCE	返回总体平均值的置信区间
CORREL	返回两个数据集之间的相关系数
COUNT	计算参数列表中数字的个数
COUNTA	计算参数列表中值的个数
COUNTBLANK	计算区间内的空白单元格个数
COUNTIF	计算满足给定标准的区间内的非空单元格的个数
COVAR	返回协方差，即成对偏移乘积的平均数
CRITBINOM	返回使累积二项式分布小于等于临界值的最小值
DEVSQ	返回偏差的平方和
EXPONDIST	返回指数分布
FDIST	返回 F 概率分布
FINV	返回反 F 概率分布
FISHER	返回 Fisher 变换
FISHERINV	返回反 Fisher 变换
FORECAST	根据线性趋势返回值
FREQUENCY	以向量数组的形式返回频率分布
FTEST	返回 F 检验的结果
GAMMADIST	返回 gamma 分布
GAMMAINV	返回反 gamma 累积分布
GAMMALN	返回 gamma 函数的自然对数，$\Gamma(x)$
GEOMEAN	返回几何平均值
GROWTH	根据指数趋势返回值
HARMEAN	返回调和平均值
HYPGEOMDIST	返回超几何分布
INTERCEPT	返回线性回归线截距
KURT	返回数据集的峰值

函数名	功能
LARGE	返回数据集中第 k 个最大值
LINEST	返回线性趋势的参数
LOGEST	返回指数趋势的参数
LOGINV	返回反对数正态分布
LOGNORMDIST	返回累积对数正态分布函数
MAX	返回参数列表中的最大值
MAXA	返回参数列表中的最大值，包括数字、文本和逻辑值
MEDIAN	计算一组数的中值
MIN	返回参数列表中的最小值
MINA	返回参数列表中的最小值，包括数字、文本和逻辑值
MODE	返回数据集中出现最多的值
NEGBINOMDIST	返回负二项式分布
NORMDIST	返回正态累积分布
NORMINV	返回反正态累积分布
NORMSDIST	返回标准正态累积分布
NORMSINV	返回反标准正态累积分布
PEARSON	返回 Pearson 乘积矩相关系数
PERCENTILE	返回区域中的第 k 个百分位值
PERCENTRANK	返回数据集中值的百分比排位
PERMUT	返回给定数目对象的排列数
POISSON	返回 Poisson 分布
PROB	返回区域中的值在上下限之间的概率
QUARTILE	返回数据集的四分位数
RANK	返回某数在数字列表中的排位
RSQ	返回 Pearson 乘积矩相关系数的平方
SKEW	返回分布的偏斜度
SLOPE	返回线性回归直线的斜率
SMALL	返回数据集中的第 k 个最小值
STANDARDIZE	返回正态化数值
STDEV	基于样本估算标准偏差
STDEVA	基于样本估算标准偏差，包括数字、文本和逻辑值
STDEVP	计算基于整个样本总体的标准偏差
STDEVPA	计算整个样本总体的标准偏差，包括数字、文本和逻辑值

函数名	功能
STEYX	返回通过线性回归法预测每个 x 的 y 值时所产生的标准误差
TDIST	返回学生的 t 分布
TINV	返回学生的 t 分布的反分布
TREND	返回沿线性趋势的值
TRIMMEAN	返回数据集的内部平均值
TTEST	返回与学生的 t 检验相关的概率
VAR	基于样本估算方差
VARA	基于样本估算方差，包括数字、文本和逻辑值
VARP	基于整个样本总体计算方差
VARPA	基于整个样本总体计算方差，包括数字、文本和逻辑值
WEIBULL	返回 Weibull 分布
ZTEST	返回 z 检验的单尾概率值

● 逻辑函数

函数名	功能
AND	如果所有参数均为 TRUE，则返回 TRUE
FALSE	返回逻辑值 FALSE
IF	指定要执行的逻辑检测
NOT	对参数的逻辑值求反
OR	如果任一参数为 TRUE，则返回 TRUE
TRUE	返回逻辑值 TRUE

● 财务函数

函数名	功能
ACCRINT	返回定期付息有价证券的应计利息
ACCRINTM	返回到期付息有价证券的应计利息
AMORDEGRC	返回每次清算期间用折旧系数计算所得的折旧值
AMORLINC	返回每次清算期间的折旧值
COUPDAYBS	返回从付息期开始到成交日之间的天数
COUPDAYS	返回包含成交日的付息期的天数
COUPDAYSNC	返回从成交日到下一付息日之间的天数
COUPNCD	返回成交日之后的下一付息日的日期
COUPNUM	返回成交日和到期日之间的利息应付次数
COUPPCD	返回成交日之前的上一付息日的日期
CUMIPMT	返回两个周期之间累计偿还的利息数额
CUMPRINC	返回两个周期之间累计偿还的本金数额
DB	使用固定余额递减法，返回一笔资产在指定期间内的折旧值

函数名	功能
DDB	使用双倍余额递减法或其他指定方法，返回一笔资产在指定期间内的折旧值
DISC	返回有价证券的贴现率
DOLLARDE	将按分数表示的价格转换为按小数表示的价格
DOLLARFR	将按小数表示的价格转换为按分数表示的价格
DURATION	返回定期付息有价证券的年度期限
EFFECT	返回有效年利率
FV	返回投资的未来值
FVSCHEDULE	应用一系列复利率返回初始本金的未来值
INTRATE	返回一次性付息证券的利率
IPMT	返回给定期间内投资的利息偿还额
IRR	返回一系列现金流的内部收益率
ISPMT	计算在投资的特定期间内支付的利息
MDURATION	返回假设面值为 $100 的有价证券的 Macauley 修正期限
MIRR	返回正负现金流在不同利率下支付的内部收益率
NOMINAL	返回名义年利率
NPER	返回投资的期数
NPV	基于一系列定期的现金流和贴现率，返回一项投资的净现值
ODDFPRICE	返回首期付息日不固定的面值 $100 的有价证券的价格
ODDFYIELD	返回首期付息日不固定的有价证券的收益率
ODDLPRICE	返回末期付息日不固定的面值 $100 的有价证券的价格
ODDLYIELD	返回末期付息日不固定的有价证券的收益率
PMT	返回年金的定期付款额
PPMT	返回投资在某一给定期间内的本金偿还额
PRICE	返回定期付息的面值 $100 的有价证券的价格
PRICEDISC	返回折价发行的面值 $100 的有价证券的价格
PRICEMAT	返回到期付息的面值 $100 的有价证券的价格
PV	返回投资的现值
RATE	返回年金的各期利率
RECEIVED	返回一次性付息的有价证券到期收回的金额
SLN	返回一项资产在一个期间内的线性折旧费
SYD	返回某项资产按年限总和折旧法计算的指定期间的折旧值

函数名	功能
TBILLEQ	返回国库券的债券等效收益率
TBILLPRICE	返回面值 $100 的国库券的价格
TBILLYIELD	返回国库券的收益率
VDB	使用余额递减法，返回指定期间内或部分期间内的某项资产折旧值
XIRR	返回一组不定期发生的现金流的内部收益率
XNPV	返回一组不定期发生的现金流的净现值
YIELD	返回定期付息有价证券的收益率
YIELDDISC	返回折价发行的有价证券的年收益，如国库券
YIELDMAT	返回到期付息的有价证券的年收益率

● 文本函数

ASC	将字符串内的全角英文字母或片假名更改为半角字符
BAHTTEXT	按 β（铢）货币格式将数字转换为文本
CHAR	返回由代码数字指定的字符
CLEAN	删除文本中所有打印不出的字符
CODE	返回文本字符串中第一个字符的数字代码
CONCATENATE	将若干文本项合并到一个文本项中
RMB	按￥（人民币）或 $（美元）货币格式将数字转换为文本
EXACT	检查两个文本值是否完全相同
FIND	在一文本值内查找另一文本值（区分大小写）
FIXED	将数字设置为具有固定小数位的文本格式
JIS	将字符串中的半角英文字符或片假名更改为全角字符
LEFT	返回文本值最左边的字符
LEN	返回文本字符串中的字符个数
LOWER	将文本转换为小写形式
MID	从文本字符串中的指定位置起返回特定个数的字符
PHONETIC	从日文汉字字符串中提取出拼音（furigana）字符
PROPER	将文本值中每一个单词的首字母设置为大写
REPLACE	替换文本内的字符
REPT	按给定次数重复文本
RIGHT	返回文本值最右边的字符
SEARCH	在一文本值中查找另一文本值（不区分大小写）
SUBSTITUTE	在文本字符串中以新文本替换旧文本
T	将参数转换为文本

函数名	功能
TEXT	设置数字的格式并将数字转换为文本
TRIM	删除文本中的空格
UPPER	将文本转换为大写形式
VALUE	将文本参数转换为数字

● 数据库函数

函数名	功能
DAVERAGE	返回选定数据库项的平均值
DCOUNT	计算数据库中包含数字的单元格个数
DCOUNTA	计算数据库中非空单元格的个数
DGET	从数据库中提取满足指定条件的单个记录
DMAX	返回选定数据库项中的最大值
DMIN	返回选定数据库项中的最小值
DPRODUCT	将数据库中满足条件的记录的特定字段中的数值相乘
DSTDEV	基于选定数据库项中的单个样本估算标准偏差
DSTDEVP	基于选定数据库项中的样本总体计算标准偏差
DSUM	对数据库中满足条件的记录的字段列中的数字求和
DVAR	基于选定的数据库项的单个样本估算方差
DVARP	基于选定的数据库项的样本总体估算方差
GETPIVOTDATA	返回存储于数据透视表中的数据

● 查找与引用函数

函数名	功能
AREAS	返回引用中的区域个数
CHOOSE	从值的列表中选择一个值
COLUMN	返回引用的列标
COLUMNS	返回引用中的列数
HLOOKUP	在数组的首行查找并返回指定单元格的值
VLOOKUP	在数组第一列中查找，然后在行之间移动以返回单元格的值
HYPERLINK	创建快捷方式或跳转，以打开存储在网络服务器、Intranet 或 Internet 上的文档
INDEX	使用索引从引用或数组中选择值
INDIRECT	返回由文本值表示的引用
LOOKUP	在向量或数组中查找值
MATCH	在引用或数组中查找值
OFFSET	从给定引用中返回引用偏移量
ROW	返回引用的行号
ROWS	返回引用中的行数

函数名	功能
RTD	从支持 COM 自动化的程序中返回实时数据
TRANSPOSE	返回数组的转置

　　附录的目的在于提示使用者在应用中有哪些函数可以使用，具体的用法还必须到相应的工具中去查找详细的用法。上述提到的函数有些在不同的系统中不一定能使用，因此在使用前最好先试一下。

参 考 文 献

[1] 赛贝尔资讯. Excel 在公司管理中的典型应用. 北京：清华大学出版社，2008.

[2] 赛贝尔资讯. Excel VBA 入门及其应用. 北京：清华大学出版社，2008.

[3] 赛贝尔资讯. Excel 在财务管理中的典型应用. 北京：清华大学出版社，2008.

[4] 赛贝尔资讯. Excel 数据处理与分析. 北京：清华大学出版社，2008.

[5] 陈志泊，李冬梅，王春玲. 数据库原理及应用教程. 北京：人民邮电出版社，2002.

[6] 赵志东. Excel VBA 基础入门. 北京：人民邮电出版社，2009.